Jay Lahinch

Die Tränenrebellin

Band 2 von 2

BOOKAPI
VERLAG

»Für Alle,
die das Licht in der Dunkelheit suchen«

Du wirst niemals vergessen sein -
versprochen.

Je tiefer und trostloser die Trauer
in der Dunkelheit, desto heller wird dir das Licht
erscheinen, wenn du es mit eigenen Augen erblickst
~ Nava ~

PROLOG

Hohe Wellen brachen an der Magie, die sie bebend umgab. Ein Zittern fuhr durch das Silberglas, das diesen Ort von der Erde trennte. Ellice betrachtete es mit einem Stirnrunzeln. Aufgestaute Energie tobte in dem Gewässer der Wut und drängte weiterhin nach außen.

Noch hatte sich vieles nicht verändert, doch der Kern, der Ursprung des Seins, hatte einen Wandel erfahren, dessen war sich die alte Erdenfrau sicher. Die Menschenkinder waren dem scheinbar Unmöglichen entgegengetreten, um es mit ihrem Mut herauszufordern. Und was zuerst nur zur Rettung ihres Bruders bestimmt war, konnte nun eine Revolution für die ganze Stadt bedeuten. Denn Trauer, Wut und Schmerz waren Emotionen, die die Menschheit auch weiterhin begleiten würden. Niemand vermochte es, diese auszulöschen, zu vernichten. Aber man musste ihnen einen gewissen Einhalt gebieten. Deshalb hatte Taramea Nava einen Anteil ihrer Magie überlassen – mit einem Lächeln erinnerte sich Ellice daran zurück. Auch die Tränenkönigin hatte Potenzial, Stärke und vor allem Mut in diesem Mädchen gesehen. Ihr Schicksal schien schwer gewesen zu sein, doch sie war für Größeres bestimmt. In ihrer Bestimmung lag die Freiheit der Einzigen Stadt und vielleicht auch weit darüber hinaus. Es war keine einfache Aufgabe, doch die Erdenfrau wusste, dass Nava bereit war, diese einzigartige Herausforderung anzunehmen. Sie hatte bewiesen, dass sie die Tiefe ihrer Trauer in Stärke für große Taten wandeln konnte. Ellice hoffte sehr und legte allen Glauben in das Mädchen, dass es dies wieder schaffen würde.

Ein Lufthauch zog durch die Ebene zwischen den Welten.

»Lya?«, fragte Ellice zögerlich, doch niemand antwortete ihr. Kein Wolkenmädchen materialisierte sich neben ihr. Die Wellen schmetterten weiterhin gegen die Magie und der Boden unter ihren Füßen vibrierte erneut. Etwas passierte hier oben, etwas geschah, was sie, die Elemente, nicht selbst beeinflussten. Und es ließ die Erdenfrau nervös werden. Denn wenn eines die größte Furcht war, so war es die Angst vor der Ungewissheit.

Es gibt keinen Weg,
der dich nicht irgendwann dorthin führt,
wo dein Herz zu Hause ist.
~ Nava ~

KAPITEL 1

Das gleißende Sonnenlicht brannte erbarmungslos auf unsere Haut nieder, während wir den Gebirgspass von Mar überquerten. Es gab keine Bäume, die uns Schatten spendeten. Auch unsere Vorräte an Wasser hatten sich rasch dem Ende geneigt, seit wir das Meer der Hoffnung verlassen hatten, um uns auf den Heimweg nach Marenna zu begeben. Heimat, dachte ich. Wie konnte eine so abscheuliche Stadt eine solch wertvolle Bezeichnung tragen? Trotzdem kehrten wir nun dorthin zurück, woher wir einst geflohen waren.

»Und ihr seid euch sicher, dass die Höhle in dieser Richtung lag?«, fragte Nate neben mir und seufzte unter der erdrückenden Hitze.

Den Klang seiner Stimme hatte ich so lange vermisst, dass sich jedes seiner Worte wie die schönste Melodie für mich anhörte. Heute sprach er so selbstverständlich mit mir, als hätte es diese lange Stille zwischen uns nie gegeben. Dabei hatten sich die letzten Tage stärker als alles andere in mir eingeprägt. Das würden sie für alle Ewigkeit. Nie mehr würde ich diese Zeit vergessen können.

Nachdem unsere Eltern verstorben waren, war Nate der vollkommenen Stille erlegen gewesen. Solch seelenlose Menschen wurden vom Hohen Rat, dem Gesetz in Marenna, in die Gefangenschaft für Unzurechenbare verbannt. An einen Ort, von dem die Menschen sagten, dass man von dort nicht entkommen könne. Man ließ uns in dem Glauben, dass sie die Gefangenen dort, wo Schwärze und Kälte alles verschlang, hinter Gitterstäben in Gruppen zusammen- drängten, ohne sie weiter zu beachten. Erst vor ein paar Jahren waren die Gerüchte entstanden, dass man einigen heimlich den Kopf vom Hals trenne, weil es für all die seelenlosen Menschen nicht mehr genug Platz in einem Gefängnis gebe. Als ich diese Vermutung zum ersten Mal gehört hatte, lief es mir kalt den Rücken hinunter. Ich erinnerte mich noch sehr genau an dieses beängstigende Gefühl in meinem Herzen, als auch Nate dorthin abgeschoben werden sollte, nachdem meiner Zwangsheirat mit Tyler, dem Sohn von Madame Patrice, vom Hohen Rat zugestimmt worden war. Durch diese beiden Entschlüsse wuchs mein Fluchtversuch zu einem wahrhaftigen Plan heran, bei dem Jayden uns, wie vom Schicksal gesandt, half.

Auf unserer Reise durch die Wüste hatten wir Zuflucht vor den Aeringos und den uns folgenden Wachen gesucht und waren dabei auf einen unterirdischen See gestoßen.

Anschließend hatten wir den Goldenen Wald erreicht und in der darauffolgenden Nacht war sie uns zum ersten Mal begegnet: Taramea, die Königin des Wassers und damit unweigerlich auch der Milliarden geweinten Tränen. Diese machten es der Tränenkönigin beinahe unmöglich, ihrer Aufgabe, über das Wasser zu herrschen, gerecht zu werden.
Sie hatte mir von ihrem einzigen Sohn Kalia erzählt, ein Kind der Magie, ein Prinz, dessen Seele in Nates Körper gefangen gewesen war.

Mit wild klopfendem Herzen dachte ich an ihre Vereinbarung zurück, der ich kaum hatte zustimmen wollen. Meinen Zwillingsbruder bei ihr in einem gläsernen Sarg aus Eis zurückzulassen, in der Angst, ihn nie mehr wiederzusehen. Doch ich vertraute auf Jayden und seine Zuversicht gegenüber dem Schicksal. Als hätte er von Anfang an gewusst, dass sich diese lange Reise am Ende lohnen würde. Doch wir hatten das Ziel noch nicht erreicht. Es fühlte sich vielmehr wie ein neuer Anfang an.

Taramea hatte mir einen Teil ihrer Magie überlassen und noch immer konnte ich den Klang der traurigen Melodie vernehmen, die mich an die Aeringos erinnerte. Also hatten wir uns auf die Suche nach den Tränen begeben, die meinen Bruder zurückbringen und auch Kalia retten sollten. Auf unserem weiteren Weg waren wir der Gemeinschaft der Salia begegnet. Geflohene aus der Einzigen Stadt, die bereits seit Jahren in der Wildnis von Mar überlebten.

Am Schluss erhofften wir, von den Königinnen der Elemente gemeinsam mit meinem Bruder am Meer der Hoffnung erwartet zu werden. Stattdessen trafen wir auf Tyler, der Jayden zu einem unberechenbaren Kampf herausforderte und ihm ein Messer durch die Brust jagte. Allein bei diesem Gedanken, bei der bloßen Erinnerung daran, schmerzte mein Herz und Tränen bebten unter der Oberfläche. Wie sehr ich nur wünschte, diesen Augenblick zu vergessen, nie wieder daran denken zu müssen. Doch umso überwältigender war es, dass er durch die magische Hilfe der Aeringos überleben konnte.

Jetzt erst fiel mein Blick wieder auf Nate. »Die Gemeinschaft der Salia lebt sehr verborgen. Hätte Mia uns in dieser Nacht nicht gefunden, hätten wir die Höhle wahrscheinlich nie entdeckt«, gab ich zur Antwort und betrachtete ihn einen Moment länger als gewöhnlich.

Sein Haar leuchtete in der Sonne, als hätte jemand flüssiges Kupfer mit schimmerndem Gold vermischt. Erschöpft lächelte er mich an und ich erwiderte es, ohne auch nur einen Augenblick darüber nachzudenken. Nates Rettung war ein Wunder, an das niemand außer mir geglaubt hatte, und es fiel mir immer noch schwer, zu begreifen, wie all das möglich geworden war. Dass wir am Ende unserer unglaublichen Reise, fernab der Stadtmauern, entgegen jeder unbegreiflichen Magie dieser verfluchten Insel, inmitten von unzähligen Tränen meinen Zwillingsbruder aus seinem Schweigen zurückgeholt hatten.

»Wir werden sie finden. Jayden hat genau dieses Wissen unserer Welt jahrelang studiert. Er wird ganz bestimmt schon bald einen Hinweis auf die Höhle finden. Da bin ich mir sicher.« Dankbar blickte ich zu Jayden, der einige Meter vor uns ging und die Felsen untersuchte.

Er war zu so viel mehr geworden, als ich es mir bei unserer ersten Begegnung jemals hätte vorstellen können. Und nur er wusste, dass alles, was ich über unsere einzigartige Reise erzählen würde – all diese Wunder und Rätsel – der Wahrheit entsprach. Denn nur er hatte dasselbe gesehen und erlebt wie ich. Niemand sonst könnte begreifen, was hier draußen vor sich gegangen war.

»Und Mia ist die Schwester von Tyler … an den du verheiratet werden solltest, richtig?« Noch immer fiel es Nate unheimlich schwer, all die zusammengetragenen Informationen der letzten Tage zu verstehen. Seit dem Tod unserer Eltern, als er seine Seele vorübergehend verloren hatte, fehlten ihm die Ereignisse in seiner Erinnerung, obwohl er uns auf dieser Reise ständig begleitet hatte.

»Genau genommen ist sie seine Halbschwester. Sie weiß jedoch noch nichts von den Traditionen in Marenna oder ihrem Bruder, der diese Ungerechtigkeit unterstützt. Ich wünschte, Mia könnte seine Ansicht eines Tages ändern«, sagte ich.

Nate schnaubte. »Und ich wünschte, dieser Tyler wäre tot«, zischte er ungewöhnlich wütend, während er die Hände zu Fäusten ballte.

»Nate! Wir wissen nicht, was mit ihm passiert ist, als die Magie ihn übermannt hat. Und selbst wenn es der letzte Mensch ist, dem ich je wieder begegnen möchte, so wünsche niemals jemandem den Tod. Niemandem.« Ich holte tief Luft und Nate tat es mir gleich. Seine Verkrampfung löste sich augenblicklich. Immer wieder ertappte ich mich bei dem Versuch, mir einzureden, dass Tyler noch am Leben war. Aber in meinem Inneren schlummerte eine leise Gewissheit, dass er diesen Tag am Meer nicht überlebt hatte.

»Entschuldige, Nava«, fügte er daraufhin etwas leiser hinzu. »Ich kann nur immer noch nicht glauben, dass all das passiert ist und ich dich nicht davor schützen konnte.«

»Ich weiß, Nate. Ich weiß. Deshalb habe ich dich beschützt, als du es nicht konntest. Und ich würde es jederzeit wieder tun.« Wir lächelten uns an und ich versprach mir innerlich, mir seinen Gesichtsausdruck in diesem Moment für immer einzuprägen. Denn das Leuchten seiner so strahlend blauen Augen war endlich wieder zurückgekehrt und ich würde erneut alles dafür geben, dass es nie wieder verschwand.

Flimmernde Hitze schwebte zwischen den Bergen, die wir allmählich kraftlos zu bewältigen versuchten. Das nachtblaue Kleid meiner Mutter hatte auf unserer Reise sehr gelitten und klebte inzwischen verschwitzt an meinem Rücken. Ich hoffte, Jayden würde hier im Gebirge eine Quelle oder einen kleinen Bachlauf ausfindig machen können, damit wir unsere schmerzenden Glieder abkühlen und unsere Kleider waschen konnten. Noch nie zuvor war ich in meinem Leben tagelang durch die Wildnis gewandert und besaß dafür auch nicht das richtige Schuhwerk. Blasen brannten an meinen Füßen und Schweiß tropfte von meiner Stirn. Diese Reise zehrte enorm an unseren Kräften und verlangte uns einiges ab.

Als Jayden und ich vor weniger als einer Woche ebenfalls einen Weg durch dieses Gebirge gesucht hatten, waren wir getrieben von Ansporn und Eile unterwegs gewesen. Doch obwohl es auf dieser eigenartigen Insel keine Jahreszeiten gab, schien es einen heftigen Temperaturanstieg gegeben zu haben, der uns den Rückweg deutlich erschwerte. Als wäre etwas ins Ungleichgewicht geraten – als hätte sich etwas verändert.

Nachdem wir uns von Taramea und den anderen Königinnen der Elemente verabschiedet hatten, begannen Nates Fragen, die wir in den darauffolgenden zwei Tagen ständig beantwortet hatten. So vieles war geschehen und nichts davon hatte seine Seele erreicht. Noch immer konnte ich seine Verwirrung verstehen, als wir ihm sagten, dass wir uns mittlerweile auf der anderen Seite der Insel befanden – obwohl uns die Stadt seit Jahren und Generationen in dem Glauben gelassen hatte, dass ein Leben außerhalb der Mauern nicht möglich sei.
Und dennoch war es das und in Gedanken ließ ich diese Zeit langsam Revue passieren. Als Jayden und ich die beiden Pekkos in der Großen Weite an die Aeringos und ihre Klagelieder verloren hatten. Unsere Suche nach den letzten Tränen, die uns am Ende für unseren Mut belohnten. Und auch Jaydens Worte sowie seinen plötzlichen Kuss, als er mich zu seiner Zukünftigen wählen wollte. Seither hatten wir nicht mehr darüber gesprochen und vermutlich war es uns beiden unangenehm, in Nates Begleitung ein Gespräch zu diesem Thema zu beginnen. Aber auch ohne jegliche Worte wussten wir, dass sich auf diesem Abenteuer etwas zwischen uns geschlichen hatte, das inzwischen nicht mehr wegzudenken war. Denn an all den Tagen, an denen ich gefürchtet hatte, Jayden möge nach seiner offiziellen Exkursion ohne Nate und mich

in die Stadt zurückkehren, hatte ich mich in ihm getäuscht. Nun würden wir gemeinsam die Tore von Marenna passieren. Und es würde für große Aufruhr sorgen, dessen waren wir uns auch ohne jede Absprache bewusst.

Ein weiterer Tag verging, in dem wir durch das Gebirge irrten und der gnadenlosen Hitze ausgeliefert waren. Hunger und Durst quälten uns und hin und wieder ließ uns der Schrei eines Kualaras in der Ferne erschrocken zusammenzucken. Meine Gedanken waren aufgrund der Erschöpfung inzwischen träge und ich hoffte, wir würden endlich einen kühlen Ort oder eine winzige Wasserquelle finden.

Weshalb sich die Salia mit grauem Schlamm tarnten, wurde uns jetzt deutlich bewusst, als wir in der Ferne die dunklen Umrisse der Eulenbären erkennen konnten. Ihr helles Kreischen hallte zwischen den Felswänden wider, während wir uns schnell in eine Kuhle im steinernen Boden duckten.

»Nicht … bewegen«, hauchte Jayden uns zu und keuchte unter der Angst sowie der körperlichen Anstrengung. Bitte, dachte ich insgeheim. Lass es das nicht gewesen sein. Denn wir alle besaßen nicht mehr die notwendige Kraft, um gegen die Tiere anzukämpfen. Nicht einmal, um einen Sprint auf Leben und Tod einzulegen.

Entgegen Jaydens Anweisung, sich vollkommen ruhig zu verhalten, da die Kualaras sehr viel besser hören als sehen konnten, begann Nate mit den Fingern im Geröll etwas beiseite zu schieben. Fragend sah ich meinen Zwillingsbruder an, mein Verstand war zu erschöpft, um seinen Gedankengang nachzuvollziehen. Jayden wollte gerade etwas sagen, da blickte Nate auf, seine Stimme leiser als ein Flüstern.

»Das Wasser bitte.«

Jaydens Blick wechselte zu mir, denn unsere Wasservorräte waren auf ein Minimum reduziert. Wir besaßen kaum noch etwas und tranken nur noch, wenn es sich nicht mehr vermeiden ließ. Doch wie lange könnten wir so weitermachen? Ich wusste nicht, welches Ende das bessere wäre – die Kualaras oder der extreme Wassermangel.

Nate ließ ein wenig Wasser in eine Mulde im Geröll tropfen und ich schreckte auf, um nach seiner Hand zu greifen. Er erkannte die Verwirrung in meinem Gesicht.

»Es ist nur sehr wenig, aber vielleicht reicht es gerade so, um zu überleben.« Er nahm etwas Dreck heraus und wir verstanden seine Idee. Wieder ertönte das Kreischen in der Ferne und ich zuckte zusammen.

Ich dankte Nate von ganzem Herzen, dass er all die neuen Zusammenhänge, die wir ihm in den letzten Tagen unserer Reise erzählt hatten, so schnell verstanden und verinnerlicht hatte.

Sein Einfall war gleichzeitig der winzige Funke Hoffnung, der uns letztendlich überleben ließ.

Nachdem wir den Kualaras mit rasendem Herzschlag entkommen waren, schleppten wir uns anschließend von Erschöpfung geplagt weiter.

Erst als Jayden die Höhle der Salia nach ein paar weiteren Stunden tatsächlich fand, überkam mich eine endlose Erleichterung, die mir die tonnenschwere Last von den Schultern nahm und mich endlich wieder befreit aufatmen ließ. Ich konnte nicht sagen, seit wie vielen Tagen wir nun auf dieser Insel herumirrten und diese erneut überqueren wollten. Ein zweites Mal versuchten wir das anscheinend Unmögliche. Auch wenn mir die Rückkehr inzwischen so viel schwerer erschien als unsere ursprüngliche Flucht aus der Stadt.

Jayden und ich waren uns direkt nach unserem Aufbruch einig gewesen, die Salia erneut aufzusuchen. Tieja hatte uns schließlich angeboten, dass wir jederzeit den Schutz der Geflohenen erhalten würden. Doch da war inzwischen so viel mehr. Denn wir benötigten Hilfe, wenn wir nach Marenna zurückkehren und etwas verändern wollten. Zu dritt wäre es uns schließlich kaum möglich, eine ganze Stadt neu zu ordnen und ihre Traditionen in andere Bahnen zu lenken. Die einzige Unterstützung, auf die wir hoffentlich zählen konnten, war die Gemeinschaft der Salia. Doch würden sie wirklich nach so langer Zeit in eine Stadt zurückkehren, die für sie nur Verrat und Tod bedeutete?

Ich seufzte und Jayden blickte mir entgegen. Wie auch damals, als wir mitten in der Nacht durch die Große Weite fliehen mussten – geplagt von Erschöpfung, Müdigkeit und verfolgt von der Angst, erwischt zu werden. Er kam zu mir und schloss mich für einen Moment in die Arme. Lange genug, um mir kurzzeitig das Gefühl zu geben, dass auch dieses Mal alles gut werden würde. Seine direkte Nähe gab mir neuen Halt. Vertrauen schwang in seiner Berührung mit. Liebe. Und das, obwohl Nate unmittelbar ein paar Meter von uns entfernt stand. Er wandte den Blick jedoch ab, als wäre es ihm unangenehm, diesen fast schon innigen Moment mitzuerleben. Wenige Sekunden später löste er sich bereits wieder von mir und betrat den vorderen Teil des Höhleneingangs, der dahinter viel weiter in die Tiefe führte. Ich stimmte eine traurige Melodie an, die Nate irritiert wahrnahm.

»Der Ruf der Aeringos«, erklärte ich.

Jayden sah dagegen mit einem verständnisvollen Lächeln auf mich zurück.

Dieses einzigartige und ruhige Lied hatte Taramea mich gelehrt und war gleichzeitig das Wiedererkennungszeichen der Salia. Es war die Melodie der Traurigkeit, die nachts in magentafarbenen Schlieren über der Wüste lag.

Zu diesen leisen Tönen lösten sich blaue Magiepunkte

aus meinen Händen und schwebten dicht um mich herum. Mit entsetztem Blick starrte Nate mich an, denn dieses Funkeln hatte er bisher nur in meinen Augen gesehen. Ebenso zeigte sich auch Jaydens Magie in violetten Punkten, die sich mit meiner zu einem wirren Muster verband. Eine innere Selbstverständlichkeit hatte die Furcht vor der uns einst so fremden Magie ersetzt.

»Wie kann das sein … und … und warum …?«, begann Nate, doch ein Geräusch aus der Höhle unterbrach ihn augenblicklich.

Mik erschien und hatte wie auch bei unserer ersten Begegnung eine kleine Laterne mit dem ewig brennenden Feuer bei sich. Er trug ein altes, ausgeblichenes Hemd und graue Farbe bedeckte seine Arme. Ich glaubte sogar etwas davon in seinen kurzen hellbraunen Haaren zu erkennen, die wirr von seinem Kopf abstanden. Mit zusammengekniffenen Augen sah er uns entgegen, bereit, jeden Eindringling sofort zu vertreiben. Mit den Sekunden, die verstrichen, konnte man beinahe beobachten, wie die Anspannung allmählich in ihm nachließ.

»Ihr?!«, fragte der ältere Mann, als hätte er mit unserem Anblick nicht mehr gerechnet. Im ersten Moment wusste ich kaum, wie ich mich verhalten sollte, denn in meiner Vorstellung war da immer Tieja gewesen, die uns überschwänglich in die Arme schließen würde. Miks mürrische Art dagegen hatte ich nicht sonderlich vermisst.

»Hallo, Mik«, sagte Jayden dennoch freundlich und zog die violetten Magiepunkte in sich zurück. »Unsere Aufgabe am Meer der Hoffnung ist vollbracht und wir erbitten ein Gespräch mit Euch und Tieja. Es ist sehr wichtig.«

Skeptische Blicke musterten uns voller Misstrauen. Mik schien eine ganze Weile darüber nachzudenken und sein Augenmerk blieb letztendlich an Nate haften. »Was ist mit ihm? Ihn hattet ihr das letzte Mal nicht dabei.« Er deutete mit der Laterne in die Richtung meines Bruders.

Obwohl wir alle erschöpft waren und uns nach einer ausgiebigen Pause in der kühlen Tiefe der Höhle sehnten, konnte ich ihn verstehen. Von seinen Entscheidungen hing der Schutz einer Gemeinschaft aus Geflohenen ab. Er allein trug die Verantwortung für ihre Leben.

»Nate ist mein Zwillingsbruder. Wir konnten ihn retten und ich muss dringend mit Tieja darüber sprechen.«

Es war vermutlich nicht die Erklärung, die sich Mik erhofft hatte. Dennoch ließ er von uns ab, bedeutete uns, ihm zu folgen, und kehrte in die Höhle zurück. Nate sah mich fragend an und ich glaubte, hätte er eine andere Wahl gehabt, als mir zu vertrauen, hätte er lieber einen anderen Plan vorgeschlagen. Er schien diesem mürrischen, alten Mann nicht über den Weg zu trauen.

»Tieja wird uns helfen«, flüsterte ich ihm zu, während ich es kaum erwarten konnte, die liebevolle Frau wieder in meiner Nähe zu wissen und ihr von all dem zu berichten, was am Meer der Hoffnung vorgefallen war.

Tiejas kleine Gestalt flackerte im bläulichen Licht des Ewigen Feuers, das sich in einer Laterne in der Mitte der kuppelartigen Höhle befand, die uns zu allen Seiten mit grauen Steinwänden umgab. Ich erinnerte mich daran, dass im hinteren Teil, der dort im Dunkeln verborgen lag, die schmalen Gänge zu den Schlafplätzen der Salia führten, doch dies hier war der zentrale Treffpunkt der Gemeinschaft.

Ihre braunen, freundlichen Augen fanden sofort die meinen. Ein Lächeln breitete sich auf Tiejas Gesicht aus und sie kam direkt auf mich zu. »Ihr seid früher zurückgekehrt, als ich es jemals für möglich gehalten hatte!« Sie umarmte mich etwas zu stürmisch für unsere kurze Bekanntschaft.

Trotzdem freute ich mich sehr, sie und Mia wiederzusehen, denn sie waren viel stärker mit meinem Schicksal verwoben, als ich es mir anfangs hatte eingestehen wollen. »Es ist schön, dich wiederzusehen, Tieja. Ich muss unbedingt mit dir sprechen«, sagte ich zu ihr.

Meine letzten Worte gingen beinahe in Mias lautem Ruf unter. »Nava!« Und dann rannte dieses noch so junge Mädchen mit offenen Armen auf mich zu, sodass mich der Vergleich mit seinem Halbbruder Tyler erneut schmerzte. In ihrer Unterschiedlichkeit prallten Welten aufeinander und ich fürchtete mich innerlich sehr davor, dass nur eine dieser Welten weiter bestehen konnte.

»Hallo, Mia«, flüsterte ich, während sie mich überschwänglich in die Arme schloss.

Jayden und Nate begrüßten die beiden Frauen dagegen in freundlicher Distanz. Nur ein paar Salia standen etwas abseits vom Schein des blauen Feuers, sodass ich nur wenig erkannte. Die Frauen unter ihnen trugen einfache Kleider, die nicht mit denen aus Marenna zu vergleichen waren. Aufgrund der grauen Farbe in ihren Gesichtern war es schwer zu erahnen, wie alt sie waren.

»Ich wusste nicht, dass du zurückkommen würdest!« Mias Augen leuchteten mir freudig entgegen. Sie war so unschuldig, so voller kindlicher Energie. Es war kaum vorstellbar, dass, wenn sie in Marenna aufgewachsen wäre, bereits in fünf Jahren an einen fremden Mann verheiratet werden würde.

»Wir hatten eine anstrengende Reise ans Meer und eine schwere Prüfung zu bestehen. Wir brauchen eine Pause, bevor wir nach Hause zurückkehren können«, versuchte ich ihr zu erklären. Dabei bemerkte ich erst im Anschluss, wie sich alle Blicke auf mich richteten.

Mik hatte seine Haltung verändert und mir war nicht entgangen, wie er sich zwischen uns und den Höhleneingang schob. Auch Tiejas Stirn legte sich irritiert in Falten, während Nate ebenfalls die

Anspannung spürte und seine Miene für mich Bände sprach.

»Nava …?«, begann mein Zwillingsbruder zögernd, um mich auf die kritische Situation hinzuweisen, als drohte uns Gefahr.

Doch ich hob die Hand, um ihn zu unterbrechen. »Entschuldigt, wir werden alles erklären.«

Trotzdem regte sich niemand und keiner wagte es vorerst, mich nach den Gründen zu fragen. »Ihr solltet euch ausruhen, wenn eure Reise so schwer war, wie du sagst. Wie auch beim letzten Mal könnt ihr in einer der Gruben für heute Nacht unterkommen und euch stärken, bis ihr wieder zu Kräften gekommen seid. Erst dann werden wir über den weiteren Weg sprechen. Einverstanden?« Tieja blickte fragend in die Runde und verharrte bei ihrem Mann, der sie grimmig musterte.

»Du vertraust ihnen nach wie vor, obwohl sie zur Einzigen Stadt zurückkehren werden? Fürchtest du nicht, dass sie unser Versteck verraten?« Seine laute und bebende Stimme hallte für einen Augenblick nach und brachte mit diesen Worten die tatsächliche Anspannung zum Ausdruck.

»Sie sind Geflohene aus der Stadt ebenso wie wir, und sie bitten um unseren Schutz. Also werden sie unsere Gäste sein, wie sie es auch beim letzten Mal waren.« Tieja deutete uns, ihr zu folgen, ohne weitere Worte an ihren Mann zu richten oder ihre eigenen

Bedenken zu äußern. Ich meinte noch, ein abfälliges Schnauben aus Miks Richtung zu hören.

»Danke«, sagte ich leise an sie gewandt. Obwohl sie mich nicht direkt ansah, erahnte ich ein Lächeln auf ihrem Gesicht.

Die Gruben, wie sie es nannten, waren Vertiefungen in der kühlen Erde, die mit Stoffen ausgelegt worden waren. Sie waren durch kleine Gänge voneinander getrennt, sodass ich mir vorstellen konnte, wie die jeweiligen Familien in eigenen Gruben lebten und dort schliefen. Dankbar legten wir unsere Gepäckstücke ab und obwohl ich unbedingt so bald wie möglich mit Tieja unter vier Augen reden wollte, ließ ich mich auf eine der Decken sinken. Wann hatte ich in den letzten Tagen überhaupt die Möglichkeit gehabt, die Ereignisse zu verarbeiten? Nach allem, was passiert war, auch nur einen Moment lang anzukommen?

Mia reichte uns auf grauen Schieferplatten etwas zu essen und Getränke in kleinen Gefäßen. Voller Dankbarkeit nahmen wir es in unserem erschöpften Schweigen an, und während wir aßen, wich Mia nicht von meiner Seite. Nate gab ein erleichtertes Stöhnen von sich, als er den ersten Bissen zu sich nahm. Mein Blick huschte zu Jayden, der sein Gefäß gierig leer trank. Ja, die letzten Tage waren hart gewesen und wir alle dankbar, dass wir nun endlich hier waren.

»Bist du denn immer noch traurig?«, fragte Mia mich irgendwann.

Ich musste darüber schmunzeln. Manche Menschen müssen die Traurigkeit tragen, damit viele andere glücklich sein können. So hatte ihre Mutter es ihr erklärt, nachdem die blauen Magiepunkte um mich herumgetanzt waren. Wieder betrachtete ich ihr hübsches und junges Gesicht, das so wenig Ähnlichkeit mit dem von Tyler aufwies.

Ich fragte mich, wie sie reagieren würde, falls sie von ihm erfuhr. Doch ich wollte mir nicht vorstellen, ihr von dem Tod ihres Halbbruders zu erzählen, der am Meer der Hoffnung der Magie erlegen war. Ich schluckte. Es war nicht fair, doch womöglich wäre es erträglicher, ihr niemals von Tyler zu berichten. »Nein, das bin ich fast nicht mehr«, sagte ich mit einem liebevollen Blick zu Nate und Jayden. »Aber in Marenna sind es noch sehr viele.«

»Könnt ihr mir davon erzählen? Wie ist denn diese Einzige Stadt?« Mit großen Augen sah sie mich erwartungsvoll an. Obwohl wir erschöpft und müde waren, wollte ich auf ihr Interesse und ihre Neugier antworten. Doch es fiel mir so schwer, Worte für das Geschehen innerhalb der Mauern zu finden, ohne ihre Vorstellung wie ein Kartenhaus in sich zusammenfallen zu lassen. Ich wollte ihr nicht von Ungerechtigkeit und Unterdrückung berichten – nicht von den unzähligen Mädchen, die sich das Leben nahmen, und auch nicht von der Gefangenschaft für Unzurechenbare.

»Mia, bitte geh zu deinem Vater und hilf ihm, die Vorräte aufzuräumen, ja?« Tieja trat in das schwache Licht der Gruben und starrte uns voller Fragen entgegen. Ohne zu widersprechen, nickte Mia sofort und erhob sich eilig. Mit einem letzten Blick auf mich, den ich mit einem Lächeln erwiderte, verschwand sie aus dem hinteren Teil der Höhle.

»Tieja …« Auch ich erhob mich augenblicklich und trat ihr einen kurzen Schritt entgegen. »Es tut mir leid, wir wollten keinen Ärger provozieren. Es ist nur … ich benötige dringend deinen Rat.« Ich sah sie bittend an.

Ihre Augen wurden größer, fragender. »Meinen Rat? Euch verfolgt eine Magie, die ich nicht kenne und ein Funkeln in euren Augen, das ich noch nie zuvor gesehen habe. Ihr seid am verfluchten Meer gewesen und mit einem Jungen zurückgekehrt, der dir ohne Zweifel gleicht. Ich weiß nicht, was hier vor sich geht oder welcher Prüfung ihr euch unterzogen habt, um dies überhaupt möglich zu machen. Und ich weiß erst recht nicht, weshalb ihr zurück in diese verdammte Stadt wollt. Und da bittest du um meinen Rat?«

Ich verstand ihre Zweifel, all ihre Fragen, die für sie keinen Sinn ergaben. Diese Unruhe in ihren Gedanken, weil so viel in dieser Welt geschah, das wir nicht verstehen konnten, bevor wir es nicht mit eigenen Augen erblickten.

Jayden und Nate blieben stumm hinter meinem Rücken in der Grube sitzen. Es schien mir, als hätten auch sie den Atem angehalten und warteten sehnsüchtig darauf, dass ich auf Tiejas Fragen Antworten parat hatte. Doch es gab keine. Ich hatte nur unsere Geschichte, die unwirklicher war als alles, das man uns in Marenna je gelehrt hatte.

»Ich werde dir die Wahrheit erzählen, nicht mehr und nicht weniger als das. Und egal wie verrückt oder wahnsinnig es dir vorkommen mag, bitte ich dich, mir zu glauben. Es ist die Wahrheit – das, was wir außerhalb der Stadt erlebt haben.« Meine Stimme klang trotz der inneren Nervosität erstaunlich selbstsicher. »Als wir aus der Stadt geflohen sind, wurde Jayden in der Großen Weite von einem der Aeringos berührt, als sie unsere Pekkos angriffen. Seitdem trägt er dieses Schimmern in seinen Augen und einen Teil ihrer Magie, auch wenn wir nicht wissen, was es für ihn bedeutet. Ich hatte furchtbare Angst, es könnte ihm den Verstand rauben, so wie man es von den Aeringos behauptet. Doch das ist bis heute nicht geschehen.« Für einen Moment warf ich einen Blick zu ihm zurück und betrachtete sein vertrautes Gesicht. Schnell unterdrückte ich all die Sorge, die ich um ihn in der unterirdischen Höhle verspürt hatte, damit meine Magiepunkte nicht wieder ausbrechen würden.

»Er trägt also die Magie der Aeringos?«, fragte Tieja.

Ich bestätigte es mit einem Nicken. »Wir wissen noch immer nicht, was das zu bedeuten hat. Aber bevor wir die Gemeinschaft der Salia zum ersten Mal erreichten, begegneten wir außerdem noch jemand anderem auf unserer Reise.« Ich holte tief Luft und wusste nicht, wie ich die folgenden Personen glaubwürdig vermitteln sollte.

»Es gibt drei Königinnen«, sprach Nate plötzlich aus dem Hintergrund. »Die drei Königinnen der Elemente – Erde, Wasser und Luft. Der Grundstein unserer Welt. Egal wie unglaubwürdig es für Euch klingen mag, Madame Tieja, es ist wahr. Diese Insel mit ihrer gesamten Magie wird von der Magie dieser Königinnen zusammengehalten. Sie sind nicht wie wir, sie sind … ebenfalls magisch.« Während Nate sprach, betrachtete ich die Veränderung auf Tiejas Gesicht, in dem sich nun noch viel mehr Fragen spiegelten.

»Von ihnen habe ich meine Magie erhalten.« Ich schloss die Augen, fühlte in mein Inneres und konnte dort die Trauer finden, die mich auf meinen Weg begleitet hatte, auch wenn sie nun viel kontrollierter war. Langsam begannen die Magiepunkte, um mich herum zu schweben, immer mehr zu werden und mich beinahe einzuhüllen. Ich spürte die kleinen blauen Lichtpunkte auf meiner Haut glitzern.

»Aber das ist unmöglich«, hauchte Tieja.

Ich öffnete die Augen wieder, um sie anzusehen. »Es ist, wie du gesagt hattest: Die Magie der Traurigen. Ursprünglich die des Wassers, jedoch hat die Trauer mit unendlichen Tränen die Hand über dieses Element übernommen.« Für jemanden, der es nicht mit eigenen Augen gesehen hatte, musste diese Geschichte wie ein Märchen, eine alte Legende klingen, und meine

Hoffnung, Tieja würde mich verstehen und uns in die Stadt begleiten, schwand langsam dahin.

»Tränen haben das Element Wasser übernommen?« Tieja zog eine Augenbraue nach oben und musterte mich skeptisch, als hätte ich mir zu heftig den Kopf angeschlagen und würde nun merkwürdige Dinge von mir geben.

»Was Nava sagen wollte, ist … dass wir zurück nach Marenna müssen, um all die Menschen aus der Gefangenschaft für Unzurechenbare zu befreien«, sagte Jayden plötzlich und seine Stimme klang dabei gewohnt ruhig und sachlich. »All diese, die in Marenna für seelenlos gehalten werden, können gerettet werden. Ebenso wie Navas Bruder.« Er deutete auf Nate und gab ihm zu verstehen, ihm zu Tieja zu folgen.

»Ist das wahr?«, flüsterte sie und wich zuerst erschrocken zurück. »Dass man die Unzurechenbaren retten kann?« Ihre Stimme trug die Furcht der Unwissenheit in sich und dennoch einen Funken glimmender Hoffnung. Sie schien sich aus ihrer Zeit in der Stadt noch an diese Gefangenschaft zu erinnern.

»Ja, mit dieser Magie, die Jayden und mir auf den Weg gegeben wurde, wird es uns hoffentlich möglich sein, die Menschen aus der Gefangenschaft und zudem unzählige Mädchen vor der Zwangsheirat zu retten«, sagte ich. »Mädchen wie Mia«, fügte ich mit Nachdruck und flehendem Blick hinzu.

»Aber das ist unmöglich!«, entfuhr es Tieja laut.

Ich hatte für einen Moment die Befürchtung, dass es die anderen in der Höhle aufhorchen ließ.

»Ihr seid zu dritt und wollt eine gesamte Stadt verändern?« Ihre Frage schwebte lange Sekunden zwischen uns, denn genau das war auch die Frage, die in unseren Herzen unbeantwortet blieb, da niemand es gewagt hatte, sie laut auszusprechen.

»Wir müssen es versuchen«, bat ich leise und streckte meine Hand vorsichtig nach ihr aus. »Tieja, erinnerst du dich an unser Geheimnis?«

Ich musste es nicht näher erläutern, denn sie verstand mich sofort. Sie erinnerte sich daran, dass ich ursprünglich an Miks erstgeborenen Sohn verheiratet werden sollte – unter der Herrschaft von Madame Patrice, die Frau, die Mik und Tieja wegen Mia den Tod an den Hals wünschte. Mit traurigem Blick nickte sie.

»Ich bitte euch, mit uns zu kommen. Mit in die Einzige Stadt, um gegen jahrelange Ungerechtigkeit und Unterdrückung anzukämpfen, die Frauen wie uns das Leben zur Hölle macht. Nicht alle jungen Mädchen haben die Möglichkeit, wie Mia aufzuwachsen. Behütet und beschützt vor den alten Traditionen eines noch viel älteren Mannes, der zwar den höchsten Titel der Stadt, aber auch all den dazugehörigen Hass der Menschen trägt. Indem wir die Tränen zu den Unzurechenbaren zurückbringen und die Mädchen von der Zwangsheirat befreien, werden die Tränenmeere ruhiger und wieder kontrollierbar werden. Nur so können wir die Insel vor ihrem Untergang bewahren, bevor das Ungleichgewicht der Elemente sie zerstören und unter sich begraben wird.« Ich gab ihr einen Moment, um diese Worte ankommen zu lassen. »Das hier ist eine Zuflucht, aber es ist nicht euer Zuhause«, sagte ich zum Schluss.

Jayden legte mir seine Hand auf die Schulter. »Ihr solltet in Ruhe darüber nachdenken«, schlug er freundlich vor, weil sie von all den Informationen eingeschüchtert wirkte.

Tieja nahm einen tiefen Atemzug, bevor sie zu sprechen begann. »Eure Magie mag wahr sein ebenso eure eigenartige Geschichte. Doch selbst wenn ich eure Hoffnung auf ein besseres Leben in der Stadt teilen würde, so erwartet uns in Marenna alle der Tod.« Keiner rührte sich, keiner wagte es, auf diese heftige Befürchtung zu reagieren. Ja, in den Augen des Majors waren wir Verräter – Flüchtige, die sich seinen Gesetzen entzogen und widersetzt hatten. Wir hatten unsere Bestimmung verweigert und gegen die Entscheidung des Hohen Rates gehandelt.

»Tieja hat recht«, antwortete Jayden. »Für unser Vergehen verlangt der Major sicherlich die Todesstrafe.«

Nate seufzte leise neben ihm auf. »Es ist nicht besonders klug, in einer taktischen Verhandlung zu erwähnen, dass einem bei Mithilfe der Tod erwartet. So erhalten wir keine Verbündeten für unser Vorhaben, die Stadt zu befreien.«

Jaydens Mundwinkel hoben sich zu einem amüsierten Lächeln.

»In der Tat, Nate. In Zukunft überlasse ich die Ansprache vor Verbündeten besser dir.«

Unsere Blicke richteten sich auf Nate.

»Also, was schlägst du vor?«, fragte ich meinen Bruder.

Er schien nur sehr kurz über eine Antwort nachzudenken.

»Es sind so viele Menschen, die innerlich gegen diese Stadt rebellieren. Nur wenn wir genügend miteinander verbünden, haben wir eine Chance, den Major und den Hohen Rat zu stürzen. Aber sie brauchen jemanden, der anfängt und hilft, sie anzuführen.« Er blickte hinüber zu Tieja. »Die Gemeinschaft der Salia wäre der Beginn von etwas Großem. Außerdem haben wir nicht vor, auf dem offensichtlichen Weg in die Stadt zurückzukehren.«

»Seit dreizehn Jahren leben wir hier draußen, abseits dieser scheußlichen Stadt, die vermutlich nicht einmal mehr von unserer Existenz weiß. Wir leben hier im Schutz der Insel und Mia wird in Freiheit aufwachsen können.« Tieja stemmte ihre aschgrau bemalten Hände in die Hüften. Nur ihr Gesicht war frei von der Farbe.

»Es ist dieselbe Ungerechtigkeit, die euch verbannt hat, gegen die auch wir nun ankämpfen werden. Unzählige Mädchen wie Mia sterben Jahr für Jahr, Tag um Tag. Und an einem davon war es meine

Schwester«, hörte ich Jayden neben mir sagen und obwohl seine Stimme bebte, konnte ich die Entschlossenheit darin hören.

Nate zog scharf die Luft ein, denn das war eine der Informationen, von denen er noch nicht erfahren hatte. Auch Tieja ließ ihre Arme sinken.

»Der Major wird schon bald seine stärksten Krieger und mächtigsten Ehrenhäuser auf die Erkundung des Festlandes schicken. Das ist der ideale Zeitpunkt für uns. Auch wenn der Major selbst nicht die Insel verlassen sollte, so ist er nur ein alter und schwacher Mann …«

»Es ist uns nicht möglich, die verfluchte Insel zu verlassen oder gar zum Festland zurückzukehren! Jeder weiß das!«, stieß Tieja aufgebracht aus. »Die Kriege haben das Festland damals zerstört und seitdem lastet ein schwerer Fluch auf dem Gewässer zwischen uns und dem Königlichen …«

Jayden ging einen Schritt auf sie zu. »Man predigt den Menschen auch seit Jahren, das Leben außerhalb der Mauern werde zum sofortigen Tod führen. Dass niemandem es möglich sei, die Große Weite zu überqueren. Und dennoch lebt ihr seit dreizehn Jahren in einem Gebirge, von dem in Marenna noch niemand je gehört hat. Nur wir haben gesehen, dass sich viel mehr Magie in all dem verbirgt, als die Menschen es wissen. Und wir tragen diese Magie mit einer Aufgabe. Wir können nicht tatenlos zusehen und zahlreiche Menschen ihrem aussichtslosen Schicksal überlassen, während wir die Möglichkeit haben, uns zusammenzuschließen. Eine Gemeinschaft aus Geflohenen, Gefangene, die ihrer Seele beraubt wurden, und eine Organisation von Mädchen im Untergrund, die ihr Leben verabscheuen. Wenn das kein Potenzial hat, gegen den Major anzutreten und ihn mit dem Hohen Rat heraus-zufordern …« Jayden machte eine bedeutsame Pause und wir alle warteten einen Moment ab, ließen seine Worte wirken, die wie Funken auf uns herabfielen, weil sich in seiner Aufregung die violetten Magiepunkte um ihn herum verteilt hatten.

Ich berührte vorsichtig seine Hand und auch die Magie zuckte zusammen. Unsere Blicke kreuzten sich und ich hatte das Gefühl, etwas in unserem Inneren beruhigte sich, gab dieser unvorstellbaren Aufregung nach. Unsere Herzen waren eins, das konnte ich in diesem Moment ganz deutlich spüren, auch wenn wir seit dem Kuss noch nicht die Chance hatten, über unsere Gefühle zu sprechen. Nun wandte ich das Wort an die kleinere Frau. »Tieja, ich bitte euch mit allem, was in meiner Macht steht, mit uns in die Stadt zu kommen, und ich verspreche, eure Leben mit meiner Magie zu verteidigen, so sehr es mir möglich ist. An diesem einen Tag, als ich das Ehrenhaus verließ, um Leute um ihre Gelder zu bestehlen, hatte ich einen Entschluss gefasst. Den Entschluss, für meinen Bruder zu kämpfen, über meine eigenen Grenzen hinaus. Doch nun habe ich eine viel größere Aufgabe erhalten, eine Bestimmung, all diese Menschen zu retten, die ebenfalls auf Hilfe angewiesen sind. Und das sind in Marenna so viele, dass niemand sie zählen kann. Deshalb brauchen wir Unterstützung. Wir brauchen euch, damit das Leid in dieser Stadt endlich ein Ende nimmt und die Insel vor dem Untergang bewahrt werden kann!« Meine Worte klangen so schwer wie einst die Trauer, die mich erdrückt hatte. Ich sah Tieja an, flehend aber auch voller Ehrlichkeit. Ob sie spüren konnte, dass ich bereit war, diese Herausforderung anzunehmen?

»In Zukunft solltet ihr sie sprechen lassen, wenn ihr Verbündete von eurem Vorhaben überzeugen wollt.« Tieja lächelte Jayden und Nate kurz zu. Etwas in ihren Augen flackerte kaum merklich auf, als sich ihr Blick wieder auf mich richtete. »Ich werde mit Mik sprechen und ihr solltet euch jetzt ausruhen. Scheinbar habt ihr wirklich sehr viel erlebt.« Damit wandte sie sich ab, verschwand in der Dunkelheit der restlichen Höhle und ließ uns bei den Gruben zurück.

Meine angespannten Schultern gaben nach und als ich mich umdrehte, blickten Nate und Jayden mir erwartungsvoll, beinahe andächtig entgegen.

»Vielleicht werde ich mich niemals daran gewöhnen, wie erwachsen du doch geworden bist. Und an diese seltsame Magie, die dich seitdem umgibt.« Nates Mundwinkel hob sich zu einem schiefen Lächeln und Jayden griff ein wenig stolz, wie es mir schien, nach meiner Hand, während auch um ihn die violette Magie flimmerte.

Fürchte dich nicht vor dem Unbekannten,
denn vielleicht fürchtet es sich auch vor dir.
~ Mia ~

KAPITEL 2

Ein Huschen weckte mich später in der Nacht. Wie ein zu schneller Luftzug, ein minimales Geräusch, das außer mir niemand wahrzunehmen schien.

»Nava«, flüsterte etwas sanfter als der Wind. »Nava!«

Ich schlug die Augen auf, blickte in die Dunkelheit der Gruben und lauschte für den Bruchteil einer Sekunde dem ruhigen Atem von Nate und Jayden. Ein Knacken ertönte so schwach hinter mir, dass ich es nur vernahm, weil wir seit Wochen auf der Flucht waren und jedes kleinste Geräusch entscheidend sein konnte. Um der Dunkelheit Einhalt zu gebieten, horchte ich in mein Innerstes, in diesen Wirbel aus Emotionen und Trauer hinein. Vorsichtig versuchte ich, nur wenige Magiepunkte aufflimmern zu lassen. Es gelang mir gerade genug, um etwas zu erkennen, aber niemanden aufzuwecken.

Mias winzige gräuliche Gestalt hockte am Eingang der Gruben und blickte mir mit faszinierten Augen und offenem Mund entgegen. Kurz darauf winkte sie mich zu sich und huschte weiter. Kaum war ich aufgestanden, bemerkte ich die Kälte innerhalb der Gruben und warf mir das Cape über die Schultern.

Während ich ihr folgte, war ich bemüht, ebenso leichtfüßig und still über den erdigen Boden zu schleichen wie sie, ohne dass Jayden wach wurde, der so nah neben mir schlief. Er wirkte so friedlich im blauen Schein meiner Magie und am liebsten wollte ich ihm eine Haarsträhne zurückstreichen, die ihm ins Gesicht gefallen war. Ich konnte mich nicht erinnern, wann ich ihn einmal entspannt gesehen hatte. Seit wie vielen Tagen befanden wir uns eigentlich auf der Flucht? Wann war die ständige Angst, entdeckt zu werden, ein gewohnter Begleiter geworden?

Im Gang zu den Gruben war es kühl und der Boden unter meinen nackten Füßen wurde allmählich steiniger. Ich wollte Mias Namen leise rufen, unterließ es aber, um nicht auf mich aufmerksam zu machen.

Stattdessen fand ich zurück zum großen Hohlraum, in dem wir zur Begrüßung gestanden hatten und ein kleines Ewiges Feuer in Miks rostiger Laterne brannte. Die verschiedenen Blautöne mischten sich ineinander und schimmerten an den Höhlenwänden. Ich atmete hörbar auf, nachdem ich weit genug von den anderen entfernt war. Obwohl ich mitten in der Nacht aufgeschreckt war, fühlte ich mich überraschend ruhig. Ich hatte das Gefühl, wir waren hier ein wenig mehr in Sicherheit als überall sonst auf der Insel. Würden wir uns jemals wieder in Sicherheit wiegen können?

Wieder erhaschte ich aus dem Augenwinkel eine Bewegung. Mia war scheinbar zum Höhlenausgang verschwunden und ich folgte ihr sofort. »Mia«, hauchte ich.

Doch das Mädchen schien nicht warten zu wollen. Der Boden veränderte sich vom erdigen Untergrund zu rauem Gestein, dennoch schien Mia ihr Tempo kaum zu verändern. Letztendlich trat ich aus der Höhle nach draußen in einen violetten Schein, der fast die ganze Welt eingenommen hatte. Die Aeringos. Mia lehnte an einer Felswand gegenüber der Höhle und kicherte mir leise zu. Die Gemeinschaft der Salia lag verborgen in einem erhöhten Berg des Gebirges, sodass man vor dem Höhleneingang auf die Felsen und den weiten Himmel mit den Farben der Aeringos blicken konnte. Mit einem Schmunzeln trat ich zu ihr und setzte mich neben sie. »Hey«, flüsterte ich. »Schleichst du immer so spät nach draußen?«

»Manchmal«, antwortete sie mit einem schelmischen Grinsen. »Ich will mich schließlich gar nicht vor der Insel verstecken.«

Ihre Worte trafen etwas in mir, das zu beben begann. Ich erinnerte mich an Tiejas Worte, all die Geheimnisse vor Mia zu wahren. Sie versuchte seit Jahren ihre Tochter vor dem Grauen der Einzigen Stadt zu beschützen. Doch ich verstand auch Mia: Wie sollte sie etwas fürchten, das sie nicht kannte?

»Wirst du wirklich zur Stadt zurückkehren, Nava?« Mit großen, fragenden Augen blickte sie mich an.

Ich wollte sie in die Arme schließen und ihr sagen, dass ich nicht fortgehen würde, wie zu einer kleinen Schwester, die ich nicht hatte und dennoch niemals im Stich lassen wollte. Am liebsten wollte ich ihr all die Fragen nehmen und sie vor der Wahrheit schützen. Doch war das überhaupt möglich? Konnte man uns Menschen vor der Wahrheit beschützen, wenn sie doch so offensichtlich vor uns lag? »Weißt du, Mia, wir alle bekommen eine Aufgabe in unserem Leben gestellt. Entscheidend ist, ob wir sie auch erkennen und wie wir sie letztendlich bewältigen. Jeder von uns kann etwas ändern. Wir müssen es nur tun.«

Sie schien jedes meiner Worte wie ein Schwamm aufzusaugen und beobachtete mich konzentriert, während ich sprach. Als bedeuteten meine Worte mehr als Gold für sie. »Und was ist deine Aufgabe?«

Ich schmunzelte. War das überhaupt so einfach in Worte zu fassen, um der Welt von einem zwölfjährigen

Mädchen gerecht zu werden? »Was weißt du denn über die Einzige Stadt?«, stellte ich ihr stattdessen eine Gegenfrage.

Mia löste die Arme aus der Verschränkung und begann an ihren Fingern aufzuzählen. »Erstens, dass sie auf der anderen Seite der Insel liegt, hinter der Großen Weite und deshalb weit genug von uns entfernt ist. Zweitens, dass wir fliehen mussten, weil ein alter, wütender Mann dort so viele Menschen einsperren lässt. Und drittens, dass ich noch niemals dort gewesen bin.« Den letzten Teil flüsterte sie mir fast schon geheimnisvoll zu, als ob sie mich, ohne direkt darum zu bitten, gar überreden wollte, sie nach Marenna mitzunehmen.

»Ja, das ist alles richtig. Und dieser Major wollte auch meinen Bruder einsperren.«

Mias Mund formte sich zu einem großen O.

»Deshalb mussten auch wir die Stadt verlassen.«

»Aber warum willst du dann dahin zurück? Hast du denn keine Angst, dass er euch dann wieder einsperren will?«

Eine berechtigte Frage. »Ja, vielleicht ein bisschen Angst«, gestand ich ihr. »Aber wir wollen auch all die Menschen befreien, die er gefangen hält. Nur weil er alt und wütend ist, hat er doch nicht das Recht, darüber zu entscheiden, alle einzusperren.«

»Nein, das hat er nicht«, pflichtete Mia mir bei, bevor sich eine kurze Stille zwischen uns schlich, in der wir in den Nachthimmel hinaufblickten. Kaum zu glauben, wie sehr wir die Bahnen der Aeringos anfangs gefürchtet hatten, und mittlerweile hatten sie etwas Tröstliches, sogar Vertrautes an sich.

»Und deshalb kannst du zaubern, oder? Damit du alle befreien kannst?«, fragte sie mehr sich selbst, denn sie sah mich dabei gar nicht an.

Ich mochte Mias kindliche Art, die Dinge zu sehen und zu begreifen. Ihre Ansicht war so simpel und klar. Manchmal wünschte ich, sie hätte mit allem recht, was sie aussprach.

»Ich kann nicht wirklich zaubern, Mia.« Vorsichtig ließ ich erneut Magiepunkte um mich herum schweben, während die Emotionen jedoch gefasst in mir blieben. Wie sehr ich die Magie doch inzwischen unter Kontrolle hatte.

»Aber was ist es dann?«, hauchte sie in fasziniertem Flüstern und versuchte erneut die glimmenden Punkte zu berühren, doch jedes Mal zuckten sie davor zurück. »So etwas habe ich einfach noch nie zuvor gesehen!«

»Eigentlich …«, begann ich. »Ist es ein bisschen wie bei den Aeringos. Wir alle fürchten sie, weil wir nicht wissen, was sie und ihre Magie wirklich ausrichten können. So ist es leider sehr häufig, die Menschen fürchten das, was sie nicht kennen.«

»Ich nicht!«, entgegnete Mia beinahe etwas trotzig und verschränkte dabei wieder ihre Arme vor der Brust. »Vielleicht haben sie vor uns ja genauso sehr Angst wie wir vor ihnen? Meine Mutter sagte mir, sie seien die Traurigkeit des Himmels. Aber wieso sollte der Himmel denn traurig sein?«

Die Traurigkeit des Himmels, wiederholte ich ihre Worte in Gedanken und empfand diese Beschreibung als tröstlich schön.

»So ganz genau weiß ich das selbst noch nicht. Aber vielleicht hast du ja schon gesehen, dass Jayden die Magie der Aeringos trägt.« Bestimmt war ihr das Schimmern in seinen Augen nicht entgangen. Dafür war sie viel zu neugierig und aufmerksam.

»Er hat also auch eine Aufgabe«, flüsterte sie in die Nacht.

Ich hoffte, nichts Falsches gesagt zu haben, das Tieja in ihrer jahrelangen Sorge um Mia verärgern könnte. Es war schwer, sie vor den Dingen beschützen und sie gleichzeitig darauf vorbereiten zu wollen.

»Es ist gut, dass ihr die Menschen rettet«, fügte Mia nach einer Weile nachdenklich und etwas leiser hinzu. Ich glaubte sie sogar kurz gähnen zu hören.

»Ja, manche Menschen können sich nicht einmal mehr selbst retten. Deshalb …«

»… deshalb ist es so wichtig, dass ihr eure Aufgaben gefunden habt«, unterbrach sie mich mit einem Lächeln. Als hätte sie bereits die ganze Welt verstanden, obwohl uns noch so vieles dieser verfluchten Insel verborgen war.

Inzwischen hatte ich mein Cape abgenommen und es wie eine Decke über uns ausgebreitet, als sich Mia irgendwann müde an meine Seite schmiegte. Wir lauschten den weit entfernten Klängen der Aeringos, bis wir letztendlich einschliefen.

Dieses Mal waren es durchdringende Rufe, die mich weckten. Während Mik uns wütend außerhalb der Höhle gefunden hatte und mit verzerrtem Gesicht musterte, musste ich an den wütenden König aus Mias Vorstellung denken. Es war eine treffende und doch verschönte Aussage über den Major von Marenna.

Tieja neben ihm wirkte etwas besorgt, dagegen wich alle Sorge aus Jaydens Gesichtsausdruck, als er uns vor der Höhle an einen Felsen gelehnt erspähte.

»Entschuldigung«, rief ich ihnen zu, als Mia und ich ihnen mit müden Schritten entgegenkamen.

»Ich musste mit Nava unter vier Augen sprechen.« Alle Aufmerksamkeit richtete sich auf das kleine Mädchen neben mir, das mit diesen Worten und einer verblüffenden Selbstverständlichkeit seinen Eltern gegenübertrat. Sofort wandte Tieja ihren Blick auf mich, als wollte sie sichergehen, dass unser Geheimnis weiterhin geschützt war. Unmerklich nickte ich ihr zu. Nach wie vor hatte ich ihr nicht verraten, dass Mia der einzige Grund war, weshalb die Salia hier draußen lebten und dass sie noch einen hochgeborenen Halbbruder hatte.

»Niemand verlässt ohne Erlaubnis die Höhle, Mia!«, zischte Mik ihr zu und wollte nach ihrem Arm greifen.

In letzter Sekunde wich Mia zurück und schob sich hinter meinen Rücken.

»Es ist nur zu deinem Schutz!«, warf er hinterher und fixierte mich, als würde ich allein die Schuld an ihrer Meinung tragen.

»Schutz vor was? Nacht für Nacht spreche ich mit den Aeringos und sie haben mir noch nie etwas getan!«, wetterte Mia hinter meinem Rücken zurück und die Anspannung vor dem Höhleneingang war zum Greifen nahe. Nicht einmal Jayden mischte sich mit einem guten Ratschlag in diese Familienangelegenheit ein.

Mik wollte gerade etwas erwidern, da legte Tieja ihm ihre Hand auf die Schulter. »Dann kannst du dich glücklich schätzen, dass die Aeringos dich im Guten wissen und dir bisher nicht schaden wollten«, versuchte sie die Situation zu entschärfen.

»Vielleicht ist es ja aber auch meine Aufgabe«, stieß Mia die Worte regelrecht aus und stemmte ihre zierlichen Hände in die Hüften. Abwartend reckte sie das Kinn in die Höhe und trat siegessicher hinter meinem Rücken hervor.

Meine Atmung setzte für einige Augenblicke aus, das Gespräch nahm eine ganz ungewollte Richtung und ich spürte die schweren, vorwurfsvollen Blicke wie Felsbrocken auf mir lasten.

»Jeder hat eine Aufgabe, meinte …« Unsere Blicke trafen sich und Mia brach mitten im Satz ab. Bitte, flehte ich sie in Gedanken an, doch sie konnte mich unmöglich hören. Dennoch schien sie den Ernst der Lage zu verstehen und sah mich mit großen Augen an.

»Was wolltest du sagen?«, fragte Tieja etwas leiser, jedoch mit bebendem Unterton. Aus dem Augenwinkel heraus erkannte ich, wie Jayden mich gebannt ansah, als wollte er eine stille Erklärung, die ich ihm im Moment nicht bieten konnte. Mir gefiel gar nicht, wie die Unterhaltung mit Mias Eltern ihren Lauf nahm, während wir sie ursprünglich davon überzeugen wollten, mit uns die Große Weite zur Einzigen Stadt zu überqueren. Nun bekamen sie den Eindruck, ich wollte Mia, ihre geliebte Tochter, auf meine Seite holen, um ein Druckmittel gegen sie in der Hand zu haben. Dabei wollte ich das Mädchen unter keinen Umständen in Gefahr bringen.

»Werden wir mit Nava und den anderen nach Marenna gehen?«, fragte Mia unerwartet.

Ich schnappte nach Luft. Ich hatte sie für ihr junges Alter viel zurückhaltender eingeschätzt, stattdessen wirkte sie der Ungerechtigkeit in Marenna plötzlich stärker gewachsen, als ihre Eltern es für möglich hielten.

Nun konnte ich Tiejas und Miks Blicken nicht weiter ausweichen. Mit einem tiefen Atemzug straffte ich die Schultern und trat einen Schritt nach vorn. Jayden tat es mir augenblicklich gleich und gesellte sich an meine Seite. Seine Augen funkelten violett und sprachen Bände. Er wollte mich unterstützen und verdeutlichen, dass er auf meiner Seite war. Doch es schien ihm sichtlich schwerzufallen, schließlich war der Verlauf dieser Verhandlungen undurchsichtig und ohne jegliche Absprachen ins Wanken geraten.

»Eine durchaus berechtigte Frage.«

Tieja verschränkte die Arme.

»Wir haben ausführlich über euer Vorhaben gesprochen und diskutiert«, ergänzte Mik ihre Worte. Er wendete ein altes, rostiges Messer in seinen Händen, als wollte er damit mehr Ehrfurcht erwecken.

Trotzdem fürchtete ich ihn in Tiejas und Mias Nähe keineswegs, auch wenn ich mir immer wieder ins Gedächtnis rufen musste, dass dieser Mann auch Tylers Vater war. Dadurch würde ich ihm beinahe alles zutrauen, auch wenn das sehr voreingenommen war. Aber Tylers Hinterhältigkeit hatte mich in dieser Weise viel zu deutlich geprägt.

»Eure Unterstützung wäre uns äußerst wichtig und von großer Bedeutung – es …«, versuchte ich sie erneut von dieser waghalsigen Bitte zu überzeugen.

Tieja schüttelte den Kopf, während Mik sofort abweisend die Hand hob. »Seit bald dreizehn Jahren leben wir hier draußen, abseits der Stadt und ihren Traditionen«, betonte Mik in langsamen Worten. »Wir haben diese Entscheidung niemals leichtsinnig getroffen. Und nun taucht ihr innerhalb weniger Tage zweimal in unserem geheimen Lager auf, verlangt, dass wir mit euch kommen sollen, dass ich nicht nur eine Gemeinschaft aus Geflohenen aufgeben, sondern auch noch die Verantwortung für viele nahestehende

Menschenleben in die Hände von drei Jugendlichen geben soll. Nur weil sie mit einer uns fremden Magie hantieren, deren Gefahren und Risiken wir weder kennen, noch einzuschätzen vermögen.«

Ich schluckte. Aus Miks Mund hörte es sich tatsächlich irgendwie verrückt an und ich fragte mich für einen Moment, wie ich überhaupt auf die Idee gekommen war, ihn danach zu fragen. Gleichzeitig schien es mir berechtigt und dabei hatte ich fest mit Tiejas Zuspruch gerechnet.

»Wir werden euch nicht alle begleiten.« Ihre Worte lagen tonnenschwer in der Luft. Unbewusst hielt ich den Atem an und Jayden griff nach meiner Hand. Selbst Mia biss sich auf die Lippe und wartete gespannt darauf, was ihre Mutter ergänzen würde.

Während wir innehielten, trat plötzlich Nate aus der Höhle und starrte uns entgegen. Irritiert suchte er meinen Blick, beäugte dann unsere Hände, die ineinander lagen, und räusperte sich anschließend, um die Aufmerksamkeit auf sich zu lenken. Mias Eltern drehten sich um und ich beobachtete, wie sich Tiejas Schultern entspannten. In dieser Geste erkannte ich eine tiefliegende Gemeinsamkeit. Auch sie war immer auf der Flucht. Denn jedes unerwartete Geräusch konnte eine Gefahr bedeuten.

»Da seid ihr ja«, entfuhr es Nate leise, als er zu uns kam. Nervös betrachtete er die gespannte Atmosphäre. »Wann wolltet ihr mir denn Bescheid sagen, dass wir aufbrechen?«

»Wir brechen noch nicht auf«, flüsterte ich ihm zu. Die nächtlichen Gespräche mit Mia konnte ich ihm vor den Eltern des Mädchens jedoch nicht erklären.

»Ihr werdet aufbrechen und Tieja wird euch mit ein paar unserer Leute begleiten. Es wird eine Vereinbarung geben.« Mik machte eine nachdenkliche Pause, während er mein Gesicht musterte. Als hätte er Bedenken, dass ich mein Wort nicht halten würde.

»Eine Vereinbarung?« Nate blickte fragend in die Runde. Ich verstand, dass ihm so vieles hier noch fremd erschien und ihn verwirrte. Seit seiner Geburt kannte er nur die Stadt, sein Leben war einzig und allein davon geprägt, das Ehrenhaus unserer Eltern zu übernehmen. Nun kämpfte er innerlich mit dieser neuen Welt, in der kaum noch etwas Bestand hatte, das er ursprünglich gekannt und all die Jahre gelernt hatte.

»Mit keiner Silbe werdet ihr die Gemeinschaft der Salia verraten!«

»Mik«, versuchte Tieja ihn in seinem Aufruhr zu besänftigen. Sie schien genau zu wissen, dass es keinen Grund gab, uns deshalb zu misstrauen.

Er wehrte sie sofort ab. »Oder ihr werdet mit derselben Strafe bezahlen, die uns gilt – das ist die Vereinbarung und ihr brecht noch heute auf!« Mit diesen Worten und einem grimmigen, fest entschlossenen Blick wandte sich der alte Mann ab und kehrte in die Höhle der Salia zurück. Für einen langen Moment standen wir Tieja noch schweigend gegenüber.

»Ihr habt ihn gehört und ich rate euch, ihn nicht zu verärgern. Ich glaube an das, was ihr gesagt habt. Aber ich hoffe auch, dass ihr wisst, was ihr tut. Ihr könnt euch und eure Kleidung waschen, bevor ihr nach dem Frühstück aufbrecht. Und nun komm, Mia, und hilf mir beim Gepäck, bevor wir uns leider voneinander verabschieden müssen.«

»Verabschieden?«, ertönte die viel zu hohe, kindliche Stimme hinter mir.

Ich sah zwischen Mia und ihrer Mutter hin und her und erkannte in Tiejas gutmütigen braunen Augen eine bittere Selbstverständlichkeit, die sie schmerzte. Sie würde Mia unter keinen Umständen mit auf diese Reise nehmen. In diesem Moment konnte ich ihre Zerrissenheit verstehen, beinahe spüren. Zwischen ihrem eigenen Gefühl und der Verantwortung, die Mik zu verkörpern schien. Dieses Pflichtgefühl, das ihn antrieb und stark machte. Doch in Mias Gesicht lag dieser Ausdruck, der jedem zu verstehen gab, wie sehr sie die Einzige Stadt sehen wollte. Wie sehr sie uns auf dieser Reise begleiten wollte.

»Deine Mutter hat recht«, sagte ich leise. »Es ist sehr weit und wir sollten vorher noch unsere Sachen packen … Hilfst du uns?« Ich legte meine Hand auf Mias Schulter, während sie mir einen bitteren Blick zuwarf, als hätte ich sie zutiefst verraten. Dennoch folgte sie uns ohne Widerworte in die Höhle. Ihr schmollender Gesichtsausdruck hielt jedoch noch lange an.

Tieja zeigte uns eine Möglichkeit, uns innerhalb der Höhlen zu waschen und einige unserer Kleidungsstücke zu säubern. Obwohl wir nicht viele Worte wechselten, hoffte ich, sie würde wissen, wie dankbar ich ihr dafür war. Tagelang waren wir verschwitzt durch die Berge gestapft, das Kleid meiner Mutter hatte darunter scheinbar ebenso sehr gelitten wie ich selbst. Später brachte Mia uns neue Kleidungsstücke, die kaum mit den Kleidern aus der Stadt zu vergleichen waren: Einfache Schnitte, ohne Schnörkel und Verzierungen. Die Farben wirkten matt, als würden die Salia die Leinenstoffe selbst färben. Oder es war Absicht, um sich in blassen Farben vor den Eulenbären zu schützen. Der hellgraue Stoff lag angenehm kühl auf meiner Haut, was so gar nicht zu der Hitze passte, die uns schon bald in der Großen Weite erwarten würde.

Nach Jaydens Berechnung und Einschätzung könnten wir Marenna auf direktem Wege innerhalb von vier Tagen erreichen. Ich stellte sein Können unter keinen Umständen infrage, dennoch glaubte ich, dass unsere Rückkehr weitaus mehr Zeit in Anspruch nehmen würde. Wir hatten keine Pekkos und eventuell würden wir den unterirdischen See nicht sofort wiederfinden. Aber vielleicht war es auch Jaydens Art, den Salia damit die Angst zu nehmen. Denn die fand man in ihren Gesichtern mehr als genug. Mik hatte zwei Männer und eine weitere Frau ausgewählt, uns auf der Reise zu begleiten. Sie waren geflohene Arbeiter und es wäre sicher einfach, sie als solche auch wieder in die Stadt zu schleusen. Niemand würde sie direkt wiedererkennen, dazu waren dreizehn Jahre eine zu lange Zeit.

»Seid ihr fertig?«, fragte Tieja an mich gewandt.

Ich nickte ihr zu. Nate hatte sofort angeboten, einen der Vorratskörbe auf seinem Rücken zu tragen, während Jayden uns den Weg weisen würde.

Tieja seufzte. »Ich kann sie unmöglich mitnehmen, aber das wird sie mir niemals verzeihen.«

Auch ohne Namen wusste ich sofort, von wem die Rede war. »Irgendwann wird sie es verstehen … Es ist zu ihrem eigenen Schutz«, beschwichtigte ich sie zaghaft.

»Schutz wovor? Ihrem eigentlichen Leben? Ist es unfair oder richtig, dass sie hier draußen leben muss?« Flehend sah Tieja mich an. Eigentlich müsste sie die Frage mit all ihrer Lebenserfahrung viel besser beantworten können.

»Ich weiß es nicht«, hauchte ich. »Aber es ist richtig, was wir tun. Diese Ungerechtigkeit muss endlich aufhören.«

Tieja warf sich einen Beutel über die Schulter und nickte. »Ja, es ist richtig, was wir tun. Ich hoffe nur, ich werde meine Tochter eines Tages wiedersehen.«

Vor der Höhle rief man unsere Namen und sie hallten zwischen den Wänden wider.

»Das wirst du. Das wirst du ganz bestimmt. Ich verspreche es.« Und während ich das sagte, wusste ich selbst nicht, ob ich das überhaupt versprechen konnte. Ob es denn in meinen Möglichkeiten lag. Aber auch ich wollte Mia eines Tages wiedersehen, ihr sagen, dass Marenna keine böse Stadt mehr war, vor der sie sich fernzuhalten hatte. Das wäre die Zukunft, die ich mir für das kleine Mädchen wünschte, das wie eine Schwester für mich war.

Draußen warteten die drei Salia gemeinsam mit Mik, Mia, Jayden und Nate auf uns. Betretenes Schweigen herrschte zwischen ihnen und in Mias Augen schimmerten deutlich Tränen.

»Sei nicht traurig, Mia.« Ich schloss sie in meine Arme und sie schmiegte sich sofort an mich. Allein bei der Vorstellung, ihre Tränen in die Tränenmeere fließen zu lassen, schmerzte mir das Herz. »Bitte weine nicht.«

»Aber ich möchte mit euch kommen … bitte!«, fügte sie so deutlich mit Nachdruck hinzu, als könnte dieses eine Wort alles verändern.

Ich erinnerte mich schlagartig daran, wie ich damals die gleiche Hoffnung bei Nate hatte. »Erinnerst du dich an unser Gespräch?«

Sie sah zu mir auf, nickte kaum merklich.

»Deine Aufgabe wird kommen, da bin ich ganz sicher. Aber vorher ist es wichtig, dass du in Sicherheit bist und keine Tränen weinst, hörst du?«

Mia nickte erneut. »Manche Menschen müssen die Traurigkeit in sich tragen, damit andere glücklich sein können«, wiederholte sie Tiejas Worte. »Wirst du meine Traurigkeit auch mitnehmen, Nava?« Ihre Stimme brach, ihre Lippen bebten. Tränen traten aus ihren Augen und bahnten sich einen Weg über ihre Wangen.

»Natürlich. Ich werde sie immer bei mir tragen. Du musst nicht mehr traurig sein. Nie mehr.« Dann umarmten wir uns lange und ich hoffte, betete innerlich, es möge wahr werden. Dass Mia ein glückliches Leben führen würde und ich dies eines Tages mit eigenen Augen sehen könnte. »Wir werden uns wiedersehen, das verspreche ich dir.«

Die stärkste Liebe ist diejenige,
in der wir bereit sind, Opfer zu bringen.
~ Mia ~

KAPITEL 3

Der Abschied zwischen Mutter und Tochter war selbst für uns kaum zu ertragen. Mik war es letztendlich, der uns zur Eile drängte und fortschickte, bevor die Kualaras in der Dämmerung auf die Jagd gehen würden.

Jayden wies den Weg gemeinsam mit einem der Saliamänner an. Während wir das felsige Gebirge von Mar überquerten, erklärte Tieja mir, dass sie hatte versprechen müssen, die Namen der drei Salia nicht zu erwähnen, da sie mich für eine Hexe hielten, womöglich für diejenige, die Schuld an dem Fluch der Insel war. In ihren Vorstellungen war Jayden von meiner Magie vergiftet worden, weshalb auch er das Funkeln in seinen Augen trug. Obwohl ich mir wünschte, sie könnten die wahren Gründe dafür erkennen und akzeptieren, verstand ich ihre Angst. Irgendwann würde es nicht mehr von Bedeutung sein, woher uns diese Magie gegeben worden war. Eines Tages würde nur noch von Bedeutung sein, dass wir damit unzählige Menschen in die Freiheit geführt hatten.

Die erdrückende Hitze im Gebirge hatte sich kaum verändert. Der einzige Schutz vor dem gleißenden Sonnenlicht war die graue Farbe, die Tieja uns zum Schutz vor den Kualaras aufgetragen hatte. Die gewaltigen Tiere hatten ein ausgezeichnetes Gehör, aber schwache Augen. Sobald gleichfarbige Ebenen miteinander verschwammen, seien sie, nach Tiejas Aussage, fast blind.

Schweigend trotteten wir hinter Jayden her und jeder von uns hing seinen eigenen Gedanken nach. Taten wir das Richtige? Konnten wir die Insel davor bewahren, von den Tränenmeeren überrollt zu werden? Waren wir in der Lage, all den Unzurechenbaren ihre Tränen zurückzubringen, damit sich die Tränenmeere beruhigten? Würden wir einen weiteren Anstieg verhindern können, wenn wir die Traditionen, die schlussendlich für die Trauer und Tränen verantwortlich waren, auslöschten? Hatten wir gegen eine jahrhundertealte Geschichte überhaupt eine Chance?

Mit einem Blick auf Nate dachte ich an das Ehrenhaus unserer Eltern zurück. An die langen Flure, die hohen Zimmer und die alte Holztreppe, auf der wir als Kinder gespielt hatten. Wenn es eine Heimat für mich gab, so war sie nicht Marenna als Stadt, sondern dieses Anwesen, in dem wir unser ganzes Leben verbracht hatten. Seit Generationen übernahm der Erstgeborene mit seiner Volljährigkeit die Ehre und Verantwortung über das Fortbestehen des Hauses. Dennoch war uns alles genommen worden, was unser Leben geprägt hatte. Mit Schrecken erinnerte ich mich an das Attentat, das auf unsere Eltern ausgeübt worden war. Ob ich jemals erfahren würde, wer daran beteiligt gewesen war oder wer es beauftragt hatte? Waren unsere Eltern in Schwierigkeiten gewesen oder hatte es Streit mit anderen Ehrenhäusern gegeben? Vielleicht hätten wir Hinweise darauf gefunden, wenn uns das Anwesen nicht entrissen worden wäre.

Wut mischte sich unter die Anstrengung, die mir das steinige Gebirge abverlangte. Noch immer konnte ich den starren Blick des Hohen Rates vor mir sehen, bestimmt und von Hass erfüllt, als er mir erklärt hatte, dass wir kein Anrecht besitzen würden – weder auf Ehre noch auf das Elternhaus. Dabei war es nur um wenige Wochen gegangen, in denen Nate volljährig geworden wäre, um seine Bestimmung zu erfüllen. In all den Jahren hatte man ihn gelehrt, ein Ehrenträger zu sein, und heute? Heute waren wir Verstoßene auf der Flucht, die in der Stadt nur noch mit der Todesstrafe erwartet wurden. Langsam schlichen sich die Worte meiner Mutter in mein Gedächtnis, dass man erst alles verlieren müsse, um Neues zu erschaffen. Es war eine seltsame und merkwürdige Nacht an der Quelle gewesen, in der meine Eltern ein letztes Mal zu mir gesprochen hatten. Ob sie gewusst hatte, welches Schicksal mir noch bevorstand? Hatte sie womöglich die Befreiung von Marenna damit angedeutet? Ich wusste es nicht und würde vermutlich nie mehr eine Antwort darauf erhalten. Doch mit dem Bild von unserem Ehrenhaus vor meinem inneren Auge erwachte die Zuversicht in mir. Die Zuversicht, dass wir das einzig Richtige taten, egal wie schlecht die Chancen standen. Denn dass die Hoffnung immer einen Versuch wert sein musste, hatte Nate mir bewiesen.

Jayden und ein Mann der Salia bemühten sich im Lesen der Spuren und dem Abwägen des Sonnenstandes. Ich vertraute auf seine Fähigkeiten und war froh, dass er seinen Kenntnissen endlich nachkommen konnte. Trotzdem hätte ich ihn gerne unter vier Augen gesprochen. So vieles lag noch ungeklärt zwischen uns und drängte sich immer wieder in meine Gedanken. Obwohl schon Tage vergangen waren, meinte ich den

Kuss immer noch auf meinen Lippen zu spüren. Jayden liebt mich, schoss es mir durch den Kopf. Ich versuchte, ihn nicht zu offensichtlich anzublicken, aber wieder war da dieses schnellere Schlagen meines Herzens. War das möglich? Würde Jayden offiziell mit mir zusammen sein wollen, wenn wir in die Stadt zurückgekehrt waren? Würde er mich seinen Eltern als die Frau vorstellen, die er liebte? Die er womöglich eines Tages heiraten wollte? Aber ich war niemand in ihren Augen. Eine Ehrenlose und eine Verräterin vor dem Hohen Rat. Ich war keine Zukünftige für einen gebildeten Hochgeborenen. Und dennoch liebte er mich. Mich.

Wenn es uns gelingen würde, die Herrschaft des Majors zu stürzen und das gesamte System zu überwältigen, wären wir und all die unglücklichen Menschen frei. Die Liebe wäre frei. Mädchen müssten sich vor dem achtzehnten Lebensjahr nicht das Leben nehmen, müssten keine Zwangsheirat befürchten. Unzählige Seelenlose erhielten ihre Seele zurück, könnten zu ihren Familien zurückkehren und ihr Leben fortführen, so wie sie es einst taten. Und vielleicht, dachte ich leise, beinahe kleinlaut, vielleicht wäre es uns eines Tages möglich, das Festland und die damit verbundene große weite Welt zu sehen. Der Major hatte Marenna all die Jahrzehnte in seinen Grenzen gehalten, die Insel Mar selbst hielt uns mit ihrem Fluch gefangen. Aber gab es wirklich kein Entkommen? Nach all dem, was tatsächlich möglich war? Worauf konnten wir noch vertrauen und welche Lügen waren nur erfunden worden, um uns alle in der Stadt zu halten?

In der ersten Nacht schlugen wir ein kleines Lager auf und immer zwei der Salia hielten Wache, um einen Kualara rechtzeitig zu bemerken. Jetzt wurde mir bewusst, weshalb es Mik so wichtig gewesen war, dass sie mit uns reisten. Zu unserem Schutz, weil wir diesen Teil der Insel nicht so kannten wie sie.

Ich betrachtete die Frau, die mir ihren Namen nicht verraten wollte, und erkannte in ihrem Blick, dass sie ständig auf der Hut war. Als müsste sie im Grau der Felsen eine Bewegung ausmachen, die dort überhaupt nicht zu sehen war. Ihre Haare hatte sie mit einem Band zurückgebunden und obwohl ihr Gesicht größtenteils mit der grauen Farbe getarnt war, nahm ich kleine Falten um ihre Augen wahr.

Einer der beiden Männer marschierte mit grimmigem Gesichtsausdruck auf und ab, um die Umgebung unseres Lagers zu sichern. Er musste in Miks Alter sein und trug seine schwarzen Haare kurz geschoren. Immer wieder griff er an seinen Gürtel, an dem er an der linken Seite ein Messer trug, das im Schein der Aeringos so manchmal aufblitzte. Ihre offene Feindseligkeit ließ mich erschaudern. Sie richtete sich nicht nur gegen die funkelnde Magie in unseren Augen, sondern auch gegen die Gefahren der Insel und ganz besonders die Einzige Stadt.

Am folgenden Tag wanderten wir weiterhin durch das Gebirge, das uns zu beiden Seiten mit meterhohen Felswänden umgab. Wir folgten keinem offensichtlichen Pfad, sondern stapften mit schmerzenden Füßen durch das Geröll.

Manchmal ergaben sich Momente, in denen die Sicht auf den Horizont frei wurde und wir weit in der Ferne das Flachland der Insel erahnen konnten. Ein hoffnungsvolles Seufzen entwich mir dabei. Es waren nur kleine Lichtblicke dafür, dass wir noch immer in die richtige Richtung liefen und uns nicht längst vollkommen verirrt hatten.

Erst am darauffolgenden Tag, als die Sonne hoch über uns schien, hielt Jayden inne und spähte zu uns zurück.

Ich meinte, ein Lächeln über seine Lippen huschen zu sehen, als sich unsere Blicke trafen. »Der Gebirgssee«, sprach er die langersehnten Worte endlich aus. Ein erleichtertes Seufzen war zu hören, bevor Jayden fortfuhr. »Aber vier Kualaras sind ebenfalls dort.«

Tiejas Atem stockte und die Salia-Frau neben ihr schlug sich die Hand vor den Mund.

»Drei Ausgewachsene, ein Jungtier«, formulierte der Mann neben Jayden mit tiefer Stimme. »Und es gibt keinen passenden Fluchtweg.«

»Im Gebirge sind sie uns überlegen …«, dachte Jayden laut weiter. »Aber in der Wüste?« Er blickte in die Runde.

»Du hast den Goldenen Wald vergessen«, sagte ich, ohne ihn angreifen zu wollen. »Außer wir finden den unterirdischen See. Können Kualaras denn schwimmen?«, fragte ich an die Salia gewandt, doch sie reagierten nicht.

Erst als Tieja sie danach fragte, zuckten sie ratlos mit den Schultern. »Wir wissen es nicht«, antwortete Tieja flüsternd. »Aber gegen drei ausgewachsene Kualaras haben wir wirklich keine Chance. Nava, das ist unmöglich.« Ich erkannte den Nachdruck in ihren Worten, den unsicheren Ton in ihrer Stimme.

»Genauso unmöglich wie außerhalb der einzigen Stadt zu überleben.« Meine Worte hinterließen eine nachdenkliche Stille. Es musste einen Weg geben, denn bisher hatten wir so vieles geschafft, so viel Unmögliches erreicht. Ich trat nach vorne an Jaydens Seite, an den Abgrund, von dem aus er auf die Tiere blicken konnte. Drei große, kräftige Tiere standen am Gebirgssee und tranken daraus. Ihre wuchtigen Körper waren alle in unterschiedlichen Braun- und Schwarztönen gemustert. Mit dem Kopf einer Eule, den spitzen, schmalen Ohren und dem gefährlichen Schnabel waren sie unverwechselbar. Federn gingen vom Kopf über den Hals bis hin zu den vorderen Tatzen der Tiere, wohingegen der restliche Körper mit Fell überzogen war. Eigenartige Kreaturen, die mit ihren scharfen Krallen ohne Mühe in der Lage waren, einen von uns zu zerfetzen. Ich ahnte, weshalb sich die Salia vor den Kualaras so sehr fürchteten. Die Eulenbären waren eine ganz andere Art als die Pekkos, die wir aus Marenna kannten. Neben ihnen lag das kleine Jungtier in der Sonne, sein Fell und seine Federn waren noch gänzlich schwarz. Erst mit dem Altern veränderte sich ihre Farbe in einen warmen Braunton. Zumindest hatte Tieja das erwähnt, als wir das erste Mal bei den Salia Unterschlupf gefunden hatten.

»Ihre Schwachstelle seien ihre Augen, sagtet ihr«, begann Jayden, um die Stille zu brechen. »Wir müssen uns also vollkommen ruhig verhalten.«

»Sie sehen nur gleichfarbige Ebenen. Deshalb die graue Farbe, sie tarnt uns im Gebirge. Dort unten im Goldenen Wald sind sie uns meilenweit im Vorteil. Unsere einzige Möglichkeit besteht darin, hier oben im Gebirge zu bleiben, bis sie gegangen sind«, erklärte Tieja.

Die Frau der Salia neben ihr nickte.

»Der Gebirgssee ist die einzige Verbindung zwischen dem Gebirge und dem Wald. Wenn die Kualaras also im Gebirge leben, werden sie auf diesem Wege hier zurückkehren und uns ebenso vorfinden. Andererseits sind wir bereits zu weit vom Lager entfernt, um dort Schutz zu suchen, und bis zur

Dämmerung ist ebenfalls noch Zeit. Würden wir an den Kualaras vorbeigelangen, könnten wir unten im Goldenen Wald schon heute Nacht ein bequemes Lager aufschlagen. Ihr könntet euch ausruhen und schlafen, bis ich den Zugang zum unterirdischen See gefunden habe.« Jayden holte tief Luft. Er schien auf sich selbst keine Rücksicht nehmen zu wollen.

»Ein sehr guter Vorschlag«, warf mein Zwillingsbruder ein, auf den sich nun die Blicke richteten.

»Aber dennoch keine Lösung, um an den Kualaras vorbeizukommen.« Tieja verschränkte die Arme. »Lasst sie uns von hier oben bis zur Dämmerung beobachten, ob sie ihren Platz am See verlassen. Sobald wir sehen, in welche Richtung sie zu ihrer Höhle zurückkehren, folgen wir Jaydens Vorschlag.«

»Einverstanden«, bestätigte Jayden. »Ihr könnt das Gepäck also hier ablegen. Wir werden warten und die Kualaras nicht aus den Augen lassen.«

Die gigantischen Eulenbären ließen sich in all ihrer Langsamkeit wirklich jede Menge Zeit. Wir nutzten die Pause, um etwas von den Vorräten zu essen und uns auszuruhen. Sobald die Kualaras den Gebirgssee verlassen hatten, würden wir unsere Wasserbehälter auffüllen können. Doch das Jungtier schien außergewöhnlich lange zu schlafen, denn es bewegte sich kaum. Zwei der größeren Kualaras begannen im See zu schwimmen, während sich der dritte zum Schutz über das Junge stellte. Sie schienen es nicht eilig zu haben, also warteten wir auf den Beginn der Dämmerung.

Jayden setzte sich an meine Seite und sah mich lange mit seinen grünen Augen an. Als wollte er mich nicht offensichtlich nach meinem Befinden fragen, so vor den Augen der anderen, aber sein Blick sagte mir mehr als alle Worte dieser Welt. Ich lächelte und griff vorsichtig nach seiner Hand. Ohne zu zögern, verschränkte er seine Finger mit den meinen und erwiderte mein Lächeln.

Meine Gedanken kehrten zurück in die Vergangenheit und an den unterirdischen See. Ich versuchte mich an ein Detail zu erinnern, das es uns einfacher machen würde, genau diesen Punkt wiederzufinden. Mit einem warmen Gefühl dachte ich an dieses goldene Leuchten über uns, das ich zuerst für die Sonne gehalten hatte, als wir aus dem Wasser gestiegen waren. An die weißen, trichterförmigen Bäume und die angenehm kühle Luft im Vergleich zur Wüste. War da nicht ein quer liegender Baumstamm gewesen? Angestrengt versuchte ich das Bild vor meinem inneren Auge zu rekonstruieren. Tatsächlich meinte ich mich an einen gefallenen Stamm zu erinnern, durch den man in den hohlen Innenraum blicken konnte. »Einer der Bäume am Eingang zum unterirdischen See lag quer und hing mit der Krone in den Ästen der anderen Bäume. Wenn wir dorthin zurückfinden, dann …«

»Das werden wir, Nava. Keine Sorge. Wir werden zurückfinden, da bin ich ganz sicher.« Und Jaydens Sicherheit war die meine.

Etwas in mir beruhigte sich tatsächlich mit diesem Wissen und ich legte den Kopf auf seine Schulter. Nur die Gedanken tief in meinem Inneren schwebten noch in einer Nervosität durch mich hindurch, die auch Jayden nicht erreichen konnte. Doch ich vertraute auf seine Worte und Zuversicht ebenso wie an dem Tag, als er mit mir die Flucht aus der Einzigen Stadt angetreten war.

Die Zeit verging nur schleichend, denn die Kualaras schienen auch weiterhin keine Eile zu kennen. Immer wieder beobachtete Jayden die Tiere, unterhielt sich mit Nate und kehrte wieder zu mir zurück. Währenddessen kämpften Tieja und ich mit der Müdigkeit, denn die Dämmerung war längst über uns hereingebrochen.

»Wir sollten allmählich versuchen, an ihnen vorbeizukommen«, flüsterte Jayden mir zu. »Die Salia werden unruhig und es wird spät. Wir sollten die Nacht nicht hier im Gebirge verbringen. Aber die

Kualaras sind immer noch am See. Nate ist der Meinung, etwas stimme mit dem Jungtier nicht.«

Ich horchte auf. »Du meinst, es ist …?«, fragte ich, doch wollte es nicht aussprechen.

»Noch nicht, aber es scheint sehr schwach oder krank zu sein. Die Kualaras werden ihren Platz aber solange nicht verlassen. Deshalb bleibt uns nur diese eine Möglichkeit.«

»Aber wenn ihr Junges verletzt ist, werden sie es umso stärker verteidigen. Sie werden uns unter keinen Umständen auch nur ansatzweise in ihrer Nähe dulden.«

»In der Dunkelheit werden sie uns kaum zu sehen bekommen, solange wir uns absolut ruhig verhalten.« Seine Stimme klang bittend.

»Und wie sollen wir in der Dunkelheit durch den Goldenen Wald einen geeigneten Weg und passenden Schlafplatz finden?« Fragend blickte ich in seine grünen Augen, die glimmende violette Punkte in sich trugen. Während ich seine Magie registrierte, verstand ich auch die Absicht hinter seinem Vorschlag. Die Magiepunkte könnten uns genug Licht spenden, um still durch den Wald zu kommen.

»Aber die Kualaras würden es bemerken. Sie würden die Magie ebenfalls deutlich sehen und auf uns aufmerksam werden!«

Tieja sah zu uns herüber, weil ich lauter gesprochen hatte als zuvor.

»Nate hatte dazu einen fantastischen Vorschlag …«, begann Jayden vorsichtig und mit merkwürdiger Betonung. »Einer von uns könnte die Kualaras damit in die Irre führen und ein anderer begleitet die Salia durch den Wald. So gelangen die anderen sicher in ein gutes Versteck und …«

»Und nur ein Einziger setzt sich der Gefahr der Kualaras aus«, vollendete ich seinen Satz.

Er nickte. »Nava, du musst wissen, dass mich der Vorschlag deines Bruders nicht begeistert. Wenn es einen anderen Weg geben würde–«

»Ich werde die Kualaras ablenken«, sagte ich mit fest entschlossener Stimme.

Jayden seufzte auf.

Ich wusste, dass er genau diese Option umgehen wollte, dennoch war es die einzig sinnvolle. »Nur du kannst die Menschen durch den Wald führen. Jayden, du hast die Fähigkeiten, sie in dieser Wildnis an einen sicheren Ort zu bringen, du wirst zurückfinden und du kennst den Weg. Da bin ich sicher.« Und ich hoffte, ihm dieselbe Sicherheit zu vermitteln wie er mir. Ich nahm seine Hände in die meinen und blickte ihm lange in die Augen. Ob er fürchtete, wir könnten einander nicht wiedersehen? Daran durfte weder er noch ich denken, denn uns standen noch viel größere Herausforderungen bevor. Was wenn wir in Marenna getrennt wurden oder man einen von uns gefangen nehmen würde? Ich holte tief Luft. Es war seltsam, dass die Gefühle so präsent waren, obwohl wir noch gar nicht darüber gesprochen hatten. Mit einem Mal wollte ich Jayden davon erzählen, mit ihm über diesen Kuss sprechen, der so unvergesslich in meiner Erinnerung blieb. Nie war dafür Zeit geblieben, für Gefühle und diesen Funken, der zu einem Feuer ausgebrochen war.

»Nava? Jayden? Eines der älteren Tiere hat sich vom See entfernt«, riss Nates Stimme mich aus den Gedanken.

Reflexartig zuckten meine Hände zurück und ich sammelte mich für einen Moment.

»Alles in Ordnung?« Nate kam näher.

Ich erhob mich, klopfte etwas Staub von meinem Kleid.

»Jayden hat mir von eurem Plan erzählt und genauso werden wir vorgehen. Wir sollten uns beeilen, zwei ausgewachsene Kualaras sind besser als drei.«

Der Abstieg zum Gebirgssee war trotz Gepäck einfacher zu bewältigen als der bisherige Weg. Die Salia folgten Jayden und Nate, während ich das Schlusslicht bildete. Keiner sprach und kaum jemand wagte lauter zu atmen als überhaupt notwendig. Mir war bewusst, dass die Geflohenen die Kualaras seit Jahren fürchteten. Sie und die Aeringos waren die einzigen Gefahren, die sie hier draußen kannten. Niemand sonst verirrte sich in diesen hinteren Teil der verfluchten Insel. Ob mich die Kualaras stärker ängstigen sollten? Als die Salia vor dem Bergabstieg ihre Furcht über die Kualaras äußerten, hatte Tieja im Flüsterton mit ihnen gesprochen. Ich glaubte auch, Mias Mutter verspürte enormen Respekt vor den Eulenbären, der nicht unbegründet war. Ob ein Salia jemals das Leben an einen Kualara verloren hatte? Rührte daher ihre heftige, fast lähmende Angst?

Doch ich verspürte nichts dergleichen, auch wenn ich nicht sicher war, ob meine Magie genug Ablenkung verschaffen würde. Wir hatten wieder einmal nur diesen einen Versuch.

Ich war sehr zuversichtlich, dass Jayden einen geeigneten Übernachtungsplatz finden würde.

Jaydens Magiepunkte tanzten um seinen Körper – sie waren lange nicht so zahlreich und dicht, wie es die blaue Magie bei mir war. Dennoch flimmerte das Licht gerade hell genug, um den Boden vor seinen Füßen zu erkennen. Wir hatten den See beinahe erreicht, als Jayden mit den anderen, die sich alle Hand in Hand reihten, stehen blieb. Das war der Moment, in dem sich unsere Wege trennen würden. Als Zeichen, dass ich bereit war, konzentrierte ich mich auf die Magie, all die Traurigkeit, die tief in mir verborgen schlummerte. Unbewusst schloss ich die Augen, obwohl es in all dieser Dunkelheit keine Rolle spielte. Doch es half mir, mich auf die gesammelten Tränen in einem Himmel der Unendlichkeit, auf die gesamte Traurigkeit, die darin verborgen lag, zu fokussieren. Der Schmerz aller anderen war auch der meine, ich fühlte ihn so sehr, dass mir beinahe das Herz zerriss. Es waren so viele trauernde Menschen, so viele geweinte Tränen, die verflossen waren. Wir würden sie zurückbringen. Ich würde sie ihnen zurückbringen, um Licht in die endlos scheinende Dunkelheit zu bringen.

Als ich meine Augen öffnete, war ich in blaues Licht gehüllt. Unzählige Magiepunkte schwirrten um mich herum, sodass ich die entsetzten Gesichter der Salia ausmachen konnte. Selbst in Nates Erstaunen schlich sich ein Lächeln, worin ich Stolz zu erkennen glaubte. In seiner Abwesenheit hatte sich so vieles verändert. Ich hatte mich verändert.

Jayden dagegen wirkte besorgt, angespannt und gleichzeitig überzeugt. Er kannte meine furchtlose Tapferkeit und dass ich meine Aufgaben nicht scheute. Wir hatten den Salia Schutz versprochen, hatten Tieja versichert, dass sie ihre Tochter eines Tages wiedersehen würde. Diese Versprechen galt es zu halten, egal was auf unserer Reise passieren sollte.

Mit einem Nicken gab ich ihnen zu verstehen, dass sie weitergehen konnten. Jayden erwiderte es, sah mich noch einen Moment länger an, bevor er fortging. Das Rascheln von Laub unter ihren Füßen würde die Kualaras sicher schon sehr bald auf sie aufmerksam machen.

Ich fühlte keine Angst, nur eine Schwere aus Traurigkeit, die es zu überwinden galt. Wenn meine Bestimmung all die unglücklichen Menschen heilen und retten würde, wäre ich bereit, diese Bürde mein restliches Leben zu tragen. Wenn so viele Leben mehr damit gerettet werden konnten, war meines dagegen nur ein geringer Preis.

Mit zügigen Schritten trat ich näher an die eigenartigen Tiere heran. Noch nie hatte ich einen Kualara aus dieser Distanz erblickt. Eine ausgewachsene Kualaradame, vermutlich die Mutter, stand neben dem Jungtier, das eingerollt im Laub lag und seine vorderen Beine, die gleichzeitig auch Flügel waren, über den Kopf gelegt hatte. Es war noch so klein, fast zu winzig im Gegensatz zu diesen kräftigen Bären. Als könnte es selbst in meinen Armen ohne Probleme Platz finden. Immer wieder stupste das Muttertier es mit dem gelben Schnabel an und krächzte ihm surrende Laute zu. Fasziniert und traurig zugleich beobachtete ich ihre wehmütige Sorge. Ob das Kleine überleben würde? Bestand dazu überhaupt noch eine Chance?

Der andere Kualara war noch größer und sein Fell schimmerte in einem karamellfarbenen Ton. Dadurch war zu erkennen, dass er einige Jahre älter war als das Weibchen. Mit hocherhobenem Kopf stapfte er am Seeufer auf und ab, blickte sich ständig um und wirkte sichtlich nervös. Vielleicht wartete er auf den dritten Kualara, der vor Kurzem verschwunden war. Irgendwo hinter meinem Rücken knackten Äste und er schreckte auf. Seine spitzen Ohren zogen sich nach hinten, er spreizte seine geflügelten Vorderbeine, sodass er nur auf den Hinterbeinen stand, und schrillte einen spitzen Schrei in die Nacht hinaus. Für einen Augenblick war ich wie gefesselt und überwältigt von seiner Reaktion, seiner aggressiven Haltung. Doch bevor ich weiter nachdenken konnte, wusste ich, dass mein Zeitpunkt gekommen war. Nun galt es, ihn von den Salia fernzuhalten. Mit all meiner Konzentration versuchte ich, die Magiepunkte auf die Kualaras zu lenken, und es gelang mir einfacher als gedacht. Als würde die Sorge des Muttertieres diese anziehen, als hätte die Trauer um ihr Baby nur darauf gewartet. Innerhalb kürzester Zeit schwebte das blaue Licht um sie herum. Das Junge schob vorsichtig einen Flügel zur Seite, um das fremde Leuchten ebenfalls zu betrachten.

Die Mutter kreischte erschrocken und der andere Kualara kam ihr sofort mit wütendem Krächzen zur Hilfe. Sein Blick war dunkel und von Wut erfüllt. Er würde schützen, was das seine war – um jeden Preis. Mitgefühl stahl sich in mein Herz, ein Verständnis für diese gewaltigen Tiere, die von uns so gefürchtet waren. Dabei waren sie uns eine Spur ähnlicher, als wir es für möglich gehalten hatten. Mit schrillen Rufen versuchten sie, die Magiepunkte zu fangen, hüpften vor ihnen zur Seite, nur um sie erneut anzuspringen. Sie waren verwirrt, denn es war eine unbekannte Gefahr, die es nicht zu besiegen möglich war. Und genau dies war unsere größte Angst: Das Unbekannte.

Selbst das Junge war irritiert und von der Nervosität der Erwachsenen angesteckt worden.

Zaghaft, fast als wäre es viel zu anstrengend, erhob es sich auf seine Tatzen und blinzelte. Es war so wunderschön und gleichzeitig so zerbrechlich, dass man es unbedingt in seinen Schutz nehmen wollte. Als ich einen weiteren Schritt auf die Kualara-Familie zumachte, ging ich zu weit. Der hellbraune Kualara erblickte mich und kreischte. Nun hatten seine Wut, sein Hass und seine Aggression einen Namen und ein Gesicht bekommen – *Mich*.

Er stürzte auf mich zu, breitete seine vorderen Flügel aus, die mit den scharfkantigen Krallen meinen Tod bedeuten konnten. Hektisch rannte ich nach links in die entgegengesetzte Richtung, in der die Salia verschwunden waren. Viel Platz blieb dort nicht, bevor die Felswände vom Gebirge dahinter aufragten. Auch war ein Sprung in den See keine Alternative, da wir inzwischen wussten, dass sie problemlos schwimmen konnten. Mein Herz raste, während ich mich im dichteren Gebüsch versteckte. Durch einen winzigen Spalt zwischen den Ästen lugte ich auf die Lichtung der Kualaras. Ich war darum bemüht, kaum hörbar zu atmen, und hoffte, dass sich mein Puls nur in meinen eigenen Ohren so laut anhörte.

Der männliche Kualara war dem Geräusch meiner Schritte, meinem Huschen zwischen den Bäumen gefolgt, aber er schien mich aus den Augen verloren zu haben. Immer wieder war er zwischen mir, der lauernden Gefahr und dem hellen Piepsen des Jungtieres hin- und hergerissen. Fürchtete sich das

Kleine vor der Magie und hatte nicht genug Kraft zu fliehen? Die Mutter blieb weiterhin bei ihm und versuchte, es mit dem Schnabel zum Weitergehen zu ermutigen. Dennoch gaben seine Beine einfach nach. In der Ferne war ein anderer, markdurchdringender Schrei zu hören. Der Kualara hielt ruckartig inne und lauschte dem Hilferuf. Sofort verstand ich, dass es sich um den dritten Kualara handeln musste. Was war passiert? In schnellen, sprunghaften Bewegungen eilte er zum Muttertier und animierte die beiden mit Geschrei zur Flucht. Sie protestierte lautstark, appellierte an ihr Junges, das unter der ganzen Aufregung nachgab und wieder zurück ins Laub fiel.

Es war zu viel. Das Junge würde es nicht schaffen. War es meine Schuld? Hatte die Panik das ohnehin schon geschwächte Jungtier weitere unnötige Kräfte gekostet? Wieder ertönte der Hilferuf aus der Ferne und zwischen den beiden Tieren verebbte das Krächzen. Ein letztes Mal schmiegten sie ihre großen Köpfe an das Baby, surrten leise zum Abschied. Es war ein Stich in mein Herz, der mich vollkommen überwältigte. Ein Schmerz, der mich selbst erschreckte, weil er mich so wuchtig, so unvorbereitet traf.

Tiefe, abgrundtiefe Traurigkeit, dachte ich. Eine Mutter, die ihr eigen Fleisch und Blut, ihr Herz, ihr Junges zurückließ – dem Untergang geweiht. Mit der Gewissheit, dass es sterben würde. Ich krabbelte aus meinem Versteck und schlich mit leisen Schritten näher heran, um mehr sehen zu können, auch wenn die dichten Bäume nicht überall vollständigen Schutz boten. Etwas Wind raschelte zwischen den Blättern und schien meine Bewegungen vor den Kualaras zu tarnen. Neben einem breiteren Baumstamm hielt ich inne und spähte vorsichtig zwischen den Zweigen hindurch. Nun war ich den magischen Wesen deutlich näher als zuvor und fassungslos vor Staunen.

Zu meiner Linken erklang ein Grollen. Felsstücke hatten sich gelöst und stürzten den Hang hinab, das Poltern hallte an den Wänden wider. Ein Stein, kaum größer als eine ausgebreitete Männerhand, flog auf den großen Kualara zu. Er kreischte, blickte zuerst hinter sich, dorthin, wo der Stein gelandet war, und dann in mein Gesicht. Ich war mir sicher, ihm war bewusst, dass ich immer noch hier weilte und Auslöser für die Magiepunkte um das Jungtier war. Vielleicht auch verantwortlich für seinen Tod. Ich bemerkte meine zitternden Hände. Ohne die Elterntiere schwanden seine Überlebenschancen restlos dahin.

Der ältere Kualara bäumte sich auf, kreischte in die Nacht und ich meinte zu spüren, dass seine Trauer der Wut gewichen war. Mit dem kräftigen Schnabel entriss er sich eine Feder von der vorderen Schwinge und legte sie über den Körper des Jungen. Die Mutter wiederholte diese Geste und ich starrte auf die beiden gekreuzten, braunen Federn auf dem schwarzen Rücken des Jungtieres, das den Eindruck erweckte, als würde es friedlich schlafen. Dann gingen sie, verschwanden in der Dunkelheit und ich meinte zu glauben, der Vater des Jungen wandte sich mit einem letzten, durchdringenden Blick zu mir um.

Ich stand da, erstarrt im blauen Licht der Magie, nur wenige Meter vom verlassenen Kualarababy entfernt. Sie hatten es aufgegeben. Schuldgefühle flackerten in meinem Herzen, dennoch verblieb dafür keine Zeit. Wenn Jayden und Nate all die Schreie mit angehört hatten, waren sie sicherlich sehr besorgt, und ich hoffte, sie würden nicht nach mir suchen. Eilig trugen mich meine Beine zu dem Jungtier und ich versuchte, ebenso ruhig wie auch schnell zu sein. Diesen Abschied wollte ich nicht wahrhaben. Dieses so junge Leben durfte noch nicht vergebens sein.

Auf Knien kroch ich zu ihm, streckte ihm meine Hand zärtlich entgegen, die es nur mit einem schwachen Augenblinzeln registrierte.

»Du darfst nicht aufgeben, Kleines«, flüsterte ich ihm zu, auch wenn Worte zwecklos schienen. Ungestüme Tränen drohten in meinem Inneren zu explodieren, sich zu vervielfachen, bis es mir nicht mehr möglich wäre, sie zu halten. »Kämpfe. Kämpfe, um zu leben.«

Fell und Federn so tiefschwarz wie die Nacht. Winzige, kaum bemerkbare Krallen an den Tatzen und ein heller cremefarbener Schnabel. In all der Furcht vor den Kualaras war dies hier die Unschuld aller Missverständnisse. Zaghaft berührte ich sein Fell, dass das Baby mit einem kurzen Zucken zuließ. Selbst wenn ich eine Gefahr wäre, hätte es sich nicht einmal mehr verteidigt. Dieses zerbrechliche Wesen wusste bereits, dass es sterben würde. Dass kein Kampf mehr vonnöten war.

Hinter mir ertönte ein Rascheln und ich glaubte, Jayden war gekommen, um mich aufzusuchen. Um nach all dem Kampfgeschrei um mein Leben zu bangen, wo doch jemand anderes sein Leben lassen würde. Tränen stiegen in mir auf, auch wenn ich wusste, dass ich sie nicht freilassen durfte. Sie würden dieses Schicksal nicht verändern und waren zu wertvoll für meine Seele. Ich durfte die Trauer nicht gänzlich siegen lassen und trotzdem war da dieses Gefühl, dass es für diesen Moment keinen anderen Ausdruck gab.

»Hier, das wird ihr helfen«, ertönte eine helle Stimme hinter meinem Rücken. Mir stockte der Atem und erschrocken wandte ich mich um. Selbst das Baby zuckte kurz zusammen, als Mia aus der Dunkelheit trat.

»*MIA?!*«, entfuhr es mir leise, doch ich konnte meine Überraschung nicht verbergen. »Wie bist du bloß …?«

Sie lächelte wissend und ging neben mir und dem Jungtier in die Knie. »Dachtest du wirklich, ich lasse euch alleine in die Einzige Stadt ziehen? Ich musste euch einfach folgen und als ich gesehen habe, dass der Kualara dich angreifen wird, habe ich …« Sie zuckte mit den Schultern, als wäre sie sich keiner anderen Wahl bewusst gewesen.

»Du hast das Geröll losgetreten«, flüsterte ich.

Sie nickte. »Und den Stein geworfen. Du hättest keine Chance gegen ihn gehabt. In ihrer Wut sind sie wirklich unberechenbar.« In Mias Händen lagen ein paar Beeren, an die ich mich von unserer ersten Reise erinnern konnte. Jayden hatte sie gesammelt, als Levent mich am Gebirgssee überrascht hatte … Levent … Ich schüttelte hastig den Kopf, um diesen Gedanken schnell zu verscheuchen. »Er hatte Angst«, sagte ich. »Sie beide waren endlos traurig, es hier zurückzulassen. Sie wussten, dass sie es nicht retten können.« Ich wischte eine Träne von meiner Wange. Der Druck in meinem Herzen war so enorm angestiegen, dass er kaum mehr zu bändigen war.

»Wir werden sie retten und sie wird überleben«, hauchte Mia und legte die Beeren ab. Mit einem schnellen Griff trennte sie einen Stoffstreifen vom Rand ihres Kleides. Ich sah sie irritiert an. Auf ihrem Gesicht lag jedoch ein Lächeln, eine Selbstverständlichkeit, die mir gefiel. Bedächtig nahm sie die beiden Federn der Eltern, wickelte den Stoff um die Enden und verschloss das Ganze mit einem Knoten in der Mitte. Wie ein Halsband legte sie den Stoff um den Hals des Babys.

»Es ist ein Mädchen und ich würde es gerne Kacie nennen.« Keine Fragen, kein Überlegen, ob es überhaupt zur Debatte stand, das Jungtier mitzunehmen. Dabei verstand ich ihr Handeln nur zu gut. Auch ich hätte es nicht übers Herz gebracht, das

Kleine seinem scheinbar bereits besiegelten Schicksal zu überlassen.

»In Ordnung, Kacie.« Ich lächelte und zog Mia in meine Arme. »Wie konntest du uns nur folgen? Du bist waghalsig und unfassbar mutig.« Ich drückte ihr einen Kuss auf den Scheitel. Es war schön, sie wieder bei uns zu wissen. Tieja wäre darüber ebenso verärgert wie erfreut. »Wir müssen nun los und die anderen aufsuchen. Sie sind sicherlich schon besorgt und warten auf unsere Rückkehr.«

»Du meinst, auf deine Rückkehr.« Mia grinste und strich liebevoll über Kacies Fell. Sie hatte recht, aber all meine Gedanken kreisten um diese einzigartige Situation, diese eigenartige Insel, diese sonderbare, magische Welt, in der wir lebten. Und mit diesem wehmütigen, nachdenklichen Gefühl traten wir unsere irreale, dem Tod geweihte Heimkehr an.

Finde deine Bestimmung und folge dem Weg,
den sie dir weist. Er wird deshalb nicht gerade
und eben sein, doch es wird immer der richtige sein.
~ Nava ~

KAPITEL 4

Es war schwieriger als ursprünglich gedacht, Jaydens Spur zu folgen. Mia trug das Kualarababy im Arm, während sie dicht hinter mir ging. Ich versuchte, nur wenig Tränenmagie vor uns auf dem Boden schwirren zu lassen, um die violetten Magiepunkte gegebenenfalls erkennen zu können. In unserem Schweigen gingen wir in die Richtung, in der ich unsere Gruppe vermutete und schon bald veränderte sich das Felsgestein unter unseren Füßen zu laubbedecktem Sand. Eine seltsame Kombination und ein noch merkwürdigerer Übergang der Landschaften. Es kam mir wie ein anderes Zeitalter, ein anderes Leben vor, als mir in dieser Gegend Levent aufgelauert war. Wir hatten versucht, die ersten Tränen aus dem Gebirgssee zu erlangen, um meinen Bruder zu retten. So viel Unwissenheit, so viel Sorge hatte uns angetrieben, diese waghalsige Reise zu bestreiten. Und wo ich glaubte, nie eine andere Wahl gehabt zu haben, als zu kämpfen, drehten sich meine Gedanken nun weiter. Was wenn ich damals einfach Tylers Zukünftige geworden wäre? Ich versuchte mir vorzustellen, wie mein weiteres Leben verlaufen wäre, wenn ich mich nie für diese Flucht entschieden hätte. Jetzt, mit Mia an meiner Seite, erschien ich mir beinahe wie ein schlechterer Mensch, ihren Bruder so derart verachtet zu haben. Aber sie waren so unterschiedlich, von anderen Leben geprägt. Denn wie wir aufwuchsen, entschied letztendlich über unseren Charakter, über unsere Ansichten und Meinungen. Ob auch Tyler ein besserer Mensch geworden wäre, hätte er nicht nur die herrische Art seiner Mutter gekannt? Könnte ich ihm tatsächlich vergeben, ihm mit einer zweiten Chance verzeihen? Oder würde ich zugeben können, am Tod ihres Halbbruders schuld zu sein? Ich erinnerte mich an die Dinge, die sich am Meer der Hoffnung zugetragen hatten, und spürte einen kalten Schauer. Nicht nur die Art, wie er Jayden ein Messer durch das Herz gejagt hatte, sondern auch der Moment, in dem er von der Magie in die Knie gezwungen worden war, ließen meine Atmung für einige Momente aussetzen. Ja, ich hatte den Gedanken zu verdrängen versucht, ob Tylers Blut womöglich wirklich an unseren Händen klebte, weil die Magie, die uns gegeben worden war, ihn im Keim erstickt hatte. War es also wirklich unsere Schuld? Müsste ich Mia davon eines Tages erzählen und sie um Verzeihung bitten? So viele Fragen waren noch ohne Antwort und raubten mir allmählich die Geduld. Doch wie auch zu Beginn unserer Reise: An Aufgeben war nicht zu denken. Auch wenn es diese Möglichkeit, diese Alternative vielleicht gab – so fand ich sie in meinem Inneren nicht. Denn in meinem Herzen sah ich nur diesen einen Weg: Für die Menschen, die ich liebte, zu kämpfen.

Flimmernde, violette Magiepunkte verwoben sich mit der Tränenmagie zu einem einzigartigen Muster. Sie tanzten durch die Dunkelheit, kurz bevor ich im schwachen Schein Jaydens vertrautes Gesicht erkennen konnte. Sorge hatte tiefe Furchen in seiner Stirn hinterlassen und dennoch schlich sich schnell ein wunderschönes Lächeln auf seine Lippen.

»Nava!«, rief er herüber und kam uns die letzten Schritte entgegen, bevor er Mia hinter mir wahrnahm. Ob er das schwarze Kualarababy in ihren Armen überhaupt registrierte? Eilig umarmte er mich und hauchte mir einen flüchtigen Kuss auf den Mund, bevor sich sein Augenmerk auf das Mädchen hinter mir legte. »Mia?«

Ich schmunzelte über beinahe dieselbe Reaktion wie bei mir. »Pssst«, zischte ich ihm zu.

Er warf mir einen irritierten Blick zu. »Hast du sie geholt? War das eure geheime Absprache vor der Höhle gewesen?«, fragte er beinahe vorwurfsvoll.

Ich schüttelte den Kopf. »Auch Mia hat nun eine Aufgabe.« Als ich diese Worte aussprach, sah sie auf und lächelte mir dankbar zu. Auf diese Worte hatte sie scheinbar die ganze Zeit gewartet. Ich erinnerte mich an unser Gespräch vor der Höhle. Sie hatte sich bereits dort nach einer Aufgabe gesehnt, nach ihrer Aufgabe, um sich an diesem Geschehen zu beteiligen. Um ein Teil dieser Welt zu sein. Nun hatte sie eine erhalten und sie, ohne auch nur einen Moment daran zu zweifeln, angenommen. »Bring uns zu den anderen. Tieja sollte schnellstmöglich davon erfahren.«

»In Ordnung«, antwortete Jayden. »Sie wird erfreut – und es gleichzeitig auch nicht sein.«

»Ich weiß«, sagte ich leise. »Aber manchmal hält das Schicksal andere Pläne für uns bereit.« Und ich hoffte, es hatte für Mia eine gute Wahl getroffen.

Den anderen war es tatsächlich gelungen, den Zugang zum unterirdischen See auf Anhieb zu finden. Sie hatten ihr Gepäck bereits abgelegt und waren gerade dabei, die Schlafplätze für die kommende Nacht herzurichten, als wir dazustießen. Ein kleines Lagerfeuer loderte in der Mitte und die Frau der Salia hockte daneben, um scheinbar das Abendessen vorzubereiten.

Tieja rappelte sich auf, traute ihren Augen kaum. »Wie? Wie kann das sein? Was ist geschehen? Die Kualaras, wir haben sie gehört und …« Ihre Worte verklangen, als sie Mia in ihre Arme schließen wollte. Stattdessen hob Mia den Stoff an, mit dem sie Kacie zugedeckt hatte, und gab ihrer Mutter die Sicht auf das Junge frei. Ihr stockte der Atem, ihre Augen weiteten sich vor Staunen.

»Ihr habt ihr Junges entführt«, hauchte sie tonlos. »Haben sie deshalb derart geschrien?« Sie blickte zu mir herüber.

»Im Gegenteil. Sie haben sich verabschiedet und es zurückgelassen. Es ist dem Tod geweiht, es hatte keine Chance mehr zu überleben. Sie wussten das.« Ich trat näher an die beiden heran, um das Kualarababy an mich zu nehmen. Anschließend schloss Tieja ihre Tochter sofort fest in die Arme und drückte sie lange an sich, als wollte sie Mia niemals wieder loslassen.

»Mein Mädchen … wenn dein Vater davon erfährt, dann …« Doch es folgte kein Dann mehr.

Unser Weg würde weiter in die Richtung der Einzigen Stadt führen und Mia sowie auch Kacie würden uns dahin begleiten. Ich war ein wenig erleichtert darüber, dass scheinbar auch Tieja dieser

Ansicht war und sie keine Diskussion über eine mögliche Rückkehr begann.

Die Erkenntnis, dass Mia nichts Schlimmeres in der Nähe der Kualaras geschehen war, siegte über die Vernunft im Hintergrund. Vielleicht war Tieja insgeheim auch froh, ihre Tochter nun an ihrer Seite zu wissen. Doch konnten wir sie vor Marenna und ihrer Ungerechtigkeit beschützen?

»Sind alle anderen in Sicherheit?«, fragte ich leise an Jayden gewandt.

Seine Augen hatten scheinbar eine ganz andere Frage im Sinn. Die Magiepunkte funkelten in der grünen Iris nervös umher. Konnte man sich an diesen seltsamen Anblick jemals gewöhnen? »Die ganze Zeit habe ich mich nur gefragt, ob du in Sicherheit bist.« Dann berührten seine Lippen die meinen und die Welt, all die Herausforderungen, die uns bevorstanden, waren mit einem Mal ausgeblendet. Plötzlich waren da nur noch Jayden und ich – und alles zwischen uns. Der Fremde, der einst das von mir gestohlene Geld zurückgebracht hatte, um letztendlich still und leise mein Herz zu erobern.

Es war das erste Mal, dass es für alle anderen offensichtlich wurde. Womöglich hatten sie das längst gewusst oder zumindest vermutet, dennoch fühlte es sich anders an. Offizieller, nicht mehr wie ein Geheimnis, ein Flimmern, das man versteckt hielt. Er nahm meine Hände und sah mich anschließend lange an. Ungesagte Worte schwangen in seiner Stille mit, so viel Wärme in seiner Berührung. Und wieder stellte ich mir die Frage, wie alles verlaufen wäre, wenn sich Jayden nie bereit erklärt hätte, diese Flucht mit mir anzutreten.

»Die Rufe der Kualaras haben uns wirklich Sorgen bereitet.« Nate trat hinter ihm aus der Dunkelheit. »Ich glaube, Jayden war hin- und hergerissen zwischen seiner Sorge um dich und dem, was er dir und deiner Stärke zutrauen kann. Aber ich kann ihn verstehen. Es geht mir genauso.« Mein Zwillingsbruder musterte mich mit einem Lächeln, das ich erwiderte. Ihm war so viel entgangen, das er nie mehr aufholen konnte. Dennoch dankte ich ihm für seine ehrlichen Worte.

»Wir haben sie wirklich in ihrem schwächsten Moment erwischt und Mia war es letztendlich, die einen Angriff auf mich verhindert hat. Und sie hat noch ein weiteres Leben gerettet«, sagte ich mit Blick auf Kacie.

»Das war sehr mutig von dir«, richtete Tieja das Wort an ihre Tochter. »Doch wir können es unmöglich durch den unterirdischen See mitnehmen, oder?« Ihre Frage schwebte berechtigt zwischen uns. Daran hatte ich noch gar nicht gedacht.

»Es wäre durchaus ein Risiko. Das Wasser versorgt uns jedoch mit Luftblasen. Auch Nate hatte zuletzt in seinem … geschwächten Zustand keinen Schaden genommen.« Jayden warf meinem Bruder einen Blick zu, doch dieser schien ihm diese Beschreibung nicht übel zu nehmen. Es war beruhigend, dass die beiden gut miteinander auskamen.

»Entweder wir versuchen es oder einige von uns müssten den Weg durch die Wüste nehmen. Ich habe keine Angst vor den Aeringos! Viele Nächte habe ich schon draußen bei ihnen verbracht, ohne dass sie mir etwas getan haben.« Mia stemmte ihre zarten Hände in die Hüften.

»Wir müssen uns der Stadt in der Morgendämmerung nähern, damit sie uns auf die Distanz nicht entdecken und wir uns unter die ersten Arbeiter mischen können. Zuletzt haben wir die Wüste in einer Nacht und einem halben Tag überquert, allerdings sind wir auf Pekkos geritten.«

»Pekkos?«, fragte Mia verwundert, doch zuerst antwortete niemand darauf.

»Du wirst sie schon bald sehen können. Sie werden dir und Kacie gefallen«, sagte ich mit beruhigender Stimme an sie gewandt.

»Wenn wir von zwei Tagesmärschen ausgehen, bis wir die Stadt erreichen«, begann Nate, »sollten wir für heute Nacht eine Pause einlegen und morgen sofort mit der Überquerung des unterirdischen Sees beginnen.«

Jayden nickte ihm bestätigend zu. »Dein Bruder hat recht, so werden wir es machen. Für heute Abend haben wir alle unser Ziel wohlbehalten erreicht. Kommt mit, wir zeigen euch die Schlafplätze.«

Die anderen hatten bereits alles vorbereitet und wir aßen zusammen am Lagerfeuer. Außer dem Knistern der Flammen war nicht viel zu hören, denn wir alle hingen unseren eigenen Gedanken nach. Als wir fertig waren, nutzten wir die Gelegenheit, um getrennt im See zu baden und unsere Sachen zu waschen.

Die Erschöpfung siegte jedoch schon bald und ließ uns alle in einen wohligen Schlaf sinken, den wir lange herbeigesehnt hatten. Der Gesang der Aeringos war für mich längst zu einer beruhigenden Hintergrundmelodie geworden. Seit Jayden ihre Magie in sich trug und ich mit eigenen Augen am Meer der Hoffnung gesehen hatte, zu was sie fähig war, fürchtete ich die seltsamen Wesen der Wüste nicht mehr, auch wenn wir sie uns noch immer nicht erklären konnten.

Als wir am Morgen erwachten, verstauten die Männer in müdem Schweigen unser Gepäck, während ich mich mit Mia um Kacie kümmerte. Auch Tieja opferte einen Rest der wenigen Vorräte, doch das Kualarajunge verweigerte jeglichen Kontakt sowie jede Nahrungsaufnahme. Seufzend hüllte Mia es wieder in einen Stoff und trug es liebevoll zum Wasser.

»Ihr darf nichts passieren, okay?« Mia wandte sich damit an Jayden und er lächelte ihr zu.

»Wenn sie nur annähernd so stark ist wie du, wird sie es schaffen.« Er half ihr, Kacie mit Bändern so zu befestigen, dass jeder die Arme zum Schwimmen frei hatte.

»Bereit?« Ich blickte in die Runde aus nervösen Gesichtern. Konnte man dafür bereit sein? Konnte ich tatsächlich von anderen erwarten, dass sie ans Äußerste ihrer Grenzen gehen würden, um etwas Neues zu erreichen, nur weil ich das getan hatte? Wer alles verliert, ist dazu bestimmt, Größeres zu erschaffen, erinnerte ich mich an die Worte meiner Mutter. Vielleicht war es mir vorbestimmt zu kämpfen – doch deshalb war es nicht gleichzeitig auch die Bestimmung all der Menschen, die mir folgten. Oder doch?

»Wir treffen uns alle in der Höhle, wartet dort. Denkt an das Handzeichen, sollte irgendetwas unter Wasser nicht stimmen. Nate und ich kümmern uns um euch. Habt keine Angst.« Aber auch Jaydens Worte erzielten keine Antwort, denn noch immer wollten die Salia nicht mit uns sprechen.

Gemeinsam mit Mia und Kacie ging ich voran, die Salia bildeten mit Tieja die Mitte und Jayden und Nate übernahmen den Schluss. Alles würde gut werden. Alles musste gut werden. Wir wussten, dass uns unter Wasser nichts geschehen konnte, die Luftblasen würden uns mit Sauerstoff versorgen. Einzig und allein Kacies Zustand gegenüber war ich kritisch. Doch ich hoffte so sehr, dass wir die kleine Kualara wohlbehalten auf die andere Seite des Sees bekommen würden.

Das Wasser war angenehm kühl auf den schmerzenden Gliedern, als ich hineinstieg. Bewusst verdrängte ich alte Erinnerungen, denn hierfür war keine Zeit. Mia griff nach meiner Hand und wir blickten einander in der letzten Sekunde an, bevor wir unter die Wasseroberfläche tauchten. Während sie staunend die faszinierende Unterwasserwelt betrachtete, beobachtete ich Kacie, die ebenfalls wie von selbst mit Sauerstoff versorgt wurde. Durch eine unsichtbare Anziehung flogen die Luftblasen auf uns zu und verschwanden in unserem Inneren. Pflanzen, die ihre Farben verloren, sich zu Mustern verzogen, und tellergroße Blätter, die die Felsen zu tapezieren schienen – ich konnte die Begeisterung in Mias Augen sehen. Wie ihr Blick zu leuchten begann, als sie diese Magie sah. Während es mir bekannt und dennoch unbegreiflich schön vorkam, war es für sie die Eröffnung einer neuen Welt, in die sie sich trotz aller Zweifel begab. Es war ein Vertrauen, das sie mir entgegenbrachte. Eines, das ich nicht zerstören wollte. Darauf hatte ich Mik schließlich mein Wort gegeben.

Wir erreichten die Höhle ohne Zwischenfälle und prüften zurück an der Oberfläche alle Beteiligten und ihre Zustände.

»Selbst Kacie scheint die Erfrischung gut getan zu haben«, hörte ich Mia mit einem Lächeln sagen, als sie auf das Kualarababy deutete. Cremefarbene Augen blinzelten unter den schwarzen Federn hervor, zaghaft und vorsichtig, als wäre sie gerade erst aus einem langen Schlaf erwacht.

»Guten Morgen, Kacie«, flüsterte ich ihr zu. »Schön, dass du bei uns bist.«

Mia strahlte mich an, ihre Freude erreichte mich ganz ungebremst. »Ich danke dir, Nava, dass ich meine Aufgabe finden durfte!«

»Und ich danke dir, dass du so mutig warst, mir das Leben zu retten.« Ich strich ihr über den Kopf.

Anschließend folgten wir Jayden, der bereits Anstalten zum Aufbruch machte. Obwohl unsere Kleidung nun vollständig durchnässt war, würde sie in der Hitze der Großen Weite schnell trocknen und uns gleichzeitig angenehme Abkühlung spenden.

Tatsächlich war die Wüste bei Tag weniger bedrohlich als im nächtlichen Schein der Aeringos. Das helle Licht und die Wärme waren anfangs wohltuend, später jedoch brannte beides auf uns herab. Der feinkörnige Sand erschwerte irgendwann das Gehen und unsere Füße schmerzten durch die Belastung. Dennoch beklagte sich niemand, keiner verlangte nach einer Pause. Es war ein seltsames Gefühl, das mich begleitete: Diese Gewissheit, dass wir am übernächsten Morgen Marenna erreichen würden. Erneut der Stadt, den Menschen gegenüberzutreten, die mir alles genommen hatten. Fast alles. Nicht meinen Bruder, nicht unsere Würde und nicht den Mut, dagegen anzukämpfen.

Wir lagen dicht aneinander, als die Nacht über uns hereinbrach. Der sandige Boden war warm und wir hatten hinter trockenem Gestrüpp und Kakteen etwas Schutz gefunden. Die Salia fürchteten die Aeringos mehr, als ich erwartet hatte. Tieja erzählte mir, dass sie glaubten, wir würden sie den Wesen ausliefern. Dass nur Jayden und ich durch die Magie in unseren Augen geschützt seien und wir den Aeringos ihre Seele und die Tiefe ihres Verstandes versprochen hätten.

»Kannst du es ihnen nicht zeigen?«, fragte Mia an meiner Seite. »Dass die Traurigkeit uns beschützen wird?«

Es dauerte eine Weile, bis ich die Bedeutung ihrer Worte verstand und schloss die Augen. Langsam horchte ich in die Tiefe meiner Gefühle hinein. In alte Trauer um meine Familie, meinen Bruder und diesen schweren Verlust. Ich dachte an Taramea, an all die Meere, die im Himmel tobten und einander den Platz zum Bestehen raubten. Spürte in all diese Verzweiflung, in jede einzelne Träne hinein, die so verloren im Nirgendwo als vereinzelte Seelensplitter schwebten.

Als ich meine Augen öffnete, war ein gigantischer Schwarm aus Magiepunkten über uns, der alles in blaues Licht tauchte. Mit all meiner Konzentration bat ich die Traurigkeit – wie Mia sie nannte – sich über uns zu spannen wie ein Netz, das Schutz bot. Staunen und

Fassungslosigkeit spiegelte sich im blauen Schein ihrer Gesichter. Und während Jayden neben mir nach meiner Hand griff, mich wissen ließ, dass er für alle Zeit an meiner Seite war, funkelten schon bald auch seine violetten Magiepunkte zwischen dem Netz aus Tränen hindurch.

»Sie sollen wissen, dass unsere Magie sie immer beschützen wird«, sagte ich an Tieja gewandt, jedoch laut genug, dass die Salia es hören würden. Sie lächelte mir zu und ich wusste, dass dahinter so viel mehr Bedeutung lag, als ich in diesem Moment aussprechen konnte.

Erst nach einem weiteren Tagesmarsch und einer kalten Nacht erhob sich die Einzige Stadt wie ein dunkler Umriss hinter einem verborgenen Schleier in der Morgendämmerung. Der graue Himmel war trüb, als wollte uns jemand an der Rückkehr hindern. Ob die anderen unser Ziel bereits ebenso erkannten? Doch es war beinahe noch Nacht und wir von der kräftezehrenden Reise erschöpft, sodass ich kein Gespräch in dieser Stille beginnen wollte. Ich kniff die Augen zusammen, visierte den düsteren Schatten vor uns erneut an und während ich mich stärker konzentrierte, einen Hauch vom blauen Ewigen Feuer wahrnehmen konnte, griff Jayden nach meiner Hand. Sofort sah ich zu ihm hinüber. Ein wissendes Lächeln lag auf seinen Lippen und er nickte mir wortlos zu. Auch er hatte diese kleine Veränderung bemerkt.

Jayden wusste, dass wir es endgültig zurückgeschafft und den richtigen Weg eingeschlagen hatten. Dankbarkeit erfüllte mein Herz, das daraufhin mit nur wenig Erleichterung reagierte. Von diesem Moment an gab es kein Zurück mehr. Kein Zweifeln, keine Furcht. Wir standen Marenna erneut gegenüber, von Angesicht zu Angesicht.

»Fürchte dich nicht vor der Welt …«, flüsterte ich kaum hörbar.

Ohne zu zögern, vervollständigte Jayden mit schläfriger Stimme meinen Satz: »… wenn sie versucht, dein Schicksal zu entschuldigen. Und glaub mir, Nava, dein Schicksal wird sich zu entschuldigen wissen.«

Ich hoffte, Jaydens Worte würden wahr werden, denn dieses Mal standen nicht nur die unseren, sondern auch die Leben der Salia auf dem Spiel. Aber unsere Aufgabe lag ganz deutlich vor uns, als wäre sie zum Greifen nahe. Wir mussten Mar vor dem Untergang bewahren. Dies würde uns nur gelingen, indem wir den Unzurechenbaren ihre verlorenen Tränen mithilfe der Magie zurückbringen würden, um die endlosen Meere zwischen den Welten zu beruhigen. Mit der Unterstützung der Salia wollten wir die Unterdrückten der Stadt vereinen und überzeugen, dass eine Rebellion sowie ein Neuanfang der Einzigen Stadt möglich waren. Nur so könnten wir verhindern, dass die Tränen erneut das Element Wasser übernehmen und die Insel bedrohen würden. Gemeinsam hätten wir eine Chance, doch wenn nicht, dann … Ich schluckte. Mik kehrte mit seinen warnenden Worten in meine Gedanken zurück und mir war ebenso bewusst, dass wir wegen Verrat gehängt werden könnten, wenn man uns erwischte. Die Todesstrafe schwebte wie eine dunkle Wolke über uns, doch sie stellte unsere Überzeugung nicht in den Schatten.

Schon bald war unser Plan ausgereift: Tieja würde sich mit den Salia als Arbeiter ausgeben und als solche einen Nachmittag auf den Feldern helfen, bevor man sie gemeinsam in der Unterkunft für Arbeiter in der Stadt unterbringen würde. Jayden, Nate und mir blieb diese Möglichkeit allerdings aus. Unsere Gesichter waren in der Zwischenzeit womöglich auf Flugblättern in der Stadt verteilt worden – als Verräter gekennzeichnet. So wie Tyler am Meer der Hoffnung erwähnt hatte, biete der Major die Zusammenarbeit und die Erkundung des Festlandes für unsere Auslieferung an. Das Festland. Das Paradies außerhalb der verfluchten Insel. Nach den endlosen Kriegen der Königssöhne neu errichtet und aufgebaut, größer, weitläufiger und prächtiger als Mar es war und scheinbar je werden könnte. Wie viele Menschen in Marenna sehnten sich wohl nach dieser Freiheit, mit dem Major über das Meer zu segeln, um ein neues Leben zu beginnen? Wie viele dieser Menschen würden dafür mit unseren Leben bezahlen? Ich fürchtete mich vor dieser Antwort. Denn vermutlich würden es mehr Menschen riskieren, als wir glaubten.

Wir legten eine letzte Pause ein, bevor wir die Arbeiter außerhalb von Marenna näher aufsuchen würden. Die Maisfelder waren glücklicherweise hoch genug, um uns einen Sichtschutz vor der Stadt zu bieten. Später wäre es uns möglich, die Arbeiter in den leeren Pfadreihen zwischen den Feldern zu erkennen. Die Stimmung war sehr angespannt, still. Uns blieb wenig Zeit, denn die Vorräte waren mittlerweile aufgebraucht und der Sonnenaufgang stand unmittelbar bevor.

»Seid ihr bereit?«, fragte ich leise, als die ersten Arbeiter durch das Tor traten. Noch immer waren wir hinter den hohen Gewächsen versteckt.

Tieja betrachtete erst die Salia und nickte mir anschließend zu. »Es wird nicht leicht werden und ich mache mir Sorgen um Mia«, gestand sie.

Ich verstand ihre Zweifel. Einige Kinder in ihrem Alter, die der untersten Schicht und somit keinem Ehrenhaus angehörten, arbeiteten mit ihren Eltern auf den Feldern. Mia dürfte also nicht das einzige Kind sein und sich daher gut tarnen können. Ich betrachtete das Mädchen mit den langen, blonden, zerzausten Haaren und dem schmalen Gesicht. »Ihr werdet es schaffen, alles wird gut werden. Wir werden uns wiedersehen, sobald ihr das Lager der Arbeiter heute Abend erreicht habt. Und achte darauf, dass sie Kacie unter den Stoffen nicht entdecken, ihr aber auch nicht zu warm wird.« Ich holte tief Luft.

Mia sah mich mit einem viel zu ernsten Blick für ihr kindliches Gesicht an. »Wir werden uns wiedersehen«, wiederholte sie meine Worte und nickte. »Jeder von uns hat seine Aufgabe.« Sie klang sehr tapfer, als wollte sie nicht nur uns, sondern auch sich selbst ihre Stärke beweisen.

»Du bist sehr mutig, Mia.« Ich strich ihr kurz über den Rücken, bevor die Salia in Richtung Felder verschwanden und sich unter die Arbeiter mischten. Noch waren die Wachmänner nicht vor Ort, um ihre Arbeit zu prüfen. Erst am Abend würden sie das untere Volk zurück in die Unterkunft für Arbeiter begleiten. Das hatte Tieja von den Salia erfahren, die vor ihrer Flucht als Feldarbeiter außerhalb von Marenna gearbeitet hatten. Sie kannten diese Abläufe leider sehr genau. Doch nun konnten uns solche Details weiterhelfen und womöglich das Leben retten.

Während ich ihnen nachblickte, berührte Jayden meine Schulter, um mich aus der Starre zu lösen. »Es ist an der Zeit, Nava. Wir müssen das Hafentor erreichen, bevor sie alle Wagen hereingeholt haben.« Seine Stimme klang so selbstsicher, so furchtlos.

Neben ihm schulterte mein Zwillingsbruder das Gepäck neu, als wollte er uns das letzte Mal ungestörte Zweisamkeit schenken.

»In Ordnung«, bestätigte ich. »Gehen wir zum Hafentor.«

An der gegenüberliegenden Seite von Marenna war der Hafen und ein großes Lagerhaus erbaut worden. Angeblich wurden dort einmal wöchentlich die Kisten vom Festland angeliefert und vorübergehend gelagert. Tag für Tag zogen dann kräftige Pekkos Karren voll Waren zur Stadt. Weil vom verfluchten Meer keine Eindringlinge zu erwarten waren, bewachte niemand diesen Eingang. Lediglich die Arbeiter aus Marenna, die morgens zum Hafen liefen, um die Waren auf die Karren der Pekkos zu laden, verließen zu dieser Seite die Stadt. Denn die Gerüchte um das Meer zwischen Mar und dem Festland hielten die Menschen freiwillig davon fern. Niemand wollte den Fluch des Wassers auf sich ziehen und womöglich mit seinem Leben bezahlen. Seit sich Mar damals vom Festland abgespalten hatte, um Sicherheit vor den Kriegen zu bieten, glaubten die Menschen, das Meer habe einen regelrechten Hass auf die kleine Insel und ihre Bewohner entwickelt. Sie hätten sich nämlich dem wahren Schicksal und dem Laufe der Zeit entzogen, als könnten sie etwas entgehen, das zu dieser Welt dazugehörte.

Nate, Jayden und ich schlichen an der Mauer entlang und hatten bereits nach einer halben Stunde das zweite Stadttor erreicht. Wir beobachteten einen Mann im Stadtinneren, der einen Pekko, der mit seinem Wagen außerhalb der Stadtmauern graste, zu sich pfiff und mit etwas Futter motivierte, den Karren selbstständig zu ihm zu ziehen.

»Wir müssen den Moment abpassen, wenn er sich abwendet, um dann in den Planwagen zu springen«, flüsterte ich den beiden zu, während wir uns hinter der alten Hafenmauer versteckten.

»Oder an ihm vorbeigehen, als wären wir Arbeiter des Hafens«, warf Nate mit fragendem Unterton ein. Die Gegend wirkte nicht bedrohlich, niemand kontrollierte den Eingang der Stadt. In der Morgendämmerung wäre es einfach, neben den Wagen herzugehen und sich als dieselben Arbeiter auszugeben. Doch was wenn sie unsere Gesichter von den Flugblättern in der Stadt kannten? Was wenn sie uns als die Ausreißer entdecken würden, die wir waren?

»Das ist zu riskant«, warf Jayden ein. »Wenn sie einen von uns erwischen, dann …« Er brach seinen Satz ab. Es gab kein Dann mehr. Wir mussten vorsichtiger sein, als wir jemals zuvor waren.

»Jetzt!«, zischte ich ihnen zu, denn der Mann am Tor hatte sich gerade abgewandt, um mit einem anderen Bürger von Marenna zu sprechen. Der Pekko trottete zuverlässig weiter. Der Karren war lediglich mit ein paar Fässern beladen und einer Plane abgedeckt, sodass wir schnell darunter huschen konnten. Nates angestrengtes Atmen rauschte in meinen Ohren und ich legte ihm einen Finger auf die Lippen, damit er die Geste verstand. Selbst wagte ich es kaum Luft zu holen, geschweige denn mich auch nur ein weiteres Mal zu bewegen.

Das ratternde Geräusch der Räder wurde ruhiger, als wir die ebenen Straßen von Marenna erreichten. Das Stimmengewirr war zu diesen frühen Morgenstunden noch ruhig, irgendwo brummte jemand einem Arbeiter Anweisungen zu. Solange niemand einen Blick unter den Planwagen werfen wollte, könnten wir bis zur Verteilerstation gelangen. Mit ein bisschen Glück waren wir schnell in die widerwärtigen Umstände unseres Lebens zurückgekehrt, vor denen wir einst so mühsam geflüchtet waren.

Unsere Wege werden sich trennen,
aber das bedeutet nicht,
dass sie nie mehr zusammenfinden.
~ Nava ~

KAPITEL 5

Das Glück schien tatsächlich auf unserer Seite zu sein. Hin und wieder flatterte die Plane so wild, dass wir einen kurzen Blick auf die Umgebung erhaschen konnten. Kurz bevor der Wagen das Lagerhaus erreichte, hielt der Pekko an, um wahrscheinlich am Wegrand etwas zu fressen. Dies war der entscheidende Moment, in dem wir unter der Plane hervorsprangen und uns in eine Seitengasse zurückzogen. Die Kapuzen verdeckten den Großteil unserer Gesichter, damit wir möglichst lange unentdeckt bleiben würden. Jayden und ich hatten unsere Umhänge getauscht, sodass uns etwas vom anderen auf dieser Reise begleitete. So hatten wir ein Stück des anderen bei uns, obwohl sich unsere Wege von nun an trennten.

»Wie besprochen?«, flüsterte Jayden mit rauer Stimme an meiner Seite.

»Wie besprochen«, hauchte ich zurück.

Nur Nates Kopf zuckte unwissend zu uns herüber, während wir nebeneinander durch die Gasse schlichen.

»Wann habt ihr das denn ausgemacht?«, fragte er kaum hörbar, da wir ihn in unseren Plan noch nicht eingeweiht hatten.

»Jayden wird zu seinem Elternhaus zurückkehren und mehr über die Untergrund-Rebellion seiner Schwester herausfinden. Außerdem hat sein Vater einen Freund in der Stadtverwaltung, der uns sicherlich behilflich sein könnte.« Obwohl ich nervös und von Kopf bis Fuß mit Adrenalin gefüllt war, klang meine Stimme klar und selbstsicher.

»Und?«, hakte Nate leise nach.

»Wir werden die Gefangenschaft der Unzurechenbaren aufsuchen und ihnen helfen, so wie wir dir geholfen haben.«

»Aber wie …«

»Kein Aber, Nate. Hier ist Levents Schlüssel für das Haupttor und soweit ich mich erinnere, liegt die Gefangenschaft etwas links vom Tor. Nehmt aber nicht den Weg, die Unzurechenbaren liegen noch etwas weiter seitlich, ihr erkennt dann die Luftschächte im Boden«, antwortete Jayden daraufhin. Er nahm mein Gesicht in beide Hände und gab mir einen schnellen Kuss auf die Lippen. »Wir werden uns wiederfinden und ich werde jeden Moment an dich denken.«

Ich erhaschte noch einen letzten Blick in seine violett funkelnden Augen, bevor er davonlief. Obwohl er es nicht versprochen hatte, sah ich es als ein solches Versprechen an.

Die Stadt lag im trüben Grau des Morgens und die Straßen waren noch lange nicht so gefüllt wie damals, als ich versucht hatte, die Menschen um ihre Münzen zu erleichtern. Innerlich verspürte ich den Drang, Nate von dieser Zeit zu erzählen, ihm von all dem zu erzählen, was er verpasst hatte, jedoch war das hier nicht der richtige Zeitpunkt. Hoffentlich würden wir eines Tages die Ruhe finden, um all das Verlorene aufzuholen.

Die Gefangenschaft der Unzurechenbaren war ein Mysterium und alles, was man darüber zu wissen schien, war, dass niemand sie je wieder verließ. Angeblich lag sie unter der Burg des Majors in einer abgeschotteten Kammer, in die kaum mehr als etwas Sonnenlicht drang. Wir würden keinen direkten Zugang zu den Unzurechenbaren erlangen können, doch Jaydens Optimismus schien Spuren hinterlassen zu haben. Tarameas Magie war stark und sie würde auch für die Rettung all der seelenlosen Menschen stark genug sein. Wenn es mir möglich wäre, die Seelenlosen mit meiner Magie zu erreichen und all ihre vergossenen Tränen zu ihnen zurückkehren zu lassen, würden nicht nur die Tränenmeere endlich ihren Frieden finden, sondern auch all die Menschen aus ihrer Trauer befreit werden.

Was in der Theorie wie ein wunderbarer Plan klang, war in der Umsetzung eine sehr viel größere Herausforderung. Nate und ich schlichen durch die Gassen der Stadt direkt auf die erhobene Burg zu. Sie lag auf einer Anhöhe etwas abseits. Es musste heute Markttag sein, denn die Menschen zerrten alle in das Zentrum der Stadt. Das war unser Vorteil, auch wenn er mich schmunzeln ließ. In unserer Auszeit hatte es keine Rolle gespielt, welcher Tag heute war oder wann der Markt stattfand. Dinge, die in Marenna von Bedeutung waren, waren außerhalb der Mauern vollkommen belanglos, und mit einem Mal fragte ich mich, ob die Menschen diese Veränderung mit Absicht im Keim erstickten oder sie es tatsächlich nicht besser wussten. Vielleicht kämen sie damit nicht zurecht, vielleicht war diese engstirnige Sichtweise so viel einfacher zu ertragen?

»Nava?« Nate deutete mit einem Nicken auf eine Hauptstraße, die auf die Burg zulief. Wachmänner standen in ihren roten Uniformen in gleichmäßigen Abständen am Straßenrand verteilt und blickten starr in die Leere vor sich. Wie einst mein eigener Bruder, schoss es mir unfreiwillig durch den Kopf. Doch ich verdrängte die alten Bilder und konzentrierte mich erneut auf die jetzige Situation. »Ich werde sie mit der Magie in die Irre führen«, gab ich leise zurück. Allerdings war ich nicht sicher, ob ich die Magie kontrolliert um ein paar Ecken schicken konnte, damit die Wachmänner ihr folgen würden.

»Du hast recht. Die Alternative wäre es, uns dem Major zu stellen, aber das kommt schließlich nicht infrage«, entgegnete Nate mit siegessicherem Blick. »Ich traue der Magie und deinem Mut – sie haben uns beide weit gebracht.« Er lächelte und ich erwiderte es dankbar.

»Mach dich bereit und gib mir einen Moment Zeit, ich muss mich konzentrieren.« Ich schloss die Augen, holte tief Luft. Dunkelheit. In der Ferne hörte ich das Stimmengewirr der Menschen auf dem Markt, das ich nun langsam auszublenden versuchte. Nur das, was verborgen in meinem Herzen lag, war nun von Bedeutung. Früher hatte ich dort meine eigene Traurigkeit und all den Schmerz, die endlose Verzweiflung gefunden. Heute konnte ich mit Tarameas Magie die gesamte Verbindung spüren, die sich mit einer kurzen Erinnerung an meinen Verlust auftat. Wie ein Übergang in die weiten Meere, die wegen ihrer aufgestauten Emotionen kaum mehr zu kontrollieren waren. Sie waren da. Sie waren in mir und ich war in der Lage, sie zu leiten.

»Nava, ich unterbreche dich nur ungern, aber ich denke, es reicht fürs Erste …«, murmelte Nate unsicher.

Ich öffnete die Augen. Um mich und meinen Bruder herum war alles in blauen Schein gehüllt und als wir um die Ecke zur Hauptstraße spähten, hatten die Licht-punkte bereits die Wachmänner erreicht. Irritiert sahen sie einander an, bevor sie ihre Schwerter zogen und abzuwarten schienen. Noch hatte ihnen der Zauber nichts getan und war ihnen noch nicht zu nahegetreten. Doch die Magie wanderte langsam die Straße entlang, als hätten die Tränen ihren Weg zurück längst gefunden. Erneut holte ich tief Luft, spürte die aufbrausende Wut und wie das Gewässer gegen das Silberglas donnerte. Ich fühlte den wimmernden Liebeskummer in der Tiefe, und all die Verzweiflung der Menschen zitterte in meinen Fingerspitzen.

Einige Sekunden verstrichen, dann nickte ich Nate zu und er warf einen Blick um die Ecke. Die Wachmänner hatten sich zum Haupttor zurückgezogen und glaubten sich für einen Moment hinter den Gitterstäben sicher zu fühlen – ihre Schultern sackten erleichtert nach unten und ein überhebliches Schmunzeln stahl sich auf ihre Gesichter – bis die Magie einfach hindurchglitt und sie erneut in Aufregung versetzte. Ich lächelte. Unser Plan funktionierte ebenso genial wie zuvor auch bei den Kualaras.

In Gedanken folgte ich dem gepflasterten Weg nach rechts, der zum Burgturm führte. Hier hätte ich zuerst die Gefangenschaft vermutet, doch wahrscheinlich handelte es sich um die Gemächer des Majors im Turm. Dann hätten die Wachmänner einen noch triftigeren Grund, diesen ganz besonders vor der Magie zu schützen.

Mit schnellen, aber leisen Schritten huschten wir die Hauptstraße hinunter und hielten erst kurz vor dem Haupttor inne. Die Lichtpunkte wanden sich bereits den Turm hinauf und die Männer folgten ihnen in hektischen Bewegungen. Einer von ihnen öffnete das Burgtor unterhalb des Turmes und obwohl sie noch einen Blick zurückwarfen, entschieden sie sehr zügig, ins Innere der Burg zu eilen, um womöglich den Major zu verständigen. Ungewissheit, dachte ich für einen Moment. Die Ungewissheit ist eine hässliche und furchtbare Angst.

Nate, dem ich den Schlüssel übergeben hatte, öffnete das Haupttor und zog es einen Spalt auf, sodass wir gerade hindurchgelangen konnten. Für unsere Rückkehr lehnte er es lediglich an, sodass es von Weitem geschlossen aussah.

Die Burg vor uns wirkte einschüchternd und erhaben auf dem Hügel, auf dem sie erbaut worden war. Rechts befand sich der Turm und dahinter ein weiteres, kleineres Gebäude. Man konnte Gärten erahnen, wobei ich mir sicher war, dass der Major darauf keinen Wert legte. Im linken Teil der Burg war ebenfalls etwas ausgebaut worden und ich stellte mir vor, wie dort der Hohe Rat lebte. Zwei furchtbare Männer in einer mächtigen Burg vereint.

Wie Jayden es gesagt hatte, liefen wir abseits vom gepflasterten linken Weg und ich hielt nach den besagten Bodenschächten Ausschau. Das Gras war hoch gewachsen und der Untergrund uneben, sodass sie sich nicht sofort erkennen ließen. Schnell atmend spähte ich zurück zum Turm, wo sich die Magie bereits durch das offene Fenster drängte. Um die Gefangenen zurückzuholen, würde ich sie jedoch benötigen und ich hoffte, sie geriet nicht vollkommen außer Kontrolle. Wann wäre der richtige Zeitpunkt, die Magie zurückzurufen?

Nate hob ruckartig die Hand und gab mir damit zu verstehen, dass er etwas entdeckt hatte. Und dann sah ich es auch: Eiserne Gitter im Boden verankert, teilweise kaum größer als eine Armlänge. Wie sollten wir die Menschen durch diese schmalen Schächte retten können? Wir knieten uns zu Boden, schoben etwas über-wuchertes Gras beiseite und blickten in die Tiefe, deren Dunkelheit uns willkommen hieß.

»Konzentriere dich jetzt«, erinnerte mich Nate.

Ich suchte innerlich nach der Magie, die eine ordentliche Distanz zwischen uns gebracht hatte. Tränen, schmerzhafte Erinnerungen und Verlust schlichen sich in meine Gedanken, doch es schien, als wäre der Tränenhimmel mir entfernter denn je.

»Findet sie«, flüsterte ich kaum hörbar. »Es ist Zeit, diejenigen zu finden, die euch suchen. Ihr werdet gebraucht, denn ohne euch sind sie nichts.« Danach schloss ich die Augen, sammelte meine Energie und dachte an all die verlorenen Seelen, die unter uns in der Gefangenschaft warteten. Die womöglich seit Jahren und Jahrzehnten auf diese Magie angewiesen waren.

»Es funktioniert«, hauchte Nate. »Sieh nur, es funktioniert!«

Und die Magie wanderte zurück. Schneller, nervöser, wie es mir schien, raste sie den Turm hinab und steuerte auf uns zu. Wir würden die Seelenlosen retten. So wie ich einst Nate aus seiner Stille geholt hatte, würden wir nun unzählige Menschen befreien und ihren Familien zurückbringen können. Das wäre erst der Anfang von den Veränderungen in Marenna. Die Zeit würde sich wandeln, ich konnte es spüren, konnte die Sicherheit und Bestätigung dieser Reise und dieser Herausforderung empfinden. Doch so offensichtlich und schnell sich die Magie zurückzog, so hatte es auch einer der Wachmänner bemerkt und blickte aus dem Turmfenster herab. Er erkannte sicherlich die Spur der Magie und uns im hellen Schein der aufgehenden Sonne. Die Lichtpunkte erreichten uns und fühlten sich wie elektrisiert auf meiner Haut an.

»Sie haben uns gesehen«, flüsterte ich Nate zu, der wie erstarrt neben mir hockte. »Lauf zum Tor und warte dort auf mich. Sie dürfen dich damit nicht in Verbindung bringen. Du musst–«

Nate berührte meine Schulter. »Ich werde dich nicht allein kämpfen lassen, Nava – nicht schon wieder!«

Aufgebracht schoss ich herum und sah ihm in die Augen.

»Nate, geh jetzt sofort, bitte! Ich werde dich nicht noch einmal verlieren – nicht schon wieder! Die Magie wird mich beschützen, aber du musst im schlimmsten Fall Jayden benachrichtigen, verstanden? Ich bringe die Tränen zurück und folge dir dann. Jetzt geh!« Meine Stimme war nicht sonderlich laut, aber durchdringend genug, um ihn ins Wanken geraten zu lassen.

»Ich warte am Tor auf dich, versprich es!« Er umfasste meine Hand. Rufe klangen aus dem Burgturm zu uns herunter.

»Versprochen.«

Nate stand auf, zuerst zaghaft, aber als ich mich vollkommen auf die Magie konzentrierte, animierte ihn dies zur Eile. Er rannte über den vom Sonnenaufgang beleuchteten Wiesenhang hinab zum Haupttor, das er hinter sich anlehnte und eilig um die Ecke verschwand.

Ich seufzte, doch für weitere schuldbewusste Gedanken war keine Zeit. So viele Emotionen flimmerten in der Magie, während ich unter mir nichts als bodenlose Leere empfand. Ich suchte einen Weg, die Unzurechenbaren mit den Tränen zu verbinden, ohne mich von den hektischen Rufen der Wachmänner aus der Ruhe bringen zu lassen. Doch das war sehr viel schwerer als gedacht und je näher sie kamen, desto unruhiger wurden meine Hände, desto nervöser die Magie. Tu etwas, Nava!, rief ich mir innerlich zu. Erneut warf ich einen Blick in den Schacht und im Lichtschein der Magie erkannte ich nun all die namenlosen Menschen. Doch was sollte ich ihnen mitteilen? Sie waren wie Nate, versteinert in ihrer Stille und Leere. Ihnen fehlten jegliche Emotionen, die sie aufgrund von Schmerz und tiefer Trauer aufgegeben hatten. Und ebenso diese Emotionen waren es, die im Himmel der Tränenmeere überhandnahmen, ins Unermessliche anstiegen. Was wenn der Himmel eines Tages einstürzen, die Flut über die Welt hereinbrechen würde und …

Die Männer passierten das Turmtor und eilten mit erhobenen Schwertern auf mich zu. Die Magie, die sie und den Major bedroht hatte, hatte nun ein Gesicht und einen Schuldigen bekommen. Mich.

Ich wägte ab, ob es an der Zeit war zu fliehen, oder wie wahrscheinlich es war, je wieder hier hineinzugelangen, denn ein zweites Mal würde der Trick mit der Magie nicht funktionieren. »Es tut mir leid, Nate«, hörte ich mich ganz leise flüstern und es schmerzte in meinem Inneren, dass ich meinen Zwillingsbruder hatte belügen müssen, um ihn in Sicherheit zu wissen. Denn ich hatte nicht vorgehabt, vor den Wachmännern zu fliehen. Sollten sie mich doch einsperren, in die Kerker ihrer Burg begleiten. Von dort aus würde ich mehr Zugang und Zeit haben, mit den Unzurechenbaren zu sprechen und ihnen einen Teil meiner Magie zu übergeben. Brüllend stürzten die Wachmänner auf mich zu, umkreisten mich mit den Schwertspitzen nah an meinem Gesicht. In der Ferne hörte ich Nate meinen Namen schreien. Verrat, dachte ich. Es tut mir leid, Nate. Aber ein zweites Mal kann ich dich nicht verlieren, dieser Kampf gehört mir.

Die Unzurechenbaren waren selbst mit meiner Magie nicht zu erreichen gewesen, als hätte ein alles entscheidendes Detail gefehlt. Doch nun war meine erste Chance vertan und die Wachmänner hatten mich gefasst.

»Beendet Eure Hexerei!«, rief einer von ihnen und sein Schwert wanderte direkt an meine Kehle. »Beendet es!«

Ohne mit Worten darauf zu reagieren, holte ich tief Luft. Wie mutig oder auch naiv von ihnen, sich nur mit ihren Schwertern bewaffnet zu wehren. Vielleicht wäre meine Magie zu viel mehr bereit, als das, was sie bisher gesehen hatten, doch ich entschied, ihnen diese Information vorzuenthalten. Wie damals am Meer der Hoffnung sperrte ich all die aufgewirbelten Gefühle in eine stählerne Kiste zurück, um sie letztendlich im Inneren meines Herzens zu verschließen.

Nach und nach verblassten die Magiepunkte und versickerten schimmernd in meiner Haut.

»Ich ergebe mich freiwillig«, brachte ich hervor. »Ihr habt also nichts weiter zu befürchten.« In Gedanken entschuldigte ich mich immer und immer wieder bei Nate und hoffte, er könnte mich wie durch ein Wunder hören. Er würde Jayden darüber informieren und ihm bei den Ermittlungen in Bezug auf Emérie hoffentlich helfen können, bis ich die Gefangenen befreit hatte. Doch dazu musste ich mir mehr Zeit und weniger Distanz verschaffen.

»Führt sie dem Major vor!«, wies einer an. Kurz darauf packten mich zwei kräftige Männer an den Armen, die mich mit schnellen Schritten zum Turm zerrten.

Obwohl ich in wenigen Momenten dem einzigen Herrscher von Marenna, dem Mann, den ich noch mehr verabscheute als Tyler, gegenüberstehen sollte, verspürte ich keine Angst. Im Gegenteil, ich war bereit, ihm seine Herrschaft von innen heraus zu zerstören und dabei zahllose Leben zu retten.

Wir traten die steinernen Stufen empor, die frisch poliert glänzten. Bei diesem Anblick dachte ich an die armen Angestellten, die hier drin sicherlich unter schlechten Bedingungen arbeiteten, und sofort ergriff mich die Wut über die Ungerechtigkeit. Nein, ich verspüre keine Furcht vor dem Major. Nicht nach allem, was geschehen ist.

Die Angst wird deinen Mut blenden,
wenn du sie gewinnen lässt.
Doch am Ende wird dein Mut belohnt –
nicht deine Angst.
~ Nava ~

KAPITEL 6

Nates Herzschlag raste, während er an der Wand gelehnt innehielt. Alles in ihm wirbelte durcheinander, war kaum mit Worten zu beschreiben. Hatte seine Zwillingsschwester ihn mit Absicht in diese seltsame Art von Falle gelockt? Sie hatte es aber doch versprochen, mischte sich ein vorwurfsvoller Gedanke unter die vielen anderen. Ja, Nava hatte versprochen, zu ihm zurückzukehren, aber stattdessen war sie bereit gewesen, diesen Kampf vor der Burg des Majors alleine auszufechten. Dieses Mal war er es, der einsam in einem Schweigen zurückgelassen wurde, so wie er einst Nava alleingelassen hatte. Er schluckte und bemerkte seine bebenden Finger. Wenn es stimmte, würde die Magie Nava vorerst beschützen können, doch inwieweit würde es den Major beeindrucken oder daran hindern, ihr den Kopf abzuschlagen? Sie war eine Verräterin Marennas, ihre Flucht war der Stadt sicherlich längst bekannt. Solche Neuigkeiten blieben nicht unerwähnt. Doch sie war zurückgekehrt, sie hatte die Wildnis der verfluchten Insel überlebt. Da würde der Major hellhörig werden, denn gleichzeitig war sie eine Gefahr für sein System. Denn er predigte den Menschen, dass ihnen nur unter seinem Schutz das Überleben möglich sei. Würden die Bewohner erfahren, dass dem nicht so war, würde Chaos ausbrechen. Und der Major wollte keine Unruhe in seiner Stadt, da war sich Nate sicher.

Das Adrenalin machte es ihm fast unmöglich, einen klaren Gedanken zu fassen. Das alles hier war Navas und Jaydens Plan gewesen – ein Plan, dem er bisher nur blind und lautlos gefolgt war. Und er musste weiterhin auf ihn vertrauen, denn Nava hatte Nate ebenfalls nicht aufgegeben und ihn am Ende sogar gerettet. Es war möglich, Unzurechenbare zurückzuholen – er selbst war der beste Beweis dafür. Vielleicht würde es Nava gelingen, wenn sie erst näher bei ihnen war und ihr mehr Zeit blieb. Das musste ihre

Absicht gewesen sein. Sonst hätte sie nicht freiwillig nachgegeben, das passte nicht zu ihrer kämpferischen Art. Aber nun ergab es Sinn und Nate hoffte, ihr Plan würde funktionieren. Es war Navas und seine Aufgabe, die Seelenlosen zu retten, während sich Jayden mit den Salia auf die Suche nach den Mädchen machen wollte. Im schlimmsten Fall musst du Jayden benachrichtigen, hatte sie gesagt und bereits in diesem Satz hatte sie ihm seine wahre Aufgabe mitgeteilt. Sie hatte gewusst, was sie tat, und nun war es an ihm, es ebenso zu wissen.

Von Jayden hatte er keinen konkreten Aufenthaltsort, er wusste nur, dass er einen alten Studienfreund seines Vaters aufsuchen wollte, um an Dokumente der Stadt zu gelangen. Was dieser wohl sagen würde, wenn Jayden nach so langer Zeit auftauchen würde? Nate schüttelte den Kopf und begann, langsam durch die Gasse zu schleichen. Er wusste so wenig über diesen Jungen, der offensichtlich Gefühle für seine Schwester entwickelt hatte. Dieselben, die er auch in Navas Augen gesehen hatte.

Der einzige Treffpunkt, der in ihrem Vorhaben tatsächlich existierte, war die Unterkunft der Arbeiter, in die Tieja und Mia mit den anderen Salia am Ende des Tages gebracht werden würden. Von dort aus hätten sie die Möglichkeit, gemeinsam einen weiteren Plan zu besprechen oder letztendlich auf Jayden zu warten.

Denk nach, Nate. Die Privatlehrerin hatte ihn alles über diese verdammte Stadt lernen lassen und nun versuchte er, die Karte vor seinem inneren Auge abzurufen. Die Gedanken daran waren unklar und verschwommen wie aus einer ganz anderen Zeit, einem längst vergangenen Leben. Wie lange war er fort gewesen? Ein leises Seufzen entwich ihm, doch niemand war in der Nähe, um ihn zu bemerken. Er hatte Nava lange Zeit im Stich gelassen. Lange genug, um eine Flucht aus Marenna zu riskieren, obwohl bekannt war, dass man dies nicht überleben würde. Ein trauriges Lächeln schlich sich auf sein Gesicht. Die rebellierenden Mädchen hatten etwas Furchtbares mit seiner Schwester gemeinsam: Sie nahmen das Ende ihrer Leben lieber in Kauf, als es an der Seite eines ungeliebten Mannes zu verbringen oder etwas zu verlieren, das für sie von großer Bedeutung war. Für ihn hatte Nava dieses Risiko auf sich genommen und nun war es an ihm, das Gleiche auch für sie zu riskieren.

Wie sie diese Mädchen finden sollten, war ihm allerdings noch ein Rätsel, und auf dem weiteren Weg durch die Stadt begleitete ihn die Frage immer wieder. So wie er von Nava erfahren hatte, war Jaydens Schwester in dieser Gruppe gewesen und hatte sie in ihrem Abschiedsbrief erwähnt. Das Bild, das sich vor seinem inneren Auge bildete, war furchtbar und er wollte es schnellstmöglich verdrängen. Auch wenn er Nava etwas Ähnliches angetan hatte, so war es dennoch nicht damit zu vergleichen. Auch Eméri hatte eine Wahl gehabt, doch sie hatte ihren Bruder freiwillig verlassen. Wie konnten Geschwister das einander antun? Ob sie sich bewusst gewesen war, dass er sich auf ewig mit Schuldgefühlen plagen würde? Dass die Vorwürfe ihn nachts in seinen Träumen heimsuchen würden? Nate schüttelte den Kopf. Unvorstellbar.

Eméries Tat zu verstehen, würde ihm wohl nicht gelingen, denn er konnte sie nie mehr danach fragen. Warum?, schoss es immer wieder durch seine Gedanken, doch er fand keine Antwort darauf. Sie hatte Jayden in seiner gesamten Verzweiflung zurückgelassen und nun fühlte sich dieser verpflichtet, andere Mädchen von genau derselben Tat abzuhalten.

Nate sah sich um – heute war für viele ein ganz normaler Tag. Die von den Pekkos gezogenen Wagen verursachten Lärm, wenn sie über die gepflasterten Straßen rollten. Die Ehrenhäuser hoben ihre Wappen an den Anwesen deutlich hervor, indem eine Fahne neben dem Haupteingang wehte. Blumenkränze verzierten Laternen mit Ewigem Feuer, die auch tagsüber brannten. Doch heute war für ihn keiner dieser gewohnten Tage, an denen er frei durch die Straßen schlendern konnte. Zum ersten Mal war da etwas anderes in ihm, ein Gefühl, das sich eingeschlichen hatte: Er war hier nicht mehr erwünscht, auch wenn er sich dieses Schicksal nicht selbst ausgesucht hatte. Inzwischen war Nate ebenfalls zu einem Verräter geworden. Etwas, das ihm vollkommen fremd war, denn es fühlte sich falsch an, hinter Mauern zu verharren oder vorsichtig durch Hausreihen zu schleichen.

Das Lager der Arbeiter war eigentlich nur ein Schuppen aus brüchigem Holz, Strohbetten und kleinen Waschräumen – zumindest hatte man ihm das bereits als kleines Kind erzählt. Niemand wollte wie die Arbeiter leben. Es war schließlich kein Ort, den man ein Zuhause nennen sollte, und Nate überkam augenblicklich tiefes Mitgefühl. Zuhause. Das, was sie nach dem Tod ihrer Eltern hatten zurücklassen müssen. Er schluckte.

So wie Nava es geschildert hatte, war er nach diesem Ereignis verstummt und der seelenlosen Starre zum Opfer gefallen. Doch dazwischen war ein wenig Zeit gewesen, in der er diesen Verlust im Stillen betrauert hatte. Er hatte so lange zurückgezogen im Keller des Anwesens geweint, bis der Schmerz annähernd aus seinem Herzen gespült worden war.

Man sagte, als zukünftiger Ehrenträger gehöre es sich nicht, Tränen zu zeigen. Es sei zu weiblich, seine Gefühle so offensichtlich zu zeigen.

Also hatte er im Keller verharrt, dort, wo er einst von seinem Vater in Schwertkampf trainiert worden war. Stolz hatte damals in seinen Augen gefunkelt und Nate hoffte, diesen Moment für immer in seinem Herzen aufbewahren zu können. Er wusste nicht mehr, wie lange er im Keller gesessen und um die verlorenen Eltern geweint hatte. Später hatte er sich dazu gezwungen, aufzustehen und in die oberen Zimmer zurückzukehren, bevor jemand sein Verschwinden bemerken würde. Doch diese Bilder wurden immer unklarer und er konnte sich nicht einmal mehr daran erinnern, ob er überhaupt sein Zimmer erreicht hatte.

Nate fuhr sich durch die Haare. Das war womöglich der Zeitpunkt gewesen, in dem er Nava zurückgelassen hatte. Und nun erneut.

Taumelnd zog sich Nate in der Nähe des Lagers zurück und verschränkte die Arme vor der Brust, als wäre ihm kalt. Innerlich kalt. Seine Eltern waren bei einem Hinterhalt den Männern des Majors zum Opfer gefallen, mehr hatte er darüber nie erfahren. Wer waren diese Männer und weshalb hatten sie es ausgerechnet auf diese beiden Menschen abgesehen? Hatte es Streit zwischen seinem Vater und dem Major gegeben? Streit um Ländereien oder Macht?

Nate verlor sich in seinen Gedanken und geriet immer tiefer in eine Spirale aus dunklen Erinnerungen, die von undurchdringbarem Nebel umhüllt waren. Ihm fehlten oft Bruchstücke, die er nicht wahrgenommen hatte, und irgendwann endete alles in der seelenlosen, schwarzen Lücke in seinem Leben. Er musste Nava danach fragen, doch augenblicklich zuckte er zusammen. Er wollte Nava nicht an den tragischen Verlust erinnern, denn sie hatte bereits lange mit dieser Trauer gekämpft und vielleicht schon damit abgeschlossen. Eine Zeit, in der er als ihr großer Bruder für sie hätte da sein müssen, doch stattdessen hatte sie für ihn die Verantwortung übernommen. Ein Entschluss festigte sich und er holte tief Luft. Er würde herausfinden, was an diesem Tag geschehen war, als ihnen nicht nur ihre Eltern, sondern auch ihre Ehre und ihr Zuhause genommen worden waren. Denn er wollte, dass Nava eines Tages in dieses Haus zurückkehren konnte, das sie Heimat nannte. Wenigstens das schuldete er ihr.

Es war schon Nachmittag, als die Arbeiter von den Feldern zurückkehrten. Nate versteckte sich in einer Nische zwischen den Hausreihen. Ihre Kleider waren dreckig und ihre Haut und Haare von einer feinen, staubigen Sandschicht überdeckt. Erschöpfung und Hoffnungslosigkeit waren aus ihren Gesichtern abzulesen wie aus einem Buch. Es waren ebenso verlorene Menschen wie diejenigen in der Gefangenschaft oder die Mädchen, die sich gemeinsam gegen eine alte Tradition sträubten. Im Prinzip sind wir alle verloren, dachte Nate. Verlorene Seelen in einer verlorenen Welt. Aber da war ein Licht am Horizont, das immer heller wurde und immer näher kam. In seiner Vorstellung trug Nava dieses Licht und er hoffte, viele würden ihr in diesen Kampf aus Gerechtigkeit folgen.

Doch die Feldarbeiter folgten nur den herrischen Wachmännern, die sie mit lauten Rufen umher kommandierten und anwiesen, schneller in ihren Unterkünften zu verschwinden. Es würde die Ehrenhäuser beschämen, solch ehrenlose Menschen auf den Straßen Marennas zu sehen. Wie abwertend, dachte Nate und zog sich weiter zurück. In Zweierreihen gingen die Arbeiter durch die Gasse und schlurften erschöpft durch das Tor des Schuppens. Es dauerte lange und er blickte in viele seelenlose Gesichter, bis er Tieja und Mia unter ihnen erkannte. Tiejas Lippen waren fest aufeinandergepresst, als wollte sie sich selbst daran hindern, jeden Moment einen der Wachmänner anzuschreien. Sie hatte sich Marenna abgewandt, ein Leben ohne diese niederträchtigen Traditionen gelebt und war … war Tieja dort draußen glücklich gewesen?

Nate schnalzte mit der Zunge, um kurzzeitig auf sich aufmerksam zu machen, solange die Wachmänner einen anderen Arbeiter anbrüllten. Tieja registrierte ihn nicht, jedoch fand Mia dank ihrer großen Aufmerksamkeit sofort sein Versteck. Er bemerkte, wie sie ihre Arme schützend um den Stoff vor ihrer Brust gelegt hatte, in dem sie scheinbar weiterhin Kacie versteckt hielt. Da war ein kurzes Aufleuchten von Erkennen in ihren Augen, bevor sie an Tiejas Rock zog. Für einen Moment löste sich die Spannung in Tiejas Gesicht, doch dann waren sie auch schon in der Unterkunft verschwunden.

Nate verschwand in der Nische und wartete darauf, dass die Wächter ihren Dienst beendeten. Es beruhigte ihn zu wissen, dass Mia ihn gesehen hatte. Das Mädchen war offensichtlich die Einzige, der die Aussichtslosigkeit noch nicht ins Gesicht geschrieben stand. Kaum auszumalen, dass sie die Halbschwester des Jungen war, an den seine Zwillingsschwester ungewollt verheiratet werden sollte. Mia strahlte etwas so Liebevolles und Unschuldiges aus. Etwas, womit er diesen Tyler einfach nicht in Verbindung bringen konnte.

Stelle dich deinem Gegenüber,
sonst wird er dich immer wieder
heimsuchen und finden.
~ Nava ~

KAPITEL 7

Die Wachen führten mich durch die Burg, die fast erschreckend kalt und lieblos eingerichtet worden war, wenn mir nicht bewusst wäre, dass es sich um das Anwesen des Majors handelte. Der Boden aus kalten Fliesen und überall standen Bedienstete in einheitlicher schwarz-weißer Kleidung und Wachmänner in ihren roten Uniformen still. Der Unterschied lag aber besonders in ihrer Haltung: Während die Frauen mit gesenkten Köpfen auf ihre Schürzen zu starren schienen, nahmen die Wachmänner erhobenen Hauptes vor den Türen Stellung.

Wir erreichten letztendlich einen großen Saal, in dem links und rechts vom Gang Sitzplätze in Reihen aufgebaut waren. Vor uns erblickte ich einen Thron, auf dem tatsächlich dieser alte, kleine Mann hockte und uns entgegen stierte. Noch bevor ich nahe genug war, um sein Gesicht erkennen zu können, erschien hinter dem Thron eine weitere, deutlich jüngere Gestalt, die mir sofort bekannt vorkam. Mein Herzschlag setzte kurzzeitig aus, das Atmen fiel mir plötzlich schwer.

»Du?!«, entfuhr es mir eine Spur zu laut, doch die Überraschung war nicht zu verbergen. Die Wachmänner des Majors hielten meine Arme noch immer fest im Griff und es bestand keine Möglichkeit zur Flucht. Es wäre mir nicht mal möglich gewesen, auch nur einen der beiden zu gefährden, und nachdem die Wachmänner meine Magie gesehen hatten, schienen sie auch genau das vermeiden zu wollen.

»Ich freue mich auch, dich wiederzusehen.« Seine überhebliche Stimme hallte durch den hohen Saal.

Meine Finger bebten und ich ballte sie augenblicklich zu Fäusten. Keine Furcht, dachte ich erneut, als müsste ich mich selbst daran erinnern, während mich der innerliche Zwiespalt zerfraß. Fast so etwas wie Erleichterung stieg in mir auf, dass ich Tyler doch nicht auf dem Gewissen hatte. Gleichzeitig brodelte darunter unbändige Wut, dass er mir nun erneut das Leben erschwerte. Doch wie war es möglich, dass ausgerechnet er vor uns hierhergelangt war? »Wie …«, setzte ich gedämpft an. »Wie um alles in der Welt kann es sein, dass du hier bist?«

»Dachtest du wirklich, du bist die Einzige, die zur Stadt zurückkehrt?« Abfälliges Lachen erklang. »Im Gegensatz zu dir erwartet mich hier tatsächlich Ehre.« Tyler nickte dem Major zu, was wie eine stille Verbeugung wirkte, und der alte Mann ließ ihn gewähren und weitersprechen. »Wir alle haben ein Schicksal … und das deine ist es, meine Zukünftige zu sein. Weil ich das bestimme, vom Anfang bis zum Ende. Deine Zukunft liegt in meiner Hand. Hast du das denn nie verstanden? Hast du dem Hohen Rat nicht zugehört? Wolltest du ihn in seiner Ehre tatsächlich so sehr verachten? Als Verräterin würde dich der Tod erwarten, doch du hast erneut das Glück, meine Zukünftige zu sein …«

»Hast du etwa vergessen, was ich dir am Meer der Hoffnung gesagt habe?«, erwiderte ich, ohne auf seine Provokation einzugehen. Wie konnte er hier sein? Auf diese Frage war es mir unmöglich, eine Antwort zu finden. Levent und er waren von der Magie erdrückt und überwältigt worden. Dennoch schien Tyler nicht mit seinem Leben bezahlt zu haben. Ob womöglich auch Levent überlebt hatte?

Tyler hielt inne, antwortete nicht darauf. Stattdessen stand er in sicherem Abstand zu mir und musterte mein Gesicht. »Ich erinnere mich an das

Messer und sein Blut. Und ich würde es jederzeit wieder tun«, zischte er herüber und entfachte damit sehr schmerzhafte Erinnerungen.

Du könntest mir an keinem einzigen Tag trauen. In jedem noch so kleinen Moment würde ich gegen dich ankämpfen. Du könntest mir nicht einmal den Rücken zuwenden oder bei Nacht die Augen schließen. Ich würde nicht aufgeben. Nie. Es ging nicht um Liebe, wie er anfangs gegenüber dem Hohen Rat behauptet hatte, sondern nur um Kontrolle, um die Macht des Stärkeren. Doch über mich würde Tyler keine Kontrolle erhalten, dazu hatte ich mich längst entschlossen und dem würde ich auch nicht nachgeben. Ein altes, längst überholtes Prinzip, gegen das ich mich weiterhin sträuben würde. »Auch ich würde nicht zögern, wenn …«, setzte ich an.

Er unterbrach mich sofort. »Ich wusste, dass du zu mir zurückkehren würdest, nachdem du deinen Geliebten verloren hattest. Da ausgerechnet ich die ehrenvolle Aufgabe erfüllen konnte, war der Major so gütig, dich trotz deines Verrats am Leben zu lassen. Sozusagen als Entschädigung meiner Arbeit. Du bist mir also etwas schuldig, Nava, und wirst mich mit auf das Festland begleiten. Wir werden im Namen des Majors das Königreich betreten und neue Verhandlungen für Marenna treffen. Und als meine Verlobte wirst du mit mir reisen. Sei dankbar dafür, dass ich dich hier nicht dem Tod überlasse, sondern du in meinem Schutz überleben wirst. Dankbarkeit.« Er betonte das Wort in dem Wissen, was es in mir auslöste, doch er ließ mir keine Zeit für Widerworte. »Wir sehen uns morgen bei Sonnenaufgang am Hafen. Und es gibt nichts – absolut gar nichts – was du daran ändern könntest.« Er wandte sich wieder zum Gehen.

Alle Blicke richteten sich auf Marennas Major, der bisher noch immer nicht das Wort ergriffen hatte. »Der Ehrenträger hat recht. Als Verräterin erwartet Euch hier die Todesstrafe. Morgen bei Anbruch des Tages werdet Ihr ihn begleiten und mir vom Königlichen Festland berichten. So lange steht Ihr unter seinem Schutz, doch sollte er … an einer Rückreise verhindert sein … so seid Ihr in seiner Pflicht, als Besitz und unter Befehl des Majors nach Marenna zurückzukehren und Bericht zu erstatten«, sprach er in zittrigen Worten.

Ich musterte den mächtigsten Mann der Stadt etwas länger. Er hatte nichts Furchterregendes, nichts Angsteinflößendes oder gar Gefährliches an sich. Das Einzige, was dieser Mann besaß, war die Macht, über eine hoffnungslose Stadt zu herrschen, die nicht einmal mehr die Kraft besaß, sich zu erheben.

Dann wiederholte ich seine Worte in Gedanken erneut. Verhindert sein? Ging der Major bereits jetzt schon von Tylers Tod aus? Von unserem Tod? Oder hatte er diesen sogar extra angeordnet, um Tyler während dieser Reise unmerklich aus dem Weg zu räumen? Vielleicht war Tyler ihm ebenso ein Dorn im Auge wie mir. Aber glaubte er tatsächlich, ich würde in seinem Namen zurückkehren? Vermutlich ließ er mich nur mit auf das Festland segeln, weil ihm durchaus bewusst war, dass uns dort der Fluch des Meeres eine gerechte Strafe zuteilwerden ließ. Im Gegensatz zu Tyler hielt ich es nicht für eine Ehre oder eine Art Belohnung des Majors. Sicherlich waren in der Stadt einige Fahndungsplakate aufgehängt worden, um die Bewohner über unseren Verrat ausgiebig zu informieren. Nate und ich mussten um jeden Preis von der Bildfläche verschwinden, damit der Major seine Macht als Oberhaupt behielt. Niemand sollte anfangen zu glauben, dass Hoffnung und Mut geduldet oder gar verschont werden würden. Doch warum ließ er uns nicht öffentlich hängen, um damit ein Exempel zu statuieren? Damit niemand je wieder auf die Idee kommen würde, sich weiter als nötig von der Einzigen Stadt zu entfernen?

Ich senkte den Blick zu Boden, ohne dem Major auf seine Ansprache eine Antwort zu geben. Während es ihm meine falsche Unterwürfigkeit symbolisieren sollte, drehten sich die Gedanken in meinem Kopf zu wirren Kreisen. Das Handeln des Majors war mir wirklich unerklärlich. Morgen bei Sonnenaufgang würden wir zum Festland segeln – ob es mir möglich sein würde, diese Reise zu verhindern? Oder wollte ich stattdessen endlich herausfinden, was es damit auf sich hatte? Würde es mir in dieser einen Nacht gelingen, die Unzurechenbaren zu befreien? Ich würde alles zurücklassen, was einen Platz in meinem Herzen hatte. Und ich würde alles verlieren, wenn auch mir eine Rückreise nicht mehr möglich wäre. Ich würde verschwinden wie einst meine Eltern: ohne jeglichen Abschied.

»Bringt sie in den Kerker und verdoppelt die Wachen. Lasst sie keine Sekunde aus den Augen«, wies der Major an.

Die Wachmänner befolgten seine Anweisung sofort. Es gab keine Möglichkeit zur Flucht, wurde mir schlagartig klar, auch wenn ich diese insgeheim nicht wirklich wünschte. Nur so konnte ich die Unzurechenbaren erreichen. Ich würde mit Tyler das Festland bereisen und wusste keineswegs, was mich erwartete. Innerlich betete ich, dass die Pläne der anderen wesentlich besser verliefen als die meinen und gleichzeitig verspürte ich eine geheime Vorfreude: Das Königliche Festland.

Die Nacht in der Zelle war einsam und still, nirgendwo waren andere Gefangene zu hören oder zu sehen. Sie hatten Wasser und etwas altes Brot bereitgestellt, das jedoch kaum genießbar war. Zumindest nicht im Vergleich zu dem Essen, das ich aus meinem früheren Leben in Marenna kannte. Aber mein Magen schmerzte bereits vor Hunger, sodass ich mich trotz des unappetitlichen Geschmacks und dem modrigen Geruch dazu zwang. Vielleicht würde es für lange Zeit meine letzte Mahlzeit sein.

Neugierig lugte ich den dunklen Flur hinunter und versuchte, auch nur eine winzige Regung festzustellen.

Es war meine Absicht gewesen, genau hier zu landen, um eine Verbindung zu den Unzurechenbaren zu finden. Doch wie weit war ich tatsächlich von ihnen entfernt? Tarameas Magie hatte es in meinem Auftrag bis auf den Burgturm hinaufgeschafft und ich hoffte, sie würde auch nun ausreichen, um die Unzurechenbaren irgendwo am Ende des Ganges zu erreichen.

Ich schloss die Augen und horchte in mein Inneres, dorthin, wo sich die eiserne Kiste verbarg, die all die Trauer und den Schmerz einschloss. Bei den Kualaras hatte die Magie sofort gewusst, welchen Weg sie einschlagen musste, und ich hoffte, dies würde nun wieder der Fall sein.

Meine Gedanken galten Nate und Jayden. Jedoch versuchte ich dieses Mal, meinem Vermissen genug Raum zu bieten, damit sich die Tränenmagie entfalten konnte. Solange sich das blaue Funkeln in meinen Augen in Anwesenheit anderer Menschen in Grenzen hielt und nicht weiter für Aufsehen sorgte, wäre der Überraschungseffekt letzten Endes stärker auf meiner Seite. Der Major und seine Wachmänner sollten das Ausmaß der Magie noch nicht kennen.

Blaue Magiepunkte waberten langsam den Flur hinunter und tauchten den Kerker in einen hellen Schein. Immer weiter breitete sich der Nebel aus, kroch in jede Ecke und wand sich unaufhaltsam durch die Gitterstäbe. Die Tränenmeere suchten verzweifelt nach den trauernden Seelen, doch ihre Suche blieb erfolglos.

In meinem Inneren spürte ich die tobende Verzweiflung und die wimmernde Enttäuschung. Ich hörte Tarameas Bestimmung im Rauschen meines Herzschlags, denn inzwischen war sie zu der meinen geworden. Die Tränenmeere zurückzubringen, damit das Gleichgewicht der Elemente wiederhergestellt wäre. Doch wohin sollten all die unzähligen Tränen fließen, wenn nicht zurück zu den Seelenlosen, die sie vergossen hatten? Ich seufzte und meine Schultern sackten nach unten.

Womöglich waren die Unzurechenbaren in einem anderen Teil der Burg untergebracht und von hier aus überhaupt nicht zu erreichen. Oder wäre nur Taramea wirklich in der Lage dazu, diese mächtige Tränenmagie zu wirken? Vorsichtig begann ich, die Melodie der Aeringos zu summen und die Magiepunkte glühten dabei pulsierend auf. Ich beobachtete sie für einen ruhigen Moment, bevor der Wachmann heftig gegen die Tür donnerte und mir befahl, still zu sein. Erschrocken schnappte ich nach Luft, bat all die Traurigkeit zurück, um sie erneut in der Kiste zu verbarrikadieren. Die Magie durfte nicht entdeckt werden. Noch nicht.

Ich fand in der Zelle keine Ruhe und erst recht keinen erholsamen Schlaf. Meine Gedanken hielten mich wach und kreisten pausenlos durch meinen müden Kopf. Ich war dankbar, dass Nate meiner Anweisung gefolgt war und nun nicht neben mir in Gefangenschaft saß. So hätte Tyler eines der stärksten

Druckmittel in der Hand gehabt und ich war nicht sicher, ob er diese Chance ergriffen hätte, Nate etwas anzutun. Hoffentlich würde mein Zwillingsbruder Jayden in der Stadt wiederfinden. Ich unterdrückte ein Seufzen. Jayden. Ich vermisste bereits jetzt das violette Schimmern in seinen grünen Augen und ich verspürte tatsächlich die Angst, es nie wieder sehen zu können. Was wenn ich tatsächlich nicht mehr zurückkehren würde, weil die Geschichten über das verfluchte Meer wahr waren? Würde ich Seite an Seite mit Tyler und den Männern des Majors auf den Meeresgrund sinken und für immer von der Bildfläche verschwinden? Hoffentlich hatte Jayden mehr über die Untergrundorganisation der Mädchen herausgefunden, der auch Eméri angehört hatte. Was wenn diese Gruppe überhaupt nicht mehr existierte? Wir wussten nicht einmal, um wie viele junge Frauen es sich dabei gehandelt hatte, und ich trug die schwere Befürchtung in mir, dass sie nicht mehr alle am Leben waren. Es wäre so unverzeihlich, wenn sie Jaydens Schwester in den freiwilligen Tod gefolgt wären. Das ist kein Ausweg, dachte ich wehmütig, und gleichzeitig schlummerte auch ein schwacher Funken Verständnis in meinem Herzen. Wie sehr wollte man dieses Leben, wenn es nichts gab, das einem Raum für die eigene Persönlichkeit, eigene Entscheidungen und Freiheiten ermöglichte? Wenn dir alles von einem Menschen vorbestimmt wurde, den man nicht liebte und vielleicht auch nie lieben konnte? Wenn Frauen wie

Gegenstände verkauft und übergeben wurden, ohne eigenes Recht? Nicht alle Mädchen hatten die Möglichkeit, bei Nacht auf einem Pekko aus der Stadt zu fliehen. Die Unterdrückung des Majors war seit Generationen so mächtig, dass es für sie keine andere Lösung zu geben schien.

Wie abgrundtief traurig diese Schicksale sind, dachte ich und wanderte in Gedanken zu den Mädchen, die sich das Leben nahmen, um nicht mehr Teil dieser Welt sein zu müssen. Diese enorme Verzweiflung, die sie plagen muss. Ihre Herzen von Unglück untragbar schwer, sodass …

Im nächsten Moment schreckte ich auf und bat die flimmernden Magiepunkte um mich herum hastig zurück. Augenblicklich hielt ich den Atem an, doch keiner der Wachmänner am Eingang des Kerkers schien bemerkt zu haben, wie sich das blaue Leuchten auf meine Haut geschlichen hatte. Ich musste vorsichtiger sein. Und vor allem: nicht traurig. Die Traurigkeit war ein Teil von mir, aber sie durfte mich dennoch nicht verraten. Noch nicht. Die Zeit der Traurigen würde kommen, um der verlorenen Welt ihr Licht zurückzubringen.

Verloren ist nur,
wer keine Hoffnung auf ein
besseres Leben finden will.
~ Nate ~

KAPITEL 8

Die Sonne verschwand am Horizont und überließ die Stadt allmählich der magischen Dunkelheit und dem Licht der Aeringos. Die Wachmänner kehrten mit der Dämmerung zurück in ihre Ehrenhäuser, denn sie wussten, dass die Menschen die Nacht aufgrund der seltsamen Wesen und ihren Gesängen fürchteten. Vor allem wenn ihnen jede Hoffnung und jeder Kampfgeist genommen worden war. Es gab für die Arbeiter keinen Ort, an den sie fliehen konnten, keine andere Zuflucht.

Nate holte tief Luft und beobachtete die Wächter, wie sie in eine Seitengasse abbogen. In all den Jahren hatte es sicherlich genug Menschen gegeben, die für eine Rebellion gekämpft hätten, doch sie waren nie stark genug gewesen. Weil sie alleine gewesen waren. Nun aber war die Magie auf ihrer Seite und Nate hoffte, sie würde sie in diesem Kampf nicht im Stich lassen. Beinahe lautlos huschte er in den Schuppen, in dem nur der schwache blauschimmernde Schein einer Laterne flackerte.

»Nate?«, fragte eine kindliche Stimme.

Mindestens dreißig Köpfe wandten sich plötzlich in die Richtung, aus der er kam. Die Menschen wirkten erschöpft und müde von den schweren Zeiten des Lebens. Er konnte es ihnen nicht verdenken und hoffte, auch sie irgendwann von ihrem Leid befreien zu können.

»Hallo, Mia«, sagte Nate etwas leiser, da trat sie bereits aus der Menge hervor. In ihren Armen hielt sie das Kualarababy und wiegte es hin und her. »Wie geht es euch?«

»Es war ein harter Tag«, antwortete Tieja, die hinter ihrer Tochter erschien. »Aber wir sind alle unverletzt.« Sie hielt einen Moment inne. »Wollte nicht Jayden uns abholen?« Tiejas Stimme hatte einen seltsamen, misstrauischen Unterton. Als spürte sie bereits, dass irgendetwas nicht in Ordnung war.

»Es gab eine … eine Planänderung«, versuchte Nate das Geschehene abzumildern. »Nava hat sich dem

Major gestellt, um in das Innere der Burg zu gelangen.«

Tieja sog scharf die Luft ein und es schien ihm, als wäre die Spannung in der Hütte zum Greifen nahe. Die Menschen standen so dicht aneinander, dass sie unweigerlich hörten, was er sagte.

»Der wütende alte Mann?« Mia sah Nate mit großen Augen fassungslos an.

»Ja, der wütende alte Mann.«

Tieja verschränkte die Arme. »Wie konntet ihr das nur zulassen? Habt ihr nicht versucht, sie aufzuhalten?«

Nate biss sich auf die Lippe. Wie sollte er Tieja nur schonend beibringen, dass selbst Jayden noch nichts davon wusste und es allein seine Schuld war, es nicht verhindert zu haben? Einzig und allein er hätte eine Chance dazu gehabt, sie davon abzuhalten. Stattdessen hatte er auf ihren starken Willen und ihre Magie vertraut. »Jayden ist auf dem Weg zu einem Freund seines Vaters. Er arbeitet in der Stadtverwaltung und hat vielleicht wichtige Informationen für unseren Plan. Nava wird von innen heraus die Unzurechenbaren befreien. Und wir …« Er hielt inne und bemerkte all die fragenden Blicke, die inzwischen auf ihm ruhten. Die Männer, Frauen und Kinder waren wohl hellhörig geworden.

»Wann wird sich Jayden hier mit uns treffen?«, fragte Tieja plötzlich. Ihr Atem ging schnell.

Nate registrierte ihre Unruhe und Anspannung. »Ich weiß es nicht.« Er seufzte. »Nava wollte die Unzurechenbaren selbst befreien. Mit ihrer Magie wird sie die Seelenlosen erreichen und ihnen helfen. Ich habe gesehen, wie weit sie ihre Magie bereits kontrollieren kann. Sie wird es schaffen.« Er blickte in Mias trauriges Gesicht.

In ihren Augen spiegelte sich eine Frage, die sich auch langsam in sein eigenes Herz bohrte: Was wenn es nicht stimmte? Wenn er Nava nie wiedersehen würde und für immer verloren hatte?

»In den Augen des Majors wird sie nur eine Hexe sein«, sprach Tieja aus.

Ein Raunen ging durch die Menge. Furcht mischte sich unter die Neugier.

»Wir müssen sie befreien.« Mia strich über die schwarzen Federn des Kualaras. »Sie hätte es ebenso auch für uns getan!«

Abwartende Stille legte sich über die fragenden Gesichter und Tieja holte tief Luft. »Es kann Tage dauern, bis Jayden zurückkehrt. So viel Zeit haben wir nicht. Es liegt jetzt an uns.« Sie löste ihre Arme aus der Verschränkung und trat in die Mitte des Raumes zur Laterne. Im blauen Schein des Ewigen Feuers konnten fast alle auf Tieja blicken und ihren weiteren Worten lauschen. »Einigen von euch mag es bereits auf den Feldern aufgefallen sein: Wir sind keine Arbeiter, sondern Geflohene aus den Bergen Mars, wo wir im Verborgenen gelebt haben. Im Verborgenen des

Lebens, wie ihr. Wie die Unzurechenbaren und all die Frauen und Mädchen, die in Marenna kleingehalten werden. Ohne Recht und Stimme. Mädchen, wie es meine Tochter sein könnte.« Sie schluckte und Nate konnte spüren, wie hart sie diese Worte selbst trafen.

»Eines Nachts erschien uns eine Königin, die zwei aus unserer Gruppe Magie verlieh. Die Magie der Freiheit. Wir sind gekommen, um die Stadt aus der jahrzehntelangen Ungerechtigkeit zu befreien. Ihr habt nichts zu befürchten, aber wir brauchen eure Hilfe. Fürchtet nicht das Fremde der Magie, sondern fürchtet euch davor, euer restliches Leben so verbringen zu müssen, wie ihr es heute getan habt.«

Ohne Tiejas energische Ansprache schien ganz plötzlich etwas im Raum zu fehlen. Stille kehrte ein wie ein ungebetener Gast. Anspannung, die sie ausharrten und gebannt auf eine Reaktion, eine Rückmeldung der Arbeiter warteten. Nate war beeindruckt von Tiejas Worten, ihrer Art, sich zu erheben, obwohl sie sich zuerst so um ihre Tochter gesorgt hatte. Er hatte in ihren Augen gesehen, dass Mias Schutz das Einzige war, was ihr auf dieser Reise am meisten am Herzen lag. Vermutlich hatte ihr diese Erkenntnis die Augen geöffnet. Mehrere Mädchen benötigten genau denselben Schutz, und Tieja war nun bereit, auch für all diese Kinder um ein besseres Leben zu kämpfen.

»Wir sollen einer Hexe vertrauen?«, fragte jemand aus der Menge heraus. Die Person war nicht auszumachen, doch ihr Misstrauen war durchaus zu verstehen.

»Nava ist keine Hexe«, betonte Tieja bestimmt und dennoch freundlich. »Ihre Magie wird die Unzurechenbaren zurück ins Leben rufen, damit sie zu ihren Familien heimkehren können. Allen Menschen in dieser Stadt steht das gleiche Recht auf Leben zu. Frauen wie Männern, Arbeitern und Ehrenhäusern. Es ist endlich Zeit, dagegen anzukämpfen. Mit ihrer Magie haben wir überhaupt erst eine Chance. Es ist womöglich sogar unsere einzige Chance, gegen diese alte Herrschaft anzukommen.«

Die Arbeiter begannen zu murmeln, ungehaltene Gespräche entstanden.

Nate hätte ihnen nur zu gerne gelauscht. »Komm, deine Mutter braucht uns jetzt.« Er warf Mia ein Lächeln zu, das sie mit einem Nicken erwiderte.

»Dann sollten wir ihr helfen.«

Nachdem die Aufregung ein wenig verebbt war, stellte Tieja ihre Tochter Mia in der Runde vor, die Kacie noch immer wie einen Säugling auf dem Arm trug.

»Es gibt junge Mädchen, die eine Gemeinschaft gebildet haben. Mädchen, die unsere Hilfe brauchen, weil sie sonst …« Tieja versagte die Stimme und sie legte ihre Hände auf Mias Schultern, die den

Menschen zugewandt vor ihr stand. »Weiß jemand, wo sie sich aufhalten?«, fragte sie.

Niemand antwortete ihr. Fragend blickte sie in die Reihen, doch keiner der Arbeiter schien sich zu trauen.

»Das hier ist Kacie«, mischte sich Mia plötzlich ein und hob den Eulenbären etwas in die Höhe. Ein Raunen ging dabei durch die Menge. Sicherlich hatten sie noch niemals zuvor einen Kualara mit eigenen Augen erblickt, geschweige denn von diesen Wesen gehört. »Sie ist ein Kualara, ein Tier aus den Bergen. Ich habe ihr das Leben gerettet, weil ihre Herde sie bereits aufgegeben hatte. Sie dachten, dass ihr Leben schon verloren wäre. Aber sie hatten sich getäuscht.« Mit einem Lächeln stupste sie dem Tier auf den hellen Schnabel, worauf Kacie ein paar glucksende Laute von sich gab. Die cremefarbenen Augen blinzelten ihr neugierig zu.

»Meine Tochter hat recht«, fügte Tieja wieder an. »Nicht alle, die verloren scheinen, sind es auch. Weder die Unzurechenbaren noch die Mädchen noch … ihr.«

Nate blickte Tieja überrascht an. Er wusste, dass sie es nicht vorwurfsvoll, nicht als persönlichen Angriff auf ihre Leben gemeint hatte. Doch wie würden die Menschen es auffassen, die womöglich bereits mehrere Jahre in dieser Welt, hinter dieser harten Arbeit gelebt hatten?

»Wenn es wahr ist«, erhob sich wieder eine männliche Stimme aus der Menge. »Und ihr die Unzurechenbaren befreien könnt, dann werde ich mit meinen beiden Söhnen mit euch kommen und euch unterstützen.«

Aufgeregtes Flüstern begann zwischen den Reihen und Nate fragte sich, ob der Mann seine Frau an die Unzurechenbaren verloren hatte. Sie alle handelten nicht ohne einen Grund, der sie dazu zwang, sie dazu bewegte.

»Ich verstehe euer Misstrauen«, fuhr Tieja fort. »Doch dieser Plan, diese Rebellion, wird Hand in Hand geschehen. Nur wenn alle Elemente, alle Verbündeten gemeinsam und zeitgleich vorgehen, können wir die Stadt stürzen. Uns bleibt keine Zeit, zuerst auf die Rettung der anderen zu warten. Unsere Gruppe teilte sich auf, um all diejenigen als Verbündete zu vereinen, die bereit sind, für eine bessere Stadt, ja eine bessere Welt zu kämpfen.« Sie schnappte nach Luft und wartete ab. Es waren ehrfürchtige, verräterische Worte, doch sie überzeugten ebenso sehr wie bald unsere Taten.

Eine Frau unter den Arbeitern hatte vor einigen Jahren ihre Tochter verloren, die der geheimen Organisation angehört hatte, und erzählte ihre Geschichte mit bebender Stimme, als sie in den Schein der Laterne trat. Obwohl Töchter von Arbeiterfamilien nie verheiratet wurden, war sie mit einer hochgeborenen Freundin in diese Gemeinschaft gelangt. Und ließ dort letzten Endes ebenso ihr Leben wie viele andere vor ihr.

»Sie hatten ein gemeinsames Symbol, das glaube ich etwas mit einem Dreieck zu tun hatte. Zumindest hatte sie das einmal erwähnt. Es stand für die drei Klassen unserer Gesellschaft, die Herrscher, die Ehrenhäuser und die Ehrenlosen. Für die Macht, die Ungerechtigkeit und die Verzweiflung.« Die Frau wischte sich eine Träne aus den Augen. »Bei ihren Treffen markieren sie den Ort mit ihrem geheimen Symbol.«

Tieja warf Nate einen vielsagenden Blick zu. Das waren zwar nur wenige Hinweise für ihr weiteres Vorhaben, aber besser als überhaupt keine.

»Es müsste wahrscheinlich irgendwo in der Nähe des Zentrums sein, damit alle Mädchen es zügig erreichen können«, bemerkte Nate und überlegte, ob er sich an irgendetwas dergleichen erinnern konnte. »Ein stillgelegtes Gebäude oder Ähnliches.«

Tieja blickte suchend in sein Gesicht, als wollte sie seine Gedanken erkennen. »Jayden könnte womöglich über die Stadtverwaltung eine Karte erlangen, in der solche Gebäude gekennzeichnet wurden. So könnten wir–«

»Dauert das nicht viel zu lange?«, unterbrach Mia ihre Mutter. »Ich dachte, so viel Zeit haben wir nicht.« Sie setzte Kacie auf den Boden, die kurz darauf herumtapste.

»Und wir wissen auch überhaupt nicht, wo sich Jayden aktuell aufhält.« Nate fuhr sich durch die Haare.

»Wir müssen sie also selbst finden.«

»Und wie soll das möglich sein?«, fragte ein Mann. »Wäre es nicht verdammt auffällig, wenn wir alle durch die Stadt marschieren, um ein paar Mädchen ausfindig zu machen?«

Mit diesen Worten erhellte sich etwas in Tiejas Augen, ein Schmunzeln schlich sich auf ihre Lippen. Nate konnte es im Schein des Ewigen Feuers nicht nur erahnen, sondern er wusste es. Denn auch er verspürte plötzlich diese Zuversicht: Die Arbeiter würden ihnen folgen. Sie waren von nun an nicht mehr allein. Es hatte funktioniert.

»Ihr habt recht«, entgegnete Nate und trat näher an Tieja und das Ewige Feuer heran. »Das wäre zu auffällig.«

»Außerdem wollte sich Jayden den Mädchen annehmen, wegen seiner Schwester und ...« Sie verstummte mit einem kurzen Blick auf Mia.

»Und Nava, die Unzurechenbaren ...«, ergänzte Nate den begonnenen Satz.

»Ich habe vielleicht eine Idee«, warf Mia plötzlich ein und sah von Kacie auf.

Solange wir für diejenigen kämpfen,
die wir lieben,
wird es niemals umsonst gewesen sein.
~ Nate ~

KAPITEL 9

Wachmänner zerrten mich hinaus ans Tageslicht und ich kniff zuerst meine Augen zusammen. Die Nacht im Kerker war nur kurz gewesen und ich konnte nicht behaupten, überhaupt geschlafen zu haben. Unzählige Gedanken hatten mich in meiner Unruhe wach gehalten.

Der Weg zum Hafen verlief so still, dass es mir äußerst befremdlich erschien. In der Stadt war noch niemand auf den Beinen, keine Menschenseele befand sich auf den Straßen. Es war wahrscheinlich noch sehr früh am Morgen – ein guter Zeitpunkt, um kein Aufsehen zu erregen. Am Hafen stand abseits eine rundliche Frau und hielt einen Schirm in der Hand, um sich dahinter, wie mir schien, zu verstecken. Sonst war weit und breit niemand zu sehen.

Das Segelschiff erwartete uns bereits mit einer großen Besatzung aus mürrischen Männern. War ich tatsächlich die einzige Frau an Bord? Dieser Gedanke gefiel mir überhaupt nicht, obwohl ich mir eingestehen musste, dass ich nichts anderes erwartet hatte. Mit festem Griff führten mich die beiden Wachmänner über den Steg, doch auch als wir das Deck erreicht hatten, ließen sie mich nicht los. Der Kapitän und Tyler verneigten sich lange in Richtung Burg, sodass ich davon ausging, der Major würde von einem der Turmfenster aus das Ablegen des Schiffes beobachten. Natürlich wäre es viel zu riskant gewesen, wenn der alte Herrscher der Stadt uns persönlich zum Hafen begleitet hätte. Womöglich interessierte es ihn aber auch gar nicht und er sah zum Zeitpunkt der Verbeugung überhaupt nicht aus dem Fenster. Diese Variante erschien mir fast noch wahrscheinlicher als die erste.

Schwere, hölzerne Kisten wurden verstaut. Unauffällig versuchte ich, mich immer wieder auf dem Deck umzusehen. Es handelte sich um einen Zweimaster, dessen dunkles Holz glänzte und aussah, als hätte es den Hafen noch niemals verlassen. Die

Stoffe waren noch so strahlend weiß, so unschuldig und hatten sich noch nie mit dem rauen Meer angelegt, das alle so fürchteten. Ein merkwürdiger Tag, dachte ich. Seit Jahren, seit Generationen, womöglich seit Anbeginn der Zeit von Mar – vermied man das Übersegeln des verfluchten Meeres. Denn wie es der Fluch und die Legenden besagten, war es zwar möglich, auf das Meer hinauszufahren, jedoch unmöglich, den magischen Kreis zu durchbrechen, geschweige denn auf die andere Seite des Meeres zu gelangen.

Wenn dieses alte Märchen wahr wäre, würden wir schon in wenigen Tagen auf dem tiefen Meeresboden verrotten und niemals das Königliche Festland erreichen. Ich würde ebenso ohne Abschied, ohne letzte Worte verschwinden wie einst meine Eltern, und es gab keine Möglichkeit, Nate und Jayden noch eine letzte Nachricht zukommen zu lassen. Sie würden niemals erfahren, dass meine letzten Gedanken ihnen gelten würden. Aber Taramea würde wissen, dass ich meine Aufgabe nicht erfüllt hätte – dass sie vielleicht sogar zu viel in mir gesehen und ich ihrer Erwartung nicht hatte gerecht werden können. Dass ich scheinbar nicht die Richtige für diese große Bestimmung gewesen war.

Ich schluckte. Dabei fühlte ich die Tränen und die Meere so deutlich in meinem Inneren. Wann war mir dieses Gefühl so vertraut geworden? Ich wollte die Tränenkönigin nicht enttäuschen, sie in ihrem Schmerz nicht alleine zurücklassen. Es musste einen Weg geben, das Wasser endlich wieder in Einklang mit all den Tränen zu bringen, damit die Welt nicht eines Tages überflutet werden würde. In meinen Gedanken entstand ein Bild, wie die kleine Insel Mar von tosenden Wellen der Tränen eingenommen wurde und verschwand. Als hätte es uns und Marenna niemals gegeben. Ich nahm einen tiefen Atemzug und ballte meine Fäuste. Ich würde meiner Bestimmung gerecht werden, um jeden Preis.

Aber was wenn uns diese Schiffsreise und ihr Fluch tatsächlich das Leben kosten könnten? Ich klammerte mich viel zu sehr an diesen hilflosen, verzweifelten Gedanken, der mich leise beschlich. Die einen würden sagen, es sei mutig, diese Reise auf das Festland anzutreten. Die anderen würden es für töricht halten. Auch wenn ich nicht leugnen konnte, dass mich eine gewisse Angst heimsuchte, so durfte ich diese nicht zulassen. Es war an der Zeit zu kämpfen, sich gegen das Unrecht zu erheben und zu rebellieren. Das war unsere Aufgabe. Das war meine Aufgabe. Und vielleicht war es auch mein Schicksal, als einer von wenigen das Festland mit eigenen Augen zu erblicken. Zumindest hoffte ich, dass es so sein würde.

Als das Schiff ablegte, hob Tyler wie zum Abschied die Hand in Richtung des Ufers und die verdeckte Frau reagierte mit derselben Bewegung.

»Sie wird da sein, wenn wir zurückkehren«, zischte er mir anschließend zu. »Gewöhne dich besser an diesen Gedanken, Nava. Sie wird immer da sein und dich im Blick behalten.«

Ein kalter Schauer jagte mir über den Rücken, als ich begriff, welche Frau dort in einem Kleid aus schwarzem Samt stand. Madame Patrice verabschiedete sich mit einer Mischung aus Stolz und Hass – das glaubte ich zumindest an ihrer Körperhaltung abzulesen.

Als wir endlich weit genug vom Hafen entfernt waren, ließen mich die Wachmänner los und ich rieb mir über die schmerzenden Arme. Hatten sie wirklich geglaubt, ich würde sofort versuchen, vom Schiff zu springen? Ob ich es tatsächlich gewagt hätte? Ich war mir nicht sicher, doch nun war diese Chance vertan. Zudem trug ich ein langes, schweres Kleid, das sie mir heute Morgen nach einem Bad für die Reise angezogen hatten, und mit dem ich sicherlich schneller untergehen würde, als ich meinen Namen sagen konnte.

Wind blies über das Wasser hinweg und zerrte an meinen offenen Haaren. Absurderweise fühlte es sich ein wenig nach Freiheit an, obwohl ich auf diesem Schiff ebenso gefangen war wie in einem Kerker. Doch die salzige Luft und der endlose Blick auf den Horizont vertuschten diese Tatsache ein wenig. Ich sah mich erneut um, Tyler kam schnellen Schrittes auf mich zu. Er betrachtete mich eine Spur zu fasziniert, zu gierig, wie es mir schien, dennoch wich ich ihm nicht aus. Nur wenige Zentimeter vor mir kam er zum Halt, sein Gesicht so nah vor meinem, dass ein Kuss ein leichtes Spiel gewesen wäre. Doch ein Zurückweichen würde Schwäche und Unterlegenheit darstellen und diese Genugtuung würde ich ihm nicht bieten. Niemals.

»Meine Mutter hatte recht. Deine Dankbarkeit ist grauenhaft«, brachte er leise hervor.

Ich schmunzelte fast über seine Worte. Er war womöglich der einzige Ehrenträger, der in dieser Nähe, in dieser Zweisamkeit von seiner Mutter sprach.

»Ich werde dir deine Kabine zeigen, komm mit.« Tyler wollte meine Hand nehmen, doch ich wich ihm gekonnt aus.

Schnell griff ich in den dunkelgrünen Rock des Kleides und ging zielsicher auf die Tür unter dem Steuerrad zu.

Hinter mir hörte ich wutgeladenes Schnauben und das Stapfen seiner Schritte. »Deine Sturheit wird dich eines Tages den Kopf kosten!«

»Und ich hoffe, deine Überheblichkeit dich eines Tages ebenso.«

Heimat ist etwas, das dir niemand nehmen kann.
Denn sie wohnt in deinem Herzen.
~ Nate ~

KAPITEL 10

Am nächsten Morgen war der Weg zurück zum Anwesen überraschend einfach, als würden seine Beine den Weg noch immer auswendig kennen. Nate sah auf und ließ den Anblick einen Moment auf sich wirken. Die hellen cremefarbenen Mauern und das Dach in Anthrazit. Eine breite steinerne Treppe führte zum Haustor, das links und rechts von weißen Lilien gesäumt war. Das Wappen des Ehrenhauses seiner Eltern. Sein Ehrenhaus, das ihm nach ihrem Tod zugestanden hätte. Doch anhand von Navas

Erzählungen wusste er, dass man es ihnen nicht überlassen hatte. Nur weil er ein paar Wochen zu jung gewesen war, um die Ehre offiziell zu übernehmen. Was für ein irrsinniges Recht in Marenna doch herrschte.

Das Anwesen war nach der Freigabe anscheinend versteigert worden, denn ein neues Wappen hing über dem Eingang. Dennoch wirkte es unbewohnt. Wahrscheinlich war der Preis so hoch gewesen, dass nur ein anderes angesehenes Ehrenhaus dieses Geld hatte aufbringen können. Und womöglich benötigten sie dieses Zuhause nicht wirklich aus Platzgründen. Ansehen und Ehre waren das Augenmerk der Ehrenhäuser und nur dafür schienen sie zu existieren.

Nate schlich seitlich des Anwesens an der Hecke entlang, die das gesamte Grundstück säumte. Früher, als er noch mit Nava in den Gärten gespielt hatte, gab es da diesen Durchgang im Gebüsch, den sie wie ein besonderes Geheimnis hüteten. Er konnte das Ehrenhaus schließlich nicht einfach durch die Haustür betreten, obwohl es eigentlich sein Anwesen war. Seine Ehre, die ihm gebühren müsste.

Tatsächlich war da eine kleine Lücke in den Sträuchern, durch die sich Nate nur mit Anstrengung zwängte. Kleine Äste brachen und Dornen verfingen sich in seiner Kleidung. Doch kaum hatte er die andere Seite der Hecke erreicht, überkam ihn ein warmes, wohliges Gefühl. Heimat. Das hier war der Ort, den er Nava nach allem, was passiert war, zurückbringen wollte. Er hatte mit Tieja vereinbart, mehr über das Ehrenhaus und vor allem das Attentat herauszufinden, denn vorher würde seine Trauer um diesen Verlust keine Ruhe finden. Und weil Nava es nach diesem Kampf einfach verdient hätte, nach Hause zurückzukehren.

Die Salia hatten entschieden, Mias Vorschlag mit den Arbeitern umzusetzen und sich bis zur großen Rebellion im Verborgenen zu halten. Unsere Zeit wird kommen, dachte Nate. Der Moment, der Marenna für immer verändern würde.

Die Blüten im Garten waren verwelkt und die Beete seiner Mutter von Unkraut geziert. Erst als er das Haus betrat und den vertrauten Duft von Lilien einatmete, löste sich die Anspannung von seinen Schultern. Nichts hatte sich hier verändert, niemand war seitdem je wirklich hier zu Hause gewesen.

Der helle Marmorboden ließ jeden seiner Schritte durch die hohe Empfangshalle dröhnen. Auch hier waren zu beiden Seiten Treppen angebracht worden, die nach oben in die Privaträume führten. Hier im unteren Geschoss war nur der Empfangsbereich für Gäste sowie das Esszimmer und die Küche. Natürlich auch der Übergang in den traumhaften, großen Garten, der seine überwältigenden Farben inzwischen verloren hatte.

Oben in den Gemächern war es erschreckend still und leblos, wie Nate mit bebenden Händen feststellen musste. Navas Kleiderschrank stand noch offen, auf ihrem Bett lagen ein Kleid und ein Hut, die sie sich wohl für den letzten Tag in diesem Haus zurechtgelegt hatte.

In sein eigenes Zimmer traute er sich zuerst kaum, da er sich, seit er vom Tod seiner Eltern erfahren hatte, an fast nichts mehr erinnerte. Der Nebel der Unzurechenbaren hatte über ihn gesiegt und die Erinnerungen waren seitdem auch nicht wieder zurückgekehrt.

Seine Bettdecke lag unordentlich im Bett. Auf dem Boden ein paar Bücher, als hätte er an diesem Tag vorgehabt zu lernen, um sie dann bei seiner Heimkehr einfach vom Schreibtisch zu fegen und sie dort für immer in einer furchtbar ungünstigen Haltung liegen zu lassen. Als hätte er dabei eine tragische und schlimme Nachricht erhalten. Nate schluckte und spürte den Kloß in seinem Hals. Vorsichtig betrat er sein Zimmer und hob die Bücher schuldbewusst auf. Er strich dabei ein paar geknickte Seiten glatt und trug sie zurück zu dem hölzernen Tisch. Ein kleines gerahmtes Bild stand darauf, das Nava und Nate nebeneinander zeigte. Blaue Augen, orangefarbene Haare wie glänzendes Kupfer und strahlende Lächeln in den Gesichtern. Sie hatten die Kleidung getauscht und es unglaublich albern gefunden. Nava trug eine ihr viel zu weite Hose und ein Hemd, dazu ein Übungsschwert aus Holz. Nate dagegen hatte sich in ein weites rosafarbenes Ballkleid gezwängt, was ihn heute zum Schmunzeln brachte. Ihre Mutter hatte viel

Zeit damit verbracht, das Bild zu malen. Sie waren ein gutes Team gewesen und nichts hätte sie trennen können. So viele gemeinsame Erinnerungen an ihre Kindheit. Plötzlich wurde ihm bewusst, wie glücklich er sich schätzen konnte, eine solche Schwester zu haben. Nava hatte ihn in keiner Sekunde aufgegeben, sondern ihr Leben riskiert, damit sie zusammenblieben. Das Band, das sie beide verband, war stärker als alles andere, was die Stadt zuvor gesehen hatte.

Im Arbeitszimmer seines Vaters überzogen sich seine Arme mit Gänsehaut, obwohl sich die Raumtemperatur nicht verändert hatte. Bücherregale bis unters Dach, voll von Unterlagen und Akten, die er stets gut sortiert hatte. Sein Vater hatte immer genau gewusst, wo welches Blatt abgelegt worden war und wiederholt hatte er auch Nate zu dieser Ordnung ermahnt. Doch das war eines der wenigen Dinge, die er von allem, was sein Vater ihn in den Jahren gelehrt hatte, nie umzusetzen wusste.

Wie in Zeitlupe schlich er durch das Zimmer und ließ seinen Blick über all die Buchstaben und Papiere schweifen. Hier lagen so viele, unzählige Informationen. Wie sollte es ihm möglich sein, auch nur einen einzigen Hinweis auf das Attentat seiner Eltern zu finden, wenn er noch nicht einmal wusste, wo er seine Suche beginnen sollte?

Wähle die Seite deines Lebens mit Bedacht,
Weisheit und der Stimme deines Herzens –
denn manchmal wirst du kein zweites Mal gefragt.
~ Nava ~

KAPITEL 11

Die Kabine war wie vermutet sehr klein, aber mein einziger Rückzugsort, dessen Tür ich mit der schweren Holzkiste sicherlich einigermaßen verbarrikadieren konnte – dies war mein erster Gedanke, als ich den Raum betrat. Tyler zeigte mir mit gespielter Höflichkeit das Zimmer und anschließend bat ich ihn sehr deutlich zu gehen, damit ich mein Gepäck durchsehen konnte, das für mich bereitgestellt worden war. Ich hatte abgesehen von Jaydens Cape keinerlei

Habseligkeiten bei mir und so fühlte ich mich in dem prunkvollen, schweren Kleid unfassbar leer. Und zwischen all der Leere beschlich mich die Angst, dass die Legenden über das verfluchte Meer tatsächlich wahr sein könnten.

Das Personal des Majors hatte mir, soweit ich das beurteilen konnte, nur Kleidung eingepackt, denn ich fand nichts anderes in der Truhe. Als befürchteten sie, ich könnte irgendetwas als Waffe gegen die Männer verwenden. Obwohl die Stoffe wertvoll und teuer wirkten, so hatten sie für mich keine Bedeutung. Denn das verfluchte Meer würde sie ebenso verschlingen wie die Menschen an Bord. Der Fluch würde uns auch aufgrund des Reichtums nicht verschonen, daran hatte ich keine Zweifel. Nicht alles war mit Geld zu bezahlen, auch wenn der Major weiter in diesem Glauben lebte.

Als ich zurück an Deck ging, waren die Männer sehr mit ihren aufgetragenen Arbeiten beschäftigt. Manchmal hallten laute Rufe quer über das gesamte Schiff, wenn sie sich aufgebracht etwas zuriefen. Tyler stand gemeinsam mit dem Kapitän am Steuerrad. Sie blickten auf das weite Meer hinaus, als würden sie etwas suchen – eine magische Linie, an der alles enden würde.

Mit einem hörbar lauten Atemzug lehnte ich mich über die Reling und betrachtete die Wellen, die um das Schiff schwappten, und lauschte ihrem Klang. Das Wasser hatte einen tiefblauen Farbton und es war nur schwer, etwas darin zu erkennen. Wir wussten viel zu wenig über das verfluchte Meer, nichts außer den Legenden, die besagten, dass das Meer verhindern wolle, dass Menschen von der Insel ans Festland zurückkehren konnten. *Das Festland,* dachte ich und versuchte mir vor meinem inneren Auge diesen Ort vorzustellen. Von den Kriegen der königlichen Brüder zerstört, sei es angeblich von einem Nachfolger gerettet und neu erbaut worden. Blüten in prächtigen Farben formten sich in meiner Vorstellung, Kinder spielten in den sonnenerwärmten Straßen und ihr Lachen klang noch lange nach. Damals hatten sich die Menschen auf die Insel gerettet, um von dem Tod und Leid der Kriege verschont zu werden – doch heute erzählten sie, dass es ein großer Fehler gewesen sei. Dass sie sich selbst vom Paradies ausgeschlossen haben und jeder froh sein könne, dass Königliche Festland auch nur einen Tag lang mit eigenen Augen zu erblicken. Doch der alte Fluch um das Gewässer zwischen den Ländern hielt sie davon ab und ließ Mar in seiner Abgeschiedenheit allein. Eine Insel, der nicht einmal die Jahreszeiten gehorchten und deren Wildnis so unberechenbar war, dass niemand es wagte, die Stadtmauern zu verlassen. Eine Wüste, die unbewohnbar war, und Felder, die ständig drohten zu verdorren. Im selben Moment dachte ich an Tieja, Mia und die anderen Salia, die wir über die Feldarbeiter versucht hatten, in die Stadt zu schleusen. Ob es ihnen gelungen war? Kaum vorstellbar, wenn jemand sie enttarnt hätte. Doch Tieja war seit mehr als dreizehn

Jahren nicht mehr in der Einzigen Stadt gewesen – niemand würde sie erkennen oder sich gar an die Geliebte eines Ehrenträgers erinnern. Ein Seufzen entwich mir ungewollt. Das hoffte ich zumindest sehr, denn ich könnte es mir nie verzeihen, sie in Gefahr gebracht zu haben.

Wo ich ihnen allen den Schutz meiner Magie versprochen und ihnen versichert hatte, dass ich bis zum letzten Moment meines Lebens für ihre Freiheit kämpfen würde, so hatte ich sie nun allein zurückgelassen. Fast erschien es mir feige, wenn ich die Umstände nicht selbst gekannt hätte. Ich konnte nur hoffen, die anderen wussten das und könnten es verstehen, wenn ich denn eines Tages die Möglichkeit hätte, es ihnen zu erklären.

Ob sie zurechtkamen oder sich von mir sogar verraten fühlten? Besonders die Salia würden mir sicher nicht verzeihen, denn sie hatten mich von Anfang an angezweifelt. Aber Tieja und Jayden? Würden sie wissen, dass ich für sie alles versucht hatte? Hatte ich denn alles versucht?, schlich sich ein böser Gedanke dazwischen und mir stockte der Atem. Ich hatte Nate fortgeschickt, um ihn zu retten und einen Plan umzusetzen, in den ich ihn nicht eingeweiht hatte. Doch es war zu seinem Besten gewesen, dessen war ich mir vollkommen sicher. Mein Bruder wäre für den Major ein willkommenes Druckmittel gewesen und ganz besonders Tyler hätte dies auszunutzen gewusst. Womöglich hätten sie ihn auch töten lassen, damit kein

Beweis existierte, dass Seelenlose gerettet werden konnten. Die Hoffnung im Keim ersticken, damit die Leute unterwürfig und schwach bleiben, das war die Taktik des Hohen Rates und unserer Gesellschaft. Dabei war es längst Zeit, sich zu erheben. Denn die wirklich Schwachen versteckten sich hinter der Macht. Und indem wir die Unterdrückten stärkten, könnten sich die Tränenmeere von dieser Ungerechtigkeit erholen und beruhigen.

Meine Augen fixierten den Horizont, diese schmale Linie zwischen dem Himmel und dem endlos scheinenden Wasser. Langsam verspürte ich eine unangenehme Übelkeit. Vielleicht waren wir Menschen einfach nicht für Überfahrten auf dem Wasser gemacht und dazu verpflichtet, auf der Seite stehen zu bleiben, für die man sich einst entschieden hatte. Doch unsere Entscheidung war vor Jahrzehnten getroffen worden – wir hatten uns niemals selbst entschieden, auf Mar zu bleiben. Wieso also sollte es uns nicht möglich sein, eine eigene Seite zu wählen?

Langsam glitt ich zu Boden und meine Hände tasteten vorsichtig nach dem Holz. Mir war ganz schwindelig und unwohl, sodass ich mich kaum länger auf den Beinen halten wollte oder gar konnte. Einer der Arbeiter bemerkte mein Verhalten und rief nach Tyler, dessen Blick mich sofort musterte. Mit schnellen, hektischen Schritten eilte er auf mich zu.

»Was ist passiert?« Er sah dabei mich, dann den Arbeiter neben ihm fragend an.

Erst als ich keinen Drang verspürte, ihm zu antworten, begann der Mann unruhig zu stottern. »Ich … ich weiß nicht. Vielleicht ein Schwächeanfall wegen der See. Ich habe Geschichten gehört, in denen Frauen häufig davon betroffen waren. Weswegen es besser ist, keine …« Doch er verstummte mitten im Satz und da wir genau wussten, was er nicht auszusprechen wagte, bekam er Tylers wütenden Blick zu spüren.

»Es geht schon«, murmelte ich, doch es war eine Lüge. Vielleicht hatten sich meine Gedanken zu sehr verstrickt oder die gesamte Nervosität und Aufregung waren mir auf den Magen geschlagen. Die Übelkeit drohte jedoch bald überhandzunehmen und meine zitternden Hände fühlten sich verschwitzt und schwach an.

»Sie ist ganz blass«, bemerkte Tyler leise, als wäre er sich der Situation selbst nicht ganz bewusst. »Kannst du gehen?«

Ich wollte nicken, meine Stärke nicht verlieren, also erhob ich mich zaghaft auf die wackeligen Beine. »Komm, ich begleite dich zu deinem Zimmer«, fügte er hinzu und brüllte anschließend über das Deck: »Gibt es hier denn keinen Arzt?«

Als ich zusammensackte und mein Körper den Kampf gegen die Schwäche verlor, stützte Tyler mich. So ungern ich auch in seinen Armen liegen wollte, so hatte ich kaum eine Chance, denn mir wurde kurz darauf schwarz vor Augen und ich verlor das

Bewusstsein. Nur das Rauschen der Wellen gemischt mit dem Chaos aus Stimmen zogen über mich hinweg.

Als ich das nächste Mal die Augen öffnete, erkannte ich das schmale Bett in meinem Zimmer sofort wieder und blickte auf einen Mann, den ich zuerst nicht erwartet hatte. Es war der Kapitän des Majors und erst aus dieser Nähe erkannte ich, dass er sicherlich bereits sechzig Jahre alt war. Ein zufriedenes Lächeln schlich sich auf sein Gesicht, als er registrierte, dass ich wach geworden war.

»Wie fühlt Ihr Euch?« Er rührte etwas in einem Gefäß um.

»Ich … ich weiß nicht … Was ist geschehen?« Automatisch versuchte ich, mich aufzusetzen, doch mein Kopf pochte schmerzhaft und meine Glieder schienen meinen Befehlen kaum zu gehorchen.

»Ihr solltet Euch ausruhen«, setzte er in monotoner Stimme fort. »Habt keine Angst, es handelt sich nur um eine Kreislaufschwäche, bis Ihr Euch an das Meer gewöhnt habt. Für manche ist es anfangs schwierig, keinen festen Boden unter den Füßen zu haben. Einige Menschen erleiden so etwas, wenn sie sich das erste Mal auf einem Schiff befinden. In ein paar Tagen kann Euer Körper damit umgehen und Ihr werdet Euch besser fühlen.«

Ich rieb mir den Kopf und benötigte etwas länger, bis ich seine Worte verstand. »Ja, der Arbeiter erwähnte das bereits. Frauen leiden häufiger daran als Männer, sagte er. Ist das wahr?« Es war beruhigend, dass der Kapitän bereits viele Jahre auf dem Wasser verbracht hatte und sich damit auskannte.

»Spielt es denn eine Rolle?«, fragte er mit einem Grinsen zurück. »Ruht Euch die nächsten Tage aus. Ich werde Eurem Zukünftigen Bescheid geben, dass Ihr wach seid.«

»Ich bin nicht seine Zukünftige«, protestierte ich trotz der schwachen Stimme.

Der Kapitän erhob sich dennoch von dem hölzernen Hocker und ging zur Tür. »Oh, aber Ihr wärt es besser. Es würde Euch die weiteren Tage sicher erleichtern. Und nun spart Eure Kräfte.« Damit verließ er den Raum und seine Worte klangen noch eine Weile in meinem Inneren nach.

Ja, ich wusste, dass er irgendwie damit recht hatte und es nur darum ging, die Vernunft eine Weile lang über den Stolz zu stellen. Seufzend schloss ich die Augen und ließ mich wieder ins Kissen fallen. Vielleicht wäre es möglich, wieder einzuschlafen, bevor Tyler die Bettkante erreichen würde. Doch bei meinem Glück würde ihn das nicht abhalten, an meiner Seite sitzen zu bleiben. Und da ich ihm unter keinen Umständen die Möglichkeit bieten wollte, mich im Schlaf zu beobachten, bemühte ich mich, die Augen offen zu halten und mich auf das folgende Gespräch vorzubereiten.

»Nava, wie geht es dir?« Tyler warf die Tür hektisch und lautstark hinter sich zu.

Unangenehmer Schmerz fuhr dabei durch meinen Kopf, den ich auch durch zugekniffene Augen kaum ertragen konnte. »Ich habe mich schon besser gefühlt«, gestand ich und versuchte zu blinzeln, als er neben dem Bett auf dem Hocker Platz nahm.

»Der Kapitän sagte bereits, dass du die nächsten Tage viel Ruhe benötigst. Du solltest schlafen. Bis es dir besser geht, haben wir das Festland im besten Fall bereits erreicht.« Ein siegessicherer Ausdruck lag auf seinem Gesicht.

»Tyler.« Ich rappelte mich erneut auf. Wann war mir jemals so schwindelig gewesen? Als würde sich die Welt in eine falsche Richtung drehen – als könnte ich ihm nächsten Moment aus dem Bett kippen. »Es reicht endgültig.« Ich holte tief Luft, als kosteten mich diese Worte die letzte Anstrengung.

Tylers Augen verengten sich zu schmalen Schlitzen wie eine Raubkatze, bereit für einen Angriff. Vielleicht war ich im Moment zu schwach, um den bereits lange andauernden Kampf zwischen Tyler und mir auszufechten. Dennoch wollte ich keine weitere Zeit verstreichen lassen. Vor allem nicht solange niemand sagen konnte, wie lange wir noch auf diesem Schiff gefangen waren.

»Ich bin nicht deine Zukünftige!«, zischte ich. »Ich werde dich niemals heiraten und hier auf dem Wasser gelten keine Gesetze, die Marenna vorgibt. Spar dir deine Worte – wann immer du mir gegenüberstehst, sehe ich Jaydens Blut an deinen Händen! Du warst bereit, den Mann zu töten, den ich liebe und das ist unverzeihlich. Du solltest mir niemals den Rücken kehren und wiege dich auch nicht in Sicherheit. Hier draußen schützt dich weder deine Mutter noch der Major! Meine Magie würde die Besatzung im Handumdrehen umstimmen können und du–« Zitternd deutete ich mit dem Finger auf ihn.

»Du hättest vom Meer der Hoffnung niemals zurückkehren dürfen!«

Tyler keuchte und ballte seine Hände zu Fäusten. Blaue Magie flimmerte auf meiner Haut, ebenso zu einem Kampf bereit, wie er es war.

»Aber ich bin zurückgekehrt! Eines der Schiffe vom Major umrundete die Insel, um nach uns zu suchen – ihr könnt nur von Glück reden, dass sie euch nicht früher fanden, sonst hätte euch noch ein schlimmeres Schicksal ereilt. Sie hätten euch sofort gehängt, hätte ich mit dem Major nicht diese Vereinbarung getroffen!«, verteidigte er sich schnell.

»Diese Vereinbarung wird dich umbringen!« Meine Stimme war laut, wutgeladen und zornig. »Wenn der

Fluch wahr ist, wird uns das Meer verschlingen! Vielleicht sind wir hier draußen zum Tode verurteilt, aber du – du denkst nur an deinen Besitz. An die Ehre, nach der du strebst. Dein Ehrgeiz macht dich blind. Selbst deine zwölfjährige Halbschwester ist klüger und hat all das bereits durchschaut!«

Sein Blick veränderte sich. Bereits am Strand hatte ich Mia in seiner Anwesenheit erwähnt und ihm auch von seinem Vater berichtet. »Das ist nicht wahr!«, schmetterte er zurück. »Ich habe den Major danach befragt – mein Vater wurde tot aufgefunden! Er ist niemals geflohen, es existiert keine andere Schwester. Nur weil du dich wegen deines Bruders erpressen lassen würdest, gilt das nicht gleichzeitig auch für mich!«

Mein Puls raste und ich überlegte für den Bruchteil einer Sekunde, was ich im nächsten Moment sagen sollte. Mia verleugnen, weil es für sie womöglich besser wäre? »Du begreifst es nicht.« Meine Stimme war noch immer dunkel vor Zorn. Magie hüpfte drohend um mich herum. »Du würdest deine eigene Schwester gegen ihren Willen verheiraten lassen. Du würdest jedem diese Qual aufzwingen!«

»Weil es das Gesetz und damit unser Überleben ist!« Tyler stand ruckartig auf und warf dabei den Hocker um. Sein Mundwinkel zuckte, seine Fäuste vibrierten vor Anspannung.

»Das ist kein Überleben. Die Gesetze Marennas sind unser aller Tod.«

Tyler wollte etwas erwidern, doch die Tränenmagie glitt näher auf ihn zu und er wich zurück. Da lag noch ein wütender Blick zwischen uns, bevor er den Raum verließ. Obwohl ich zuerst aufatmete, wusste ich nicht, ob ich dies als Triumph werten konnte.

Wenn deine Stille nicht erhört wird,
braucht jeder von uns jemanden,
der seine Stimme für dich erhebt.
~ Jayden ~

KAPITEL 12

Die letzten Tage hatte Jayden damit verbracht, die Wachen auf ihren Patrouillen zu beobachten und Neuigkeiten zu erfahren. Ein seltsames Gefühl begleitete ihn ständig, denn wo er in Marenna auch war, er musste sich in jedem Moment verstecken und bedeckt halten. Denn er war wie die geflohenen Zwillinge inzwischen nicht weniger ein Verräter als sie.

Jaydens Herz klopfte heftig, sowohl vor Anspannung als auch vor Vorfreude. Wie lange war er von zu Hause fort gewesen? Er wollte heute den Weg zu seinem Elternhaus einschlagen, lang genug hatte er die Kontrollgänge und Schichtwechsel der Wachen studiert. In diesen Zeiten konnte man nicht vorsichtig genug sein, schließlich war noch nicht klar, ob man nach ihm fahndete oder ihn bereits vergessen hatte. Wer entschied denn, wie viel Zeit vergehen musste, um in Vergessenheit zu geraten? Wann war lange genug?

Auf Umwegen gelangte er endlich zum Hause seiner Eltern und versuchte, über den Hintereingang des Anwesens hineinzugelangen. Verschlossen, schoss es ihm durch den Kopf und er atmete tief ein. Das war ungewöhnlich und hundert verschiedene Dinge schwirrten ihm durch den Kopf. Dabei betrachtete er die Fahne, die das Wappen des Hauses der Hohen Felsen trug, und im Wind flatterte. Nicht nur er hatte sich seit seiner Rückkehr verändert – auch hier hatte sich etwas gewandelt. Er konnte es ganz deutlich spüren.

Jayden schlich um das Hauseck, um durch ein Fenster zu spähen. Es war dunkel, nirgends flammte der Schein eines Feuers. Und es war erschreckend still. Anscheinend waren seine Eltern nicht hier. Ob sie ausgegangen waren? Seine Mutter könnte womöglich schon auf dem Weg zum Markt sein, es war Morgen und bestimmt wollte sie zu dieser frühen Stunde die frischesten Lebensmittel und die größtmögliche Auswahl haben. Aber sein Vater war üblicherweise so früh noch nicht unterwegs zur Arbeit. Jayden fiel auch keine andere Möglichkeit, kein anderer Termin ein, zu dem er bereits aufgebrochen sein könnte. Plötzlich beschlich ihn die Angst, seine Eltern könnten seinetwegen verfolgt und womöglich verhaftet worden sein. Sein Herzschlag pochte hektisch. Aber er hatte nichts verbrochen, er war lediglich auf einer Exkursion durch die Lande von Mar gewesen, um seine Studien voranzubringen. Dass seine Abreise genau zeitgleich mit Navas Verschwinden stattgefunden hatte, könnte reiner Zufall gewesen sein, zumindest hoffte Jayden, dass die Bewohner Marennas das glaubten. Doch in seinem Inneren war er sich deren Verdacht bewusst. Vielleicht hatten die Wachmänner am Tor ihre Zweifel gemeldet und es war in den Augen des Majors längst mehr als nur ein Zufall. Wenn dem so wäre, war er ebenso ein offizieller Verräter der Einzigen Stadt wie Nava und ihr Bruder. Jayden holte tief Luft, versuchte einen kühlen und konzentrierten Kopf zu bewahren. Er musste Hinweise finden, was mit seinen Eltern passiert war. Doch wo sollte er anfangen zu suchen?

Er machte sich auf den Weg zum Marktplatz, wo die ersten Händler ihre Waren anboten und auch schon die ersten Kundinnen die Angebote verglichen. Da Jayden in seiner Kindheit viele Freiheiten genossen hatte, kannte er die meisten Leute vom Sehen und selbstverständlich die Nachbarn und Freunde seiner Familie. Obwohl er sein ganzes Leben hinter diesen Mauern verbracht hatte, fühlte er sich zum ersten Mal wie ein Fremder. Wie jemand, der nicht hierhergehörte. Vielleicht war er wirklich nicht mehr Teil dieser ungerechten Stadt – dieser ungerechten Welt. Die Rebellion hatte innerlich bereits begonnen und sie duldete von nun an auch kein Straucheln.

Immer wieder musterte er die Menschen, die auf dem Markt unterwegs waren, und es dauerte lange, bis er endlich ein vertrautes Gesicht darunter erkannte. Riella, eine Freundin seiner Mutter, schlenderte an den Marktständen auf und ab. Jayden versuchte sich bemerkbar zu machen, allerdings ohne größeres Aufsehen zu erregen. Er lehnte mit der Kapuze des Capes tief ins Gesicht gezogen an einer Wand. Als sie zu ihm herüberblickte und ihn erkannte, machte sie große Augen und ein ungläubiges Gesicht. Jayden legte sofort seinen Finger an die Lippen, um ihr zu verstehen zu geben, dass sie nicht direkt auf ihn zukommen sollte. All das wäre viel zu auffällig und er deutete schnell auf die Hinterseite des Gebäudes, vor dem er stand, und sie nickte sofort. Erleichtert, dass sie ihn verstanden hatte, verschwand er zwischen den Gebäuden und wartete auf Riella.

»Jayden, ich bin so froh, dich wohlbehalten zu sehen!«, brachte sie aufgeregt hervor, als sie ihn versteckt in einem Hauseingang fand. Ihre dunklen Haare waren zu einer Hochsteckfrisur gebunden und sie trug ein bodenlanges geblümtes Kleid. »Wo warst du so lange? Sag, was ist nur geschehen? Du … du wirkst etwas … « Ihre Stimme war ungewohnt laut und sie traute sich scheinbar kaum, ihn auf seine äußerliche Erscheinung anzusprechen. Die Freundin seiner Mutter kannte ihn schließlich nicht in verdreckter Kleidung und mit unordentlichen Haaren.

»Es ist alles in Ordnung, Riella. Mach dir um mich keine Sorgen. Ich habe Erkundungen in der Wüste gemacht, du weißt, für meine Studien. Allerdings frage ich mich, wo meine Eltern sind, das Haus ist verschlossen und ich sorge mich, dass …«

»Wussten sie denn nicht von deiner Rückkehr?« Die Frau musterte ihn mit großen braunen Augen.

»Ich bin ein paar Tage früher zurückgekehrt als geplant – aber niemand darf von meiner Ankunft erfahren, in Ordnung?« Jaydens Stimme klang sehr nachdrücklich und er hoffte, Riella würde die Dringlichkeit in seinen Worten verstehen.

Sie nickte. »Dein Vater wird wohl bei der Arbeit sein, er ist versetzt worden und muss nun diese ungeliebte Arbeit mit den Papieren in der Burg verrichten.«

Nun war es Jayden, der sie ungläubig und mit großen Augen ansah. »Er wurde versetzt? Aber warum, mein Vater hat doch überhaupt nichts verbrochen …« Seine Gedanken begannen zu rasen und all die Befürchtungen schienen vielleicht doch wahr zu werden.

»Der Major regiert strenger denn je und der Hohe Rat greift rigoros durch. Seit dem Verschwinden der Zwillinge gab es große Aufruhr und die hohen Herren wurden alarmiert. Wer die beiden bei lebendigem Leibe zurück nach Marenna bringt, dem wird die Ehre zuteil, mit auf die Erkundungen des Festlandes zu reisen.«

Jaydens Finger verkrampften sich. Tyler hatte am Meer der Hoffnung davon gesprochen, dachte er wütend und wollte sich nicht ausmalen, zu was dieser Mistkerl noch alles fähig sein könnte. Und er wollte Nava, egal wie sehr sie sich ihm verweigerte. Es war nicht auszumalen, wie viele andere Ehrenträger nach demselben strebten wie Tyler. Was wenn es Tyler gelingen würde und er … Doch Jayden verwarf diesen Gedanken sofort wieder. Tyler war an der Magie erstickt, er hatte es mit eigenen Augen gesehen.

»Außerdem haben wir vor einigen Tagen schon wieder ein Mädchen verloren, das dieser geheimen Organisation angehörte. Du weißt schon … Sie sollte verheiratet werden und … weigerte sich.« Sie machte eine wehmütige Pause, denn sie kannte die Geschichte um Eméris Tod. »Es tut mir leid, Jayden. Es tut mir für dich und deine Familie ungeheuer leid.«

Jayden stockte der Atem und ihm fehlten die Worte. Erinnerungen an seine verstorbene Schwester, an ihr Lachen und ihre freundliche Ausstrahlung überwältigten ihn.

»Nein, nicht schon wieder … Das … das darf nicht wahr sein«, stammelte er, suchte nach Halt, der nicht zu finden war.

»Deine Mutter ist seit einigen Tagen bei Ondra, der Mutter des Mädchens, und leistet ihr Beistand. Sie weiß ja, wie es ihr ergeht und …« Riella brach mitten im Satz ab und schluckte. Sie musste nichts mehr sagen, denn für diese Lage gab es keine richtigen Worte.

Die Erinnerung an Eméri nahm Jayden die Luft und die Stimme, etwas darauf zu antworten. Er blinzelte mehrmals, um die aufsteigenden Tränen zu unterdrücken – er musste jetzt einen klaren Kopf behalten. Es stand zu viel auf dem Spiel. Das Leben noch vieler weiterer Mädchen, die er vor demselben Schicksal bewahren wollte. Er hatte Eméri nicht retten können, aber er wollte die Hoffnung nicht aufgeben, für die anderen noch nicht zu spät zu sein. »Ich danke dir, Riella. Bitte sprich mit niemandem darüber, dass ich bereits zurück bin. Es wird die Zeit kommen, zu der ich dir alles erklären werde und du es verstehen wirst. Aber jetzt muss ich los. Gib gut auf dich acht.« Er drückte fest ihre Hand und sie blickte ihn mitfühlend an.

»Das werde ich. Du auch auf dich, Jayden. Möge Marennas Recht und Ordnung immer auf deiner Seite sein«, sagte sie zum Abschied, doch ihre Worte fielen ins Leere. Sie erreichten Jayden nicht, denn er war nicht mehr Teil Marennas. Er wollte diese Art von Recht und Ordnung nicht. Und er wusste, dass ihm beides auch nicht zustand, weil er genau dagegen ankämpfte.

Möglicherweise sind wir alle Gefangene
hinter unseren eigenen Grenzen.
~ Nava ~

KAPITEL 13

Ich konnte nicht sagen, wie lange ich nach diesem Streit letztendlich schlief. Manchmal war ich wach und bekam ein bitteres, grün schimmerndes Getränk vom Kapitän angeboten und anschließend fiel ich bereits wieder in den Schlaf. Ob Tag oder Nacht war, vermochte ich ebenso wenig einzuschätzen, aber es schien auch kaum mehr von Bedeutung zu sein.

Bis ein heftiger Ruck durch das Schiff ging, der mich aufschreckte. Es war wie ein starker, dumpfer Aufprall, der mich zuerst innehalten und dann vorsichtig aufstehen ließ. Ich lauschte, doch nichts Weiteres war zu hören. Wenige Momente später folgte müdes Stimmengewirr, das immer deutlicher und schneller wurde. Männer rannten den Gang entlang und hinauf aufs Deck. Ich war fest entschlossen, ihnen zu folgen. Als ich die Stufen erklommen hatte, erkannte ich den dunklen Sternenhimmel über unseren Köpfen. Eine alte Vertrautheit stieg in mir auf, doch für diese Schönheit hatten die Männer keinen Blick. In der Gesellschaft von Marenna war es kaum denkbar, unter freiem Himmel zu schlafen, dies war nur etwas für die Unterschichtigen, die Ehrenlosen. Doch in der Wildnis von Mar war es gemeinsam mit Jayden von etwas Beängstigendem zu etwas Angenehmen geworden. Die Sterne, die Ruhe und nur der leise Klang der Aeringos, den ich beinahe schon zu vermissen schien. Und mit diesen seltsamen Wesen dachte ich augenblicklich auch wieder an Jayden, der mir inzwischen mehr an meiner Seite fehlte als irgendjemand sonst.

In den letzten Tagen hatte ich nur wenig Zeit gehabt, über die Dinge nachzudenken, dazu war ich dem Schlaf und der Schwäche viel zu sehr erlegen gewesen. Der Kapitän meinte, das hinzugekommene Fieber mache meine Gedanken wirr und träge, aber dass es sicher bald vorüber sei. Ich hatte den Optimismus in seiner Stimme gehört, aber auch die Zweifel in seinen Augen schimmern sehen.

Oben auf Deck galt Tylers Augenmerk mir, doch ihm blieb keine Zeit, etwas zu sagen, geschweige denn mich zurückzuschicken. Denn im nächsten Augenblick donnerte ein erneuter Schlag gegen das Schiff und alle Anwesenden hielten den Atem an.

»Blaue Neoricas«, flüsterte der Kapitän.

Ich bemerkte erst jetzt, dass er nur wenige Schritte von mir entfernt stand.

Er registrierte meinen Blick und nickte mir nur verschwörerisch zu. »Haltet euch von der Reling fern! Versammelt euch in der Mitte und bleibt ruhig!«, rief er den anderen zu, dann kam er zu mir geeilt und gab mir zu verstehen, ihm ein Stück zu folgen. »Man sagt, Ihr seid eine Hexe – so sehr wir Euch fürchten, so sehr hoffen wir nun, Ihr möget uns beschützen!«

Mir war nicht bewusst, von was er sprach, doch der Major oder vielleicht auch Tyler mussten ihm von der Magie erzählt haben. Oder hatten sie einfach die blauen Punkte in meinen Augen erkannt und das war Verrat genug gewesen?

»Was passiert hier? Und wie weit sind wir noch vom Festland entfernt? Oder befinden wir uns noch im magischen Kreis der Insel?« Ich biss mir beinahe auf die Zunge – das waren Fragen, die besser nicht in so einer Situation gestellt werden sollten. Die Antworten fand ich in seinem Blick.

Er wusste es selbst nicht. »Ich habe unzählige Stunden und Tage auf dem Wasser verbracht, seid Euch dessen sicher. Doch das einzige Land, das ich fand, war die Insel Mar, als gäbe es da draußen nichts Weiteres. Niemand weiß, wo der Fluch endet oder ob es überhaupt ein Ende gibt.« Er lehnte sich vorsichtig über die Reling und deutete an, dass ich es ihm gleichtun sollte, obwohl er den anderen vor wenigen Minuten noch davon abgeraten hatte.

»Und wovon hattet Ihr soeben gesprochen?« Ich blickte auf das schäumende Wasser.

»Die blauen Neoricas – riesige Tiere des Meeres. Ausgewachsen können sie sechs Meter lang werden und ihre vier Flossen, zwei zu jeder Seite, sind wild gezackt und spitz. Obwohl sie eher schwer und träge sind, besitzen sie ungeheure Kräfte, die das Schiff ohne Probleme beschädigen könnten, sodass wir dem Untergang geweiht wären.« Der Kapitän sah mich mit großen Augen an. Das waren ja großartige Neuigkeiten.

»Und warum greifen sie an? Sind sie … hungrig?«

»Wir haben bereits schon oft Vorräte und Opfergaben ins Wasser geworfen, doch sie verweigern jegliche Form von Nahrung. Da! Seht nur!« Er deutete mit der Hand auf das Meer hinaus, doch das wäre nicht nötig gewesen. Im hellen Mondlicht tauchte eines der blauen Ungeheuer an der Oberfläche auf und ich konnte das Ausmaß dieses gigantischen Tieres sehen. Er hatte mit deren Größe nicht übertrieben und auch die zackenartigen Flossen – die hinteren etwas kleiner als die vorderen – waren deutlich erkennbar. Sie besaßen nicht wirklich einen Kopf, aber vorn waren zwei schwarze, runde Knopfaugen, die uns ins Visier nahmen. In langsamen Bewegungen kam das Tier auf das Schiff zu und mein Puls beschleunigte sich wie von selbst.

»Wir wissen nicht, was sie wollen, aber es wäre ihnen bei ihrer Größe ein Leichtes, unser Schiff in den Abgrund zu befördern. Aber davon will der verehrte Major nie etwas wissen, egal wie oft wir ihn darüber schon informierten. Um jeden Preis will er den magischen Kreis durchbrechen und endlich das Festland für sich gewinnen – ohne Rücksicht auf Verluste. Aber seinen Befehlen ist ausnahmslos Folge zu leisten, sonst würden sie uns hängen.« Der Kapitän schnaubte neben mir. »Dabei könnte das hier ebenso das Ende bedeuten wie die Todesstrafe selbst.«

Wir betrachteten die Tiere lange Augenblicke, bevor sie wieder in die Tiefe tauchten und zu verschwinden schienen. Doch die Anspannung der Besatzung war noch immer deutlich zu spüren, während meine Schultern wieder nach unten sackten. Vielleicht würden sie uns einfach verschonen, flehte ich.

Ein heftiger Schlag donnerte gegen das Schiff und ich geriet sofort ins Wanken. Ein panischer Aufschrei entwich Tylers Kehle und ein anderer Mann der Besatzung murmelte ein Gebet. Angst und Unruhe krochen zurück in unsere Herzen und verbreiteten sich schnell. Denn kurz darauf wiederholten sich die Schläge und irgendwo knirschte Holz. Der Kapitän brüllte einige Anweisungen und die Männer verteilten sich sofort fluchtartig in verschiedene Richtungen.

»Sie beschädigen das Schiff«, keuchte der alte Mann. »Haltet euch an Deck auf und bewahrt Ruhe. Die Männer werden sofort damit beginnen, die Schäden zu reparieren!«, wies er Tyler, mich und ein paar Wachmänner an. Männer, deren Schwerter nun nichts mehr ausrichten konnten.

»Bewahrt Ruhe und betet«, hörte ich den Kapitän murmeln, bevor er seine Hände faltete. »Lasst dies nicht unsere letzte Reise gewesen sein.«

Ich meinte, Groll in seinen Worten zu erkennen. Darüber, dass der Major blind diese Leben aufs Spiel setzte, die für ihn selbst kaum von Bedeutung waren. Er opferte sie ohne Rücksicht für seine eiserne Gier nach mehr Macht. Doch wie viele Menschen würden noch sterben müssen und worin unterschied sich Mar zu den Kriegen des Festlandes, in denen unzählige Menschen ihr Leben gelassen hatten?

»Tretet zurück«, sagte ich mit bebender Stimme.

Der Kapitän sah mich mit verdutzter Miene an, als hätte er sich verhört.

»Geht zu den anderen, haltet Abstand«, wies ich erneut an.

Er zog sich mit einem unsicheren Nicken zurück. Ein zweiter Neorica drängte an die Wasseroberfläche, doch ich durfte mich von ihrer faszinierenden Schönheit nicht ablenken lassen. Sie waren einzigartig und dennoch gefährlich in ihrer Kraft. Nun glaubte ich an eine andere Form von Stärke, also schloss ich die Augen und hielt inne, atmete zwei Züge lang tief ein und aus. Die Klarheit meiner Gedanken kämpfte gegen die flatternde Unruhe und meinen rasenden Puls. In meinem Herzen fand ich jedoch eine trostlose Einsamkeit, die sich wie ein Virus ausbreitete und mit der Verletzlichkeit meiner Krankheit zu verschmelzen schien. *Verloren und gefangen in einem Meer aus Leere*, schoss es wie ein Blitz in meine Gedanken und ich fühlte augenblicklich tiefes Verständnis und Mitgefühl. Es glich einer Umarmung, als würde ich das Meer nicht fürchten, sondern als einen alten Freund erkennen. Die Tränenmeere. Das Element des Wassers, das Taramea mir in ihrer Dankbarkeit teilweise überlassen hatte. Ob sie hier war und auf mich herabschaute?

Als ich meine Augen öffnete, erschrak ich wegen der Nähe der Tiere. Sie schwebten lautlos nur wenige Meter von mir entfernt vor dem Schiff im Wasser, ihre dunklen Blicke ruhten auf mir. Im Spiegelbild des Wassers aber erkannte ich die flimmernden Magiepunkte um mich herum, die sich wie ein zweiter Sternenhimmel über uns auszubreiten drohten. Mit jedem Mal, wenn ich der Magie diesen Freiraum gewährte, erschien sie mir weiter und stärker, als ich es anfangs für möglich gehalten hatte.

Niemand der anderen sagte etwas, als wären sie ebenso in ihrer sprachlosen Starre gefangen wie die Neoricas selbst. Inzwischen waren es drei Tiere, die vor mir im Wasser trieben, und fasziniert stellte ich fest, dass ihre wirren blauen Muster alle unterschiedlich und einzigartig waren. Und je länger ich sie anblickte, desto weniger erkannte ich die Ungeheuer darin.

Ich holte tief Luft und lehnte mich weiter über die Reling. Es war mir nicht möglich, das Wasser zu berühren, auch wenn ich plötzlich großen Drang danach verspürte. Zu springen war aufgrund der Tiere jedoch viel zu riskant, weshalb ich mich dazu entschied, die Magie dorthin zu schicken, wohin mein Herz nicht gelangen konnte.

Zuerst glaubte ich, die Neoricas würden erschrocken und vermutlich verwirrt vor der Magie zurückschrecken und das Weite suchen. Doch die seltsamen Tiere ließen sich nicht so einfach wie die Kualaras und die Wachmänner des Majors in die Ferne treiben. Stattdessen schwamm einer von ihnen näher heran, als wollte er die Magiepunkte mit seinem breiten, dreieckigen, zahnlosen Maul berühren. Ein friedliches Gurren entwich seiner Kehle und ich starrte ihn fassungslos an, als ich von einer Welle in meinem Inneren erfasst wurde. Sehnsucht und Einsamkeit überkamen mich und ich spürte, dass die Gefühle von diesen Tieren ausgingen. Ob auch sie von dem Fluch betroffen waren und diesen magischen Kreis um Mar nicht entfliehen konnten? Vielleicht waren sie die einzigen Tiere in dem Meer der Insel und es war ihnen nicht möglich, an ihren wahren Platz zurückzukehren?

Missverstanden und abgeschottet wie die Unzurechenbaren in ihrer Gefangenschaft, krank vor Sehnsucht nach einem Ort des Ankommens, des Aufatmens. Verständnis entwickelte sich wie ein warmes Feuer in diesem inneren Meer und ich hoffte, betete, die Neoricas würden es ebenso fühlen können. Dass sie nicht allein waren, dass jemand sie verstehen und mit ihnen empfinden konnte. Dass die Einsamkeit irgendwann verlieren würde, weil der Wille, an eine bessere Zeit zu glauben, stärker war.

Du bist dieser Aufgabe gewachsen, Nava, flüsterte eine weibliche Stimme in meinem Inneren. Sie war so leise und zart, dass es nicht möglich war zu sagen, ob es sich um meine Mutter oder Taramea handelte. Oder ob es nur reine Einbildung gewesen war.

Wieder gurrte einer der Neoricas diesen kehligen Laut und ich betrachtete sein merkwürdiges Gesicht. Die Kopfform eines Wals und große dunkle Augen, die mich unschuldig anblickten. Oder erkannte ich da Dankbarkeit? Eines der anderen Tiere schien etwas zu antworten, bevor sie in die Tiefe versanken und verschwanden.

Die Menschen hinter mir klatschten so plötzlich, dass ich daran erschrak und sich die Magiepunkte sofort in mein Inneres zurückzogen. Erst jetzt spürte ich, wie anstrengend es gewesen war und wie viel Kraft mir diese Verbindung geraubt hatte. Kraft, die ich aufgrund des Schwächeanfalls nicht hatte.

Vielleicht war das gar keine innere Wärme gewesen, die ich gespürt hatte, sondern nur das Fieber.

Ich drehte mich zu den anderen um, deren ratlose und ängstliche Blicke mich beinahe durchbohrten.

»Ihr seid in Sicherheit und habt vor den Neoricas nichts weiter zu befürchten … Ich sollte mich jedoch …«

»Ihr solltet Euch hinlegen, natürlich. Ich begleite Euch und bringe Euch sofort etwas zu trinken«, hörte ich den alten Mann sagen, bevor mich der Schwindel erneut erreichte.

Dieses Mal war der Schlaf, in den ich fiel, voller unverständlicher Bilder und Träume. Das Chaos in meinen Gedanken war kaum zu ordnen oder in gerade Bahnen zu lenken. Die Ereignisse und Gefühle aus den letzten Tagen überkamen mich mit solcher Wucht, dass ich meine eigene Verwirrung beim Aufwachen deutlich spüren konnte.

Der Kapitän saß neben dem Bett und mir schien, als wäre ich von seiner Stimme erwacht. »Ihr habt wirklich Großartiges geleistet, ich hoffe, Ihr fühlt Euch besser, Madame. Ich habe gute Neuigkeiten für Euch: Es ist Land in Sicht – und es ist nicht Mar.«

Blinzelnd setzte ich mich im Bett auf und ließ seine Worte durch meinen benebelten Kopf wirbeln. Das

Festland? Hatten wir den Zauber tatsächlich durchbrochen? Oder hatte es gar keinen Fluch gegeben? In den Augen des alten Mannes leuchtete etwas auf. Etwas Neues, Geheimnisvolles und es schien, als glaubte er, dass es von mir ausgegangen war.

»Ist das wahr?«, hauchte ich fassungslos.

Er nickte. »Ja, das ist es. Wir haben zum ersten Mal den magischen Kreis überwunden. Und ich weiß, dass Ihr das wart. Ihr habt den Fluch mit den Neoricas neu verhandelt. Ich danke Euch, ich danke Euch mehr, als Ihr es Euch vorstellen könnt!«

Wenn unser Verlust uns derart verbinden kann,
in welche Stärke könnten wir ihn dann erst wandeln,
wenn wir etwas Besseres anstreben?
~ Jayden ~

KAPITEL 14

Auf dem Weg zu Ondras Familie jagten Jayden tausend Gedanken durch den Kopf. Sein Vater würde ihm in dieser Situation nicht helfen können, er musste den Plan also ändern. Hegten sie in der Burg wirklich Verdacht gegen ihn? Sein Vater hatte nie Ärger verursacht, aber sein Ehrenhaus war sicherlich mit Argwohn betrachtet worden, nachdem Jayden gleichzeitig mit den ehrenlosen Zwillingen die Stadt verlassen hatte. Bereits einige Male war sein Vater zu großen Versammlungen zu den Hohen Herren gerufen worden, doch dass er nun unter ihren suchenden Augen seine Arbeit verrichten musste, war verdächtig genug. Sie trauten ihm nicht und glaubten, er hätte etwas mit dem Verschwinden der Zwillinge zu tun. Ob er ihnen irgendetwas gesagt hatte? Das war nicht möglich, denn er hatte nichts von der gemeinsamen Flucht gewusst. Jayden seufzte. Er benötigte dringend eine Spur zu den Mädchen. Die Zeit drängte ihn, denn er wollte seinen Vater nicht länger in der Burg des Majors wissen als unbedingt nötig.

Ondra wirkte überraschend gefasst, als sie Jayden die Tür öffnete. Mit einem stillen Nicken bat sie ihn herein und als er das Wohnzimmer betrat, erkannte er seine Mutter, deren Wiedersehensfreude ihr gesamtes Gesicht erhellte.

»Jayden! Du bist zurück!« Sie schloss ihn fest in seine Arme und im selben Moment registrierten sie Ondras schmerzerfüllten Blick, ihre erstarrte Haltung und ihre verkrampften Finger, die am Türrahmen versuchten, Halt zu finden. Augenblicklich löste sich Jaydens Mutter von ihm und nahm wieder Platz.

»Bitte entschuldige, Ondra«, flüsterte sie leise.

Die Mutter des verlorenen Mädchens ließ sich ebenfalls nieder, sie wirkte starr hinter ihrer von Trauer gezeichneten Maske. Irgendwie schien sie bereits alle Tränen geweint zu haben, doch das musste täuschen. Sicherlich hatte sie in dieser ersten, schweren Zeit Halt und Hilfe von seiner Mutter bekommen.

Doch da war noch so viel mehr Schmerz und mit einem tiefen Atemzug dachte Jayden an die Tränenmeere, die im Himmel kaum mehr Platz fanden. Ob auch Ondras Tränen dort zwischen Magie und Glas tobten und versuchten, ihrer Verzweiflung Raum zu geben?

Gemeinsam saßen sie einige Zeit beieinander, schweigend, sich an den Händen haltend. So war es üblich, den Trauernden sein Mitgefühl zu zeigen. Worte waren jetzt nicht mehr wichtig und nicht weiter hilfreich. Denn sie würden sowieso nichts ändern können. Es war unweigerlich geschehen, dass Marennas Ungerechtig-keit ein weiteres Opfer gefordert hatte.

Die junge Chloe hatte ihr Leben aufgegeben, aus Verzweiflung, weil sie keinen anderen Ausweg mehr gesehen hatte. Ein Leben an der Seite eines Mannes zu verbringen, den sie nicht liebte. Verkauft wie eine Ware, ohne eigene Gedanken, Gefühle und Entscheidungen. Vielleicht hätte sie fliehen können, doch wohin? Marenna trug nicht umsonst den Beinamen »Die Einzige Stadt« und im übrigen Mar war angeblich kein Leben möglich. Ständig wurden diese alten Geschichten erzählt, von Leuten, die geflohen waren und nie zurückkehrten, weil sie in der Wüste von den Aeringos ihrer Seelen beraubt wurden und gestorben waren. Jedes Kind kannte diese Erzählungen, wie hätte sich ein junges Mädchen da eine Flucht aus Marenna vorstellen, geschweige denn den Mut dazu finden können? Ganz gleich wie schmerzhaft und tragisch es war, so war es nicht nur für Chloe der einfachere Weg gewesen, sich den geheimen Mädchen anzuschließen und im Stillen gegen Marenna zu rebellieren.

Ondra seufzte schwer und begann zögerlich zu erzählen, als könnte sie die Stille nicht länger ertragen. »Chloe traf sich hin und wieder mit ihren Freundinnen, das kam mir zuerst nicht ungewöhnlich vor. Sie wollen Vorbereitungen für die Heirat treffen, sagte sie. Aber irgendwann verschloss sie sich mir immer mehr. Sie blieb öfter weg und letztendlich hinterließ sie einen letzten Brief an die Unsichtbaren Mädchen.«

Jayden schnappte nach Luft. Die Unsichtbaren Mädchen, das beschrieb genau diese Art von Gruppe, die er suchte.

»Weißt du, wo diese Mädchen sind, Ondra? Wo kann ich sie finden?« Die Aufregung in seiner Stimme war nicht zu überhören.

»Leider nein.« Sie seufzte und sackte in sich zusammen. »Aber sie schrieb in ihrem Brief, dass sie den Treffpunkt niemals verraten habe. Und dass ihr Zeichen weiter fortbestehen werde.« Die Worte fielen Ondra sichtlich schwer und Jayden wusste, wie furchtbar es war, in dieser Trauer Fragen gestellt zu bekommen. Doch er brauchte diese Antworten mehr denn je.

»Was ist das für ein Zeichen … Kennst du es?«, fragte Jayden erneut.

Seine Mutter wechselte immer wieder Blicke mit ihm und Ondra.

»Ein Zeichen für Leben.« Tränen bahnten sich ihren Weg über ihr Gesicht.

Ein Zeichen für Leben, wiederholte Jayden in Gedanken. Was für eine seltsame Ironie. Verzweifelte Mädchen wählten für ihren vertrauten, geheimen Kreis aus Freundinnen das Symbol für Leben – und doch zerbrachen sie genau daran. Er musste sie finden, bevor noch mehrere damit bezahlten, um dieser Welt zu entfliehen. Noch einmal drückte er die Hand seiner Mutter fest und sie blickte ihn flehend an. Als wollte sie nicht, dass er noch einmal fortging. Doch er musste. Seine Aufgabe rief nach ihm. »Danke, Ondra.« Jayden ließ seine Stimme bewusst mitfühlend und ruhig klingen.

Sie wischte sich die Tränen mit einem Tuch aus dem Gesicht, doch es war zu spät. Ihre Fassade war an dieser Geschichte zerbrochen und nun überrollte sie die Trauer wie eine Flut, die nicht mehr zu bremsen war. Weinend fand sie in den Armen seiner Mutter Zuflucht und sie strich ihr zärtlich über den Rücken.

Jayden stand auf und drehte sich noch einmal zu seiner Mutter um.

»Bis bald«, formte er lautlos mit seinen Lippen. »Ich werde die Mädchen finden und zurückbringen«, fügte er dann ein wenig lauter hinzu.

Zurück auf den Straßen Marennas half ihm der kühle Wind, die eigene Trauer weit in den Hintergrund zu tragen. Er hatte unzählige Stunden um Eméri getrauert und geweint. Es war Jayden unbegreiflich, dass er sie, seine kleine Schwester - obwohl Eméri ein Jahr älter gewesen war als er - , nicht hatte beschützen können. Als Kinder hatten sie noch darüber gelacht, dass Jayden zwar der jüngere Bruder war, Eméris zierliche und kleine Gestalt jedoch etwas anderes vermuten ließ. Ihre Welt bestand aus bunten Kleidern und dem Wunsch, irgendwann wie eine Prinzessin vom Festland mit ihrem Geliebten in einem eigenen Anwesen zu leben. Jayden schnappte nach Luft. Er hatte ihr versichert, immer auf sie achtzugeben und für sie da zu sein. Doch nicht einmal dieses familiäre Versprechen hatte sie davon abgehalten, in den Tod zu stürzen und alles, selbst ihn, ihren jüngeren Bruder, zurückzulassen. Sie kannte keinen anderen Ausweg, sprach sich Jayden in Gedanken zu, bevor sich die Vorwürfe wieder einnisten konnten. Dies war der Moment, die Unsichtbaren Mädchen von dieser Last zu befreien und ihnen einen anderen Ausweg zu bieten. Er würde nicht noch weitere Mädchen an die Ungerechtigkeit verlieren. Das könnte er nicht noch einmal ertragen. Dieser tiefe Schmerz und die damit verbundene Trauer waren für ein Leben wahrhaftig genug.

Seine Gedanken huschten zu Nava, doch er verbannte seine Sorge augenblicklich in den Hintergrund. Sich auszumalen, ob bei Nava und Nate alles nach Plan verlaufen war, würde ihn nur unnötig von seinem Vorhaben ablenken und er vertraute auf ihre Stärke. Er musste darauf vertrauen und versuchen, sich mehr in die Unsichtbaren Mädchen hineinzuversetzen.

Was könnte das Leben symbolisieren, dachte er immer und immer wieder, als er durch die Gassen ging, weiterhin darauf bedacht, nicht aufzufallen. Die Leben spendende Sonne vielleicht oder ein Herz? Zuerst vermutete Jayden, dass es etwas mit den Blumen-kränzen an den Laternen zu tun hatte. Aber sie waren besonders an auffälligen und geschäftigen Plätzen, sodass sie kein besonders gutes Versteck abgaben. Schließlich entdeckte er vereinzelte Kritzeleien, die von Kindern mit Kreide oder Tonscherben an die Hauswände gemalt worden waren. Einige sahen aus wie kleine Menschen, andere hatten entfernte Ähnlichkeit mit einem dicken Pekko. Er schmunzelte. So aussichtslos es auch schien, alle Wände der Stadt abzusuchen, so war dennoch nicht an Aufgeben zu denken. Er musste fündig werden, noch vor Einbruch der Dämmerung. Und vielleicht hatten die Unsichtbaren Mädchen ihre eigenen Häuser, sowie ihr Versteck mit diesem geheimnisvollen Zeichen gekennzeichnet.

Irgendeinen Zusammenhang zwischen dem Symbol des Lebens und dem Aufenthaltsort musste es doch geben.

Leben, schoss es ihm erneut durch den Kopf und er dachte noch mal darüber nach. Der Handel mit dem Festland sicherte in Marenna das Überleben aller Bewohner. Denn die Felder würden wahrscheinlich nicht ausreichen, um die gesamte Bevölkerung hier zu ernähren. Ohne die Schiffe, die Nahrungsmittel vom Königreich brachten, wäre das Leben vieler Menschen vielleicht nicht möglich.

Augenblicklich begab er sich auf den Weg Richtung Hafen. Dort würde er die lange Hafenmauer unter die Lupe nehmen, um vielleicht einen Hinweis auf die Mädchen zu finden. Ein trauriges Lächeln huschte über sein Gesicht. Inzwischen schien ihm der Zusammen-hang deutlicher denn je.

Mit zügigen Schritten ging er an ihr entlang. Kritzeleien waren hier kaum noch zu finden und so entdeckte er das Zeichen sofort. Es war eigentlich kaum zu übersehen, wenn man wusste, wonach man suchte. Oder war es doch nur ein Fleck, in den seine Euphorie mehr hineininterpretierte, als da eigentlich war?

Eilig trat er näher heran und untersuchte die dunklen Rillen in der Mauer. Erleichterung flutete seine Gedanken. *Das musste es sein!* Denn es war in der

Tat ein außergewöhnliches Zeichen für das Leben selbst. Ein akkurat gezeichnetes Blatt eines Baumes, das am unteren Ende in einer Spirale auslief, die wohl die Wurzel symbolisieren sollte. Umrahmt von einem Dreieck. Jayden war sich ganz sicher, dass Ondra von diesem Symbol gesprochen hatte, wunderte sich aber zeitgleich darüber, dass sich die Mädchen hier am Hafen getroffen hatten, wo sie gesehen werden konnten. Das schien kein guter Platz für ein geheimes Treffen gewesen zu sein. Da entdeckte er einen Spalt zwischen den groben Mauerblöcken, der in einen unterirdischen Raum hineinblicken ließ. Er erinnerte sich daran, dass in früheren Zeiten Waren von fremden Schiffen hier in diesen unterirdischen Gewölben eingelagert worden waren. Das war also der geheime Treffpunkt der Unsichtbaren Mädchen. Er hatte sie gefunden! Schwere Lasten aus Vorwürfen und Ängsten fielen von seinen Schultern und er holte tief Luft, als könnte er erst jetzt wieder atmen. Die Unsichtbaren Mädchen waren für ihn nicht länger unsichtbar. Jayden würde ihnen helfen, in dieser grausamen Welt sichtbar zu werden.

Traue keinen Geschichten,
wenn du sie nicht selbst erzählt hast.
~ Flinn ~

KAPITEL 15

Es waren drei Tage vergangen, seit wir den Hafen von Mar verlassen hatten, doch es kam mir vor, als wäre es erst gestern gewesen. Stunden, die ich während des Fiebers nur mit meinen Gedanken verbracht hatte, waren nur noch blasse Erinnerungen. Gerade deshalb fühlte es sich nun noch unwirklicher an, dem angeblichen Paradies tatsächlich gegenüberzustehen. Das Königliche Festland – der Ort, von dem die Menschen in Marenna träumten, in den sie all ihre Hoffnungen und Wünsche setzten. Der Ort, von dem wir alle geglaubt hatten, ihn niemals mit eigenen Augen zu erblicken, und nun war es tatsächlich so weit. Doch als ich mit dem Kapitän an Deck ging, um die Aussicht zu bewundern, sackten meine Schultern sofort wieder hinab. Diesen Moment, dieses Glücksgefühl und diese Einzigartigkeit konnte ich weder mit Nate noch mit Jayden teilen. Etwas von mir fehlte – und ganz besonders fehlte es mir, sie an dieser Freude teilhaben zu lassen. Denn im selben Moment ereilte mich das schlechte Gewissen. In welcher Situation sie sich wohl gerade befanden, während ich auf das Paradies zusteuerte? Vielleicht war einem von ihnen etwas Schreckliches zugestoßen und ich war nicht nur meilenweit entfernt, sondern schwelgte in einem Glücksgefühl, das sich falsch und verräterisch anfühlte.

Grauer Nebel waberte am Horizont, doch die dunklen Umrisse und Schatten dahinter verrieten, dass Land in Sicht war. Neugierig lehnten wir uns über die Reling. Es schien, als würde sich ein jeder von uns gerade in Gedanken das Festland ausmalen. Goldene Fassaden, Blütenpracht und edle Kleider. Sonnenlicht, Wärme und … Gerechtigkeit. Plötzlich erkannte ich, welcher sehnliche Wunsch sich bereits vor langer Zeit in mein Herz geschlichen hatte. Ich sehnte mich nicht nach besserer Kleidung oder schöneren Städten – ich sehnte mich nach der Gerechtigkeit, die die Menschen auch verdienten. Nach Harmonie, dem Ende der

Trauer und der Tränen. Ob ich das auf dem Festland finden würde? Frieden?

Wie gebannt starrten wir ins Nichts, das sich erst nach und nach, mit jedem Meter, den wir uns langsam vorwärts bewegten, zu einem gigantischen Vulkan formte. Ein dunkler Berg in der Ferne, umgeben von ebenem Boden und einzelnen kahlen Bäumen. Seltsam, dachte ich und blickte suchend in die Gesichter der anderen. Auch Tyler und der Kapitän schienen etwas anderes erwartet zu haben, denn sie wirkten ebenso überrascht.

»Vielleicht ist es nicht das Festland«, zischte Tyler in seiner gewohnten Feindseligkeit. Er wollte dem Major sicherlich nur gute Neuigkeiten von ruhmreichen Ländereien und Schätzen, so weit das Auge reichte, berichten.

»Es könnte auch sein, dass dies die Hafengegend ist. Womöglich wurde diese nach dem Krieg nie erneuert«, warf der Kapitän ein. Er musterte mich anschließend. Wieder glaubte ich, in seinem Blick eine Anspielung auf meine Magie zu erkennen, die ich nun offen preisgegeben hatte. Dennoch war ich nicht für alles verantwortlich und ich hoffte, sie verstanden das auch.

Als wir die Küste anliefen, war weit und breit nirgends ein Hafen oder etwas dergleichen zu sehen. Tyler hatte den Männern inzwischen aufgetragen, sich für den Landgang bereit zu machen, und mir wies er an, eines der besten Kleider anzuziehen, für den Fall, dass wir tatsächlich bald dem König gegenüberstehen würden. Also verschwand ich mit schnellen Schritten in meinem Zimmer und nachdem ich mich ausgiebig gewaschen hatte, betrachtete ich den Inhalt der hölzernen Truhe genauer. Während ich die verschiedenen Stoffe, all die Farbtöne musterte, dachte ich an Ilena, die Schneiderin, und an das Verlobungskleid, das sie für mich angefertigt hatte. Das weiß glitzernde Oberteil und die immer dunkler werdenden blauen Wellen um mich herum. Kaum auszudenken, wie wunderschön erst das tatsächliche Hochzeitskleid bei ihrem Talent ausgesehen hätte, doch für kein Brautkleid der Welt wäre ich diese Heirat eingegangen.

Weiches Material lenkte meine Aufmerksamkeit wieder ins Hier und Jetzt und ich zog das Kleid aus der Kiste. Ein feiner, silbergrauer Stoff, der von der schmalen Taille abwärts fließend zu Boden glitt. Das Kleid war schulterfrei und das Dekolleté mit unzähligen kleinen Perlen bestickt. Die langen Ärmel waren ebenfalls eng anliegend und mit einem zarten Band zum Schnüren ausgestattet. In den Stoff waren silbern schimmernde Fäden eingewebt, sodass es äußerst edel, aber nicht zu aufgesetzt wirkte. Innerhalb von Sekunden hatte ich mich für dieses Kleid entschieden und bemerkte wie angenehm der weiche Stoff auf der Haut lag. Meine langen orangeroten Haare waren unter der salzigen Luft zu leichten

Wellen geworden, die mir offen bis unter die Rippen reichten. Mit einem Haarband, das mit silbernen Schmucksteinen bestickt war, bändigte ich die Locken ein wenig zurück. Anschließend holte ich tief Luft und blickte in den Spiegel. Ich wirkte edler und reicher, als ich es tatsächlich war, und obwohl das nicht echt war, wünschte ich, Jayden könnte mich für einen Moment so sehen. Einfach nur in diesem Augenblick neben mir stehen. In unserer gemeinsamen Zeit auf der Flucht hatte er mich mit Kratzspuren, von der Wüste staubigen Haaren sowie verdreckter Kleidung kennengelernt. Durchnässt, nachdem wir den unterirdischen See überwunden hatten, und verschwitzt, als wir über die Berge gewandert waren. Aber nie hatte ich ausgesehen, als wäre ich eine Prinzessin.

Jemand klopfte an meine Tür und Tylers Stimme drängte mich zur Eile. *Mal wieder*, dachte ich und erinnerte mich an den Tag, als er mit mir den Hohen Rat begrüßen sollte. Ein Déjà-vu? Heute würden wir Seite an Seite den König des Festlandes begrüßen und mal wieder würde ich Tylers Zukünftige abgeben müssen. Seit unserer letzten Auseinandersetzung hatten wir auch kein einziges Wort mehr gewechselt.

»Einen Moment.« Ich griff nach dem letzten Andenken, das mir noch geblieben war: Jaydens dunkelgrünes Cape. Es passte so gar nicht zu dem edlen Erscheinungsbild des Kleides, denn es hatte auf unserer Reise so manchen Schaden genommen: Hier und da wirkte der Samt matt und war unter der Wüstensonne verblichen. Doch ich liebte es und es besaß so viel mehr Persönlichkeit und Charakter als das Glitzern des prächtigen Kleides.

»Fertig«, brachte ich hervor, als ich Tyler die Tür öffnete.

Tatsächlich schien sich etwas Altes zu wiederholen, als er an mir hinabblickte und es ihm für einen Moment die Sprache verschlug. »Du bist …«

Ich wusste, was er zu sagen hatte und wollte diese Worte nicht von ihm hören. Als wären sie nur von Bedeutung, wenn Jayden sie aussprach. Ich nickte ihm zu. »Bereit für den König.«

Tylers Anspannung war zum Greifen nahe. Sein Kiefer war verbissen und manchmal konnte man den Muskel zucken sehen. Starr fixierte er das düstere Festland, während wir das Schiff über die Beiboote verließen und bereits in Kürze den staubigen Boden unter unseren Füßen spürten.

»Ein falscher Schritt …«, mahnte Tyler mich mit einem Blick, der mich zu vergiften drohte, als ich seinen Arm losließ, um selbstständig zu gehen. Doch ich ignorierte seine Angst, dass ich ihm auf dem Festland davonlaufen könnte. Ich gehörte ihm nicht – mit keinem einzigen Bruchteil meiner Seele. Nur weil er die Macht besaß, meinen Aufenthaltsort zu bestimmen, so herrschte er noch lange nicht über mich und mein Herz. Demonstrativ hob ich den langen Stoff des Kleides an, damit er verstand, was ich von seiner Drohung hielt. Und er kannte meine Meinung inzwischen besser denn je.

Neugierig betrachtete ich das fremde Land, das wir immer für das einzig wahre Paradies der Welt gehalten hatten. Für das blühende, glückliche Leben, das man hier verzweifelt suchte. In all den Geschichten, den Legenden um die Kämpfe auf dem Festland hatten sie immer erwähnt, wie der Frieden einkehrte und sich das Land davon erholte, die Menschen es neu aufbauten und gedeihen ließen.

Dagegen wirkte dieser Anblick, als hätte der Krieg nie geendet. Wohin man auch blickte, bestand der Boden aus reiner Asche, die staubig aufwirbelte, wenn man darüber hinwegging. Einzelne, kahle Bäume standen verloren in der Weite. Keine Blätter, kein Grün, keine Blüten und keine Früchte. Nichts schien mehr Farbe zu haben, alles war in das Grau der Asche getränkt. Der einzige Blickfang war der mächtige Vulkan, der nur wenige Kilometer vor uns aus dem verbrannten Boden ragte. Schwarz wie Kohle und Rauchschwaden spuckend wie ein wütender Drache. Nicht einmal den Himmel, die Sonne oder geschweige denn die Sterne konnte man vom Festland aus sehen – die Asche verdeckte jegliche Spur davon. Alles hier wirkte dem grauen Tod geweiht.

Tyler und ich gingen voran, als kurz darauf Gestalten in silbernen Rüstungen aus der Richtung des Vulkans im Gleichschritt auf uns zukamen. Ihre Bewegungen waren etwas starr und abgehackt und ich fragte mich, wie sie uns durch den dichten Nebel überhaupt hatten kommen sehen. Als die Männer fast angekommen waren, straffte Tyler die Schultern, trat vor und räusperte sich. Das von Marennas Major ausgestellte Papierstück hielt er voller Stolz in seinen Händen. Als könnte es seiner Erscheinung mehr Macht verleihen.

»Ihr habt das Königliche Festland ohne Einwilligung betreten«, sprach uns einer der Männer an, als sie uns gegenüberstanden.

Ich war überrascht, dass wir trotz der unterschiedlichen Entwicklungen unserer Länder noch dieselbe Sprache hatten.

Fasziniert betrachtete ich sie genauer und stellte fest, dass ihre Rüstungen aus Silberglas gefertigt waren. Ein Lächeln huschte über mein Gesicht. Silberglas galt als nahezu unzerstörbar. Aber war das vielleicht dem Handel mit Mar zu verdanken? Bezahlten wir die Lebensmittel, indem wir dem Festland unzerstörbares Silberglas zum Schutz ihrer Kriege lieferten? Doch wohin hatten sie diese Kriege geführt? Wo war dieses Paradies geblieben, von dem man in Marenna tuschelte?

»Der Major der Einzigen Stadt Marenna, der Insel Mar, schickt uns, um mit Eurem König neue

Vereinbarungen zu verhandeln.« Tyler rollte das Papierstück auf. Ich war nicht sicher, ob die Wächter unsere Schrift überhaupt lesen konnten, aber zwei der Silbermänner nickten sich zu, ohne dem Zertifikat weitere Beachtung zu schenken.

»Wie ist es Euch gelungen, die Insel zu verlassen?«, fragte der Größte unter ihnen. Ihre Gesichter waren unter der Rüstung verborgen – nicht einmal ihre Augen erkannte man gänzlich.

»Das würden wir Eurem König gerne selbst erklären.« Tyler stemmte die Hände in die Hüften und ließ die Worte weitaus bedeutender klingen, als sie tatsächlich waren.

Noch immer war es mir unbegreiflich, dass wir den Fluch bezwungen und das Königliche Festland erreicht hatten. Dass ich in Kürze dem wahren König gegenüberstehen sollte, ließ meine Hände zittern. Doch was hatte uns in all den Jahren wirklich aufgehalten? Die mächtigen Neoricas, die uns verschont hatten, weil sie vielleicht ebenso unter dem magischen Kreis litten? Zumindest konnte ich es nicht glauben, dass meine Anwesenheit den Fluch beeinflusst hatte. Doch beim Anblick des wahren Festlandes, das überhaupt nicht den Erzählungen entsprach, fragte ich mich, ob der Fluch vom König des Festlandes erfunden worden war. Ein Märchen, das die neugierigen Inselbewohner fernhielt und sein Land dennoch in gutem Licht dastehen ließ. Dabei gab es hier nichts zu beschönigen. Hier war nicht das Paradies – dies war der Untergang.

»Durchsucht sie auf Waffen, dann könnt Ihr uns zum König folgen.«

Tyler wollte protestieren, doch die Silbermänner ignorierten ihn rücksichtslos. Ohne eine Sekunde länger abzuwarten, tasteten sie an ihren Körpern bereits nach möglichen Waffen. Als ich, die einzige Frau der Besatzung, an der Reihe war, zögerte der Wächter, blickte mich lange an, als fürchtete er, mich zu berühren. Etwas schwirrte zwischen uns wie eine hochexplosive Spannung, die mit einer falschen Bewegung in die Luft gehen könnte. Der Silbermann musterte mich ohne Eile. Ich konnte es ihm leider nicht gleichtun, er war verborgen hinter seinem silbernen Schutz aus unzerstörbarem Glas. Fürchtete er die blaue Magie in meinem Blick? Hielt er mich ebenfalls für eine Hexe?

»In Ordnung«, bestätigte der Größere, ohne mich durchsucht zu haben. Er schien das Kommando über die Wächter zu haben und wies uns nun an, ihnen zu folgen. Sie kehrten uns den Rücken und zuerst wunderte sich Tyler sichtlich über dieses Vertrauen. Wende deinen Feinden niemals den Rücken zu, dachte ich. Tyler verständigte sich kurz darauf mit einem der Männer per Handzeichen und mir stockte der Atem. Seine Hinter-hältigkeit sollte ihn irgendwann den Kopf kosten. Plante er wirklich, die Wächter zu überwältigen? Noch bevor sie uns zum wahren König geführt hatten? Wie arrogant und naiv dieser Ehrenträger doch war.

»Ihr solltet damit warten, bis sie uns zum König geführt haben«, brachte ich trocken hervor.

Tyler wirbelte herum. Mit einem Blick, der mir wohl die Kehle durchschneiden sollte, fixierte er mich. Im selben Moment hatten sich auch die Wächter uns zugewandt und postierten sich im Kreis um den großen Silbermann, der mich mit dem Durchsuchen verschont hatte.

Die Männer des Majors stellten sich an Tylers Seite, während er selbst nicht wusste, wie er sich zu verhalten hatte. Verrat, dachte ich. Verrat ist etwas Giftiges, das dich von innen heraus an deinem verletzlichsten Punkt zerfrisst.

»Ihr hättet auf Eure Hexe hören sollen«, gab der Große aus der Mitte von sich. Seine Stimme war unverwechselbar, tief und rau. »Euer Major hätte klüger gehandelt, ihr die Erlaubnis zu erteilen.«

»Sie ist keine Hexe!«, wetterte Tyler wütend und tastete nach seinem Schwert, als hätte er vergessen, dass man es ihm abgenommen hatte. »Sondern meine Verlobte und Ihr werdet es nicht wagen, dass …«

»Und was ist mit ihren Augen? Wie war es Euch nach all der Zeit nun plötzlich möglich, das verfluchte Meer zu überwinden? Oder waren alle Seemänner zuvor unfähig, ihrer Arbeit nachzugehen? Macht Euch nicht lächerlich, Junge. Euer Schwert hätte Euch nur den Kopf gekostet. Nehmt sie zwischen die Reihen, das Mädchen kommt mit mir.« Ihre Aufstellung löste sich und der Größte gab mir mit einem Handzeichen zu verstehen, ihm zu folgen, während die Silbermänner Tyler und die anderen an den Armen griffen.

»Wenn Euer König wüsste, wie Ihr Euren Besuch handhabt, wird es Euch Euren Rang kosten!« Tyler strampelte wild gegen die Anweisung der Silbermänner.

»Oh glaubt mir, der König weiß davon«, antwortete er mit einem belächelnden Unterton in der Stimme. Ohne seine Schritte zu verlangsamen, gingen wir in die Richtung des mächtigen Vulkans, und ich blieb trotz des Tempos an der Seite des Anführers der Truppe. Stille kehrte außerhalb unserer Gedanken ein. Es gab kein Schloss und keine Stadt, die wir ansteuerten. Nichts als die endlose Leere, die das einst Königliche Festland kahl gefressen hatte.

Nach fast einer halben Stunde erreichten wir endlich den Vulkan, vor dem ein kleiner Eingang in das Innere führte. Ich glaubte zuerst an eine Falle, eine Todesstrafe. Wie sollte es möglich sein, das Innere eines aktiven Vulkans zu betreten? Die Hitze und das Feuer könnten uns innerhalb kürzester Zeit das Leben nehmen, dem war ich mir absolut sicher.

»Verbeugt Euch, bevor Ihr eintretet, oder Euer Stolz wird einen hohen Preis tragen.« Der Große neben mir ging in die Knie, neigte den Kopf und hielt einen Moment inne.

Ich tat es ihm gleich und er musterte mich dabei sehr genau. Zumindest fühlte es sich so an, denn noch immer konnte ich sein Gesicht nicht wirklich erkennen.

Hinter uns hörte ich den zischenden Protest von Tyler, der mit einem dumpfen Geräusch schnell verstummte. Innerlich stimmte ich den Worten des Wächters zu. Stolz kann an falscher Stelle tatsächlich sehr teuer sein, dachte ich. Doch letztendlich zwang sich auch Tyler zu einem kurzen Nicken, bevor wir eintraten. Als wäre der Vulkan eine Gottheit, um deren Erlaubnis wir erst bitten mussten.

Mein ganzes Leben lang hatte ich geglaubt, Mar sei eine verfluchte Insel, von der Magie einst gerettet und später gekennzeichnet. Der einzige Schutz, so hatte man es uns seit Generationen gelehrt, sei die Einzige Stadt unter der Sicherheit des Majors, der die Magie auszugrenzen wusste. Dabei bestand unsere Welt aus Magie, wohin man auch blickte. Wo ich glaubte, bereits sämtliche Merkwürdigkeiten gesehen zu haben, wurde ich im Inneren des Vulkans von Neuem überrascht.

Ein spiralförmiger Fluss aus rot glühender Lava schlängelte sich nach unten in die Tiefe. Der Raum war aus schwarzem Vulkanstein mit kantigen Ziegeln gezimmert worden, sodass es mehr einem Haus glich

als dem Höllenfeuer eines Vulkans. Rund um die größte, obere Spiralfläche waren kleine Unterkünfte wie Trennwände gebaut worden und ein paar Leute waren zu erkennen. Sie trugen Kleidung aus leichten, seidigen Stoffen und mit kurzen Ärmeln, durch die ihre auffallend blasse Haut zum Vorschein kam. Im Vergleich zu ihnen wirkten wir gebräunt von der Sonne, der es hier auf dem Festland offensichtlich nicht gelang, die Aschewolke zu bezwingen.
Die Hitze war erdrückend, sodass ich das Gefühl hatte, in meinem Kleid bald keine Luft mehr zu bekommen. Die Wächter nahmen bis auf den Anführer ihre Helme vom Kopf. Staunend sah ich mich um, sprachlos von der Faszination, die sich mir bot.

»Bitte gebt acht und betretet nur die Lava. Ihr müsst gegen Euren eigenen Verstand handeln, um nicht versehentlich auf den Kohleböden zu gehen«, erklärte der Wächter neben mir mit seiner tiefen, angenehmen Stimme. War das sein Ernst? Auf die Lava treten anstatt auf den schwarzen, festen Boden? Hielt er die Menschen der Insel Mar wirklich für so einfältig?

Als er voranging, glaubte ich jedoch meinen Augen nicht. Obwohl die Lava glühend heiß aussah, war sie fest und schien ihm keinerlei Schwierigkeiten zu bereiten.

»Folgt mir oder Ihr richtet den Zorn der Flastresia auf Euch«, befahl der große Unbekannte. Für einen Moment wirkte es, als wollte er mir die Hand reichen, wie um einer edlen Dame aufzuhelfen. Mit beiden

Händen griff ich nach dem Rock, um die unangenehme, stille Frage zwischen uns aufzulösen, und tat, wie er mir angewiesen hatte. Der Fremde behielt recht, es lief sich angenehm auf der orangefarbenen Lava, deren Farbe man keinen Glauben schenken durfte.

»Falastre…?«, versuchte ich zu wiederholen und an seine Seite aufzuholen. Der Spirale folgend gingen wir in die Tiefe, weiter und weiter, während ich den Eindruck gewann, dass die Luft etwas besser wurde.

»Flastresia, schuppige Aschewesen auf langen, stelzigen Beinen. Wo ihre Füße den Boden berühren, fängt die Kohle Glut und ihr Gefieder entzündet sich. Sie verbrennen zu Asche, in der sie sich zurückziehen, um ihre Schuppen zu schützen. Sie sind das Wertvollste, was Ihr womöglich je gesehen habt.«

Meine Gedanken drehten sich wirr, versuchten ein Bild dieser Kreaturen zusammenzustellen, doch es schien unmöglich. Was sagte er da? Es war nicht nur die verfluchte Insel Mar – es war unsere gesamte Welt, die in diesem Zauber lebte? Erst jetzt wurde ich mir dieser riesigen Lüge bewusst. »Sie … sie verbrennen?« Meine Stimme klang schockiert.

Der Große nickte nur. »Später werdet Ihr es mit eigenen Augen sehen können, doch nun kommt.« Wir hatten die untere Spitze der Spirale fast erreicht. Dort, am letzten Punkt, wirkte es, als wäre die Lava emporgeschossen und im nächsten Moment eingefroren. Feste, orange glimmende Lava wie zu einer irr verzerrten Gestalt erstarrt. Darauf hatte man eine Art Thron errichtet. Mit roten Stoffen und einer seltsam schimmernden Oberfläche bestickt. Es waren kleine, runde Blättchen, die in hellem Perlmutt glitzerten und andere Farbnuancen von Türkis bis Lila annahmen, sobald man seinen Blickwinkel veränderte. Es war vollkommen verrückt.

Der große Wächter neben mir nahm plötzlich seinen Helm ab und lockige schwarze Haare kamen darunter zum Vorschein. Dunkelgraue Augen und ein Dreitagebart zierten sein junges Gesicht, das damit so viel älter wirkte.

Einer der anderen Silbermänner nahm ihm den Helm ab und reichte ihm eine Krone aus demselben, perlmuttschimmernden Material. Der Große setzte sie sich auf den Kopf, wo sie beinahe in den Locken unterzugehen drohte, und nahm auf dem Thron Platz. Mir stockte der Atem und auch Tyler hinter mir, den die Wächter inzwischen losgelassen hatten, war nicht in der Lage, eine Bemerkung zu machen.

»Majestät Flinn, Herrscher des Königlichen Festlandes. Bitte tretet mit Eurem Anliegen vor«, erklärte der ältere Mann, der den Helm entgegen-genommen hatte.

Majestät Flinn. Der Anführer der Silbermänner, der mich mit der Durchsuchung verschont, mich als Hexe bezeichnet hatte und nicht älter wirkte als ich, war der König des Festlandes. Erschrocken verbeugte ich mich erneut und neigte den Kopf.

»Bitte entschuldigt, Eure Majestät, wir wussten ja nicht …«, erklärte ich. Unter keinen Umständen wollte ich mich nach Tylers anfänglichen Schwierigkeiten mit dem König dieses Feuerlandes anlegen.

»Bitte erhebt Euch. Tretet näher und Ihr«, er deutete auf Tyler, »erklärt nun dem König, was Euch hierherführte.«

Tyler trat näher, doch sein Gesicht war ganz blass geworden. Stockend suchte der sonst so überhebliche Kerl nach Worten. »Ihr … Ihr seid von Anfang an der König ge-gewesen? Wie … Wie ist das möglich? Ich bitte um Eure Verzeihung, niemals hätte ich mich Euch gegenüber so verhalten, Eure Majestät …«

»Genug«, unterbrach ihn Flinn. »Euer Verhalten zeigte die Wahrheit Eures Charakters und Eurer Absichten. Man ist ehrlicher, wenn einer von beiden keine Krone trägt.«

Ich schmunzelte über seine tiefgründigen Worte. Es war ein kluger sowie sehr mutiger Schachzug, als König persönlich die Fremden in Empfang zu nehmen. Doch wie königlich war man, wenn man sich nicht als dieser preisgab?

Er wirkte vielmehr wie ein verlorener Junge auf einem prächtigen Thron, der nicht ihm gehörte. Als wäre er nur ein Spielzeug, ein Zeitvertreib von seinen eigentlichen Abenteuern, die er mit den Silbermännern da draußen erlebte. Sein Äußeres war so wild, so ungestüm, so jung. In keinster Weise hatte ich mit solch einem jungen König gerechnet. Wie er wohl zu diesem Titel gekommen war? Hatte er das Festland so in den Ruin getrieben oder war es nicht seine Schuld? Ob er das Land in diesem Zustand erhalten hatte und es für aussichtslos hielt, es wiederherzustellen? Gab es denn überhaupt noch eine Möglichkeit? Wie verhinderte man das Verbrennen eines Landes, das einem Vulkan zum Opfer gefallen war?

»Wir … Wir wurden von Marennas Major geschickt, Majestät. Um neue Vereinbarungen für den Handel zu treffen …« Tyler räusperte sich, als wollte er sich wieder mehr seiner nicht vorhandenen Stärke aneignen.

»In all den Jahren verliefen die Verhandlungen per Brief über die Schiffe, die die Waren bis zur magischen Linie transportieren. Es besteht ein Abkommen, dass keiner die jeweilig anderen Ländereien aufsuchen und betreten darf, damit sich der Fluch nicht überträgt. Habt Ihr nie davon gehört?«

Tyler schüttelte den Kopf und wollte gerade etwas sagen, doch Flinn kam ihm zuvor.

»Eure Verhandlungen interessieren mich nicht. Es gibt keinen Grund für den Major, neue Forderungen zu stellen. Aber sagt mir, wie seid Ihr zu der Hexe gekommen? Diese Geschichte klingt weitaus spannender.« Flinns Lippen zogen sich zu einem Lächeln, ohne dass er mich ansah.

»Majestät, sie ist keine Hexe, sondern meine Verlobte«, korrigierte Tyler ihn.

Es war wie ein Messerstich, der sich von hinten zwischen meine Rippen bohrte. Ein alter, vernarbter Schmerz, der mich längst nicht mehr treffen dürfte. »Das ist nicht wahr«, stieß ich aus.

Sofort hatte ich die geballte Aufmerksamkeit des Königs. Sein aschgrauer Blick lag auf mir, seine Arme und sein Kiefer bis aufs Äußerste gespannt.

»Verzeiht, Majestät … doch es entspricht nicht der Wahrheit. Ich trage diese Magie als Geschenk. Ich verwende sie niemals nur zu meinen Gunsten oder um Leid zu erzeugen, aber solltet Ihr gegenüber Hexen«, ich betonte das Wort abfällig, um ihm meine Meinung darüber mitzuteilen, »die Todesstrafe aussprechen, so werde ich sie zu nutzen wissen.« Ich holte tief Luft, straffte die Schultern – bereit, mich dem König gegenüber angemessen zu verhalten und ihn dennoch von meiner Stärke wissen zu lassen. Da war keine Furcht in meinem Inneren, nur eine Tapferkeit, die mit der Lava des Vulkans zu glühen schien.

»Keine Todesstrafe, aber bitte verratet mir Euren Namen.« Flinn hatte einen sanfteren Ton angeschlagen. Seine Muskeln entspannten sich und ich glaubte, ein Zucken seiner Mundwinkel zu erkennen.

»Nava.« Ich lächelte.

Er wiederholte meinen Namen mehrmals leise, als befürchtete er, ihn sonst schnell zu vergessen. »Und Ihr sagt, dieser Gesandte hier ist nicht Euer Verlobter?« Ein siegessicheres Grinsen breitete sich auf seinem Gesicht aus, als sein Augenmerk wieder Tyler galt.

»Nein, Majestät, ist er nicht. Er erhob Anspruch auf eine Zwangsheirat, doch ich verweigerte. Und er fürchtet die Magie zu sehr, um es weiter darauf anzulegen«, sagte ich mit Nachdruck und warf Tyler einen vielsagenden Blick zu. Er würde es nicht wagen, erneut die Hand gegen den König zu erheben und vielleicht würde es ihm in Erinnerung rufen, dass ich tatsächlich eine Magie besaß, die ich gegen ihn zu verwenden wusste. Besser gesagt: Er sollte sich diesem Zustand der Situation endlich bewusst werden.

»Kerkert ihn ein und zeigt ihr eines der mittleren Gemächer«, wies er mit energischer Stimme an. In einer viel zu heftigen Bewegung stand er auf, schritt auf mich zu und blieb nur Zentimeter vor mir stehen, um meine Augen eindringlich zu mustern. »Sagt mir, Nava … Seid Ihr für die Überfahrt des verfluchten Meeres verantwortlich? Kein König, kein Krieger, kein Gesandter, kein Heiliger … Nicht einmal ein Bauer oder gar ein Verbrecher zum Tode verurteilt … hat es jeher gewagt, es zu überqueren. Aber Ihr …« Er atmete tief ein und aus, sodass ich seinen nahen Atem an meiner Haut als Kribbeln spüren konnte. »Ihr tragt dieses … Geschenk … und eine Furchtlosigkeit, die ich noch niemals gesehen habe. Ihr seid etwas Besonderes.«

Obwohl es nach einem Kompliment, einer positiven Bemerkung klang, schnürte es mir die Kehle zu. Alles verkrampfte sich, ich drohte zu ersticken und schnappte nach Luft. Reflexartig legte ich eine Hand an meinen Hals, wandte mich vom König ab, kehrte ihm ungebeten den Rücken zu. Ohne Verbeugung, wie es seinem Rang gebührte, doch etwas Altes überkam mich viel zu heftig. Ein Flashback, der mich an den Abend zurückwarf, als Tyler mir das bei einem Tanz ins Ohr gezischt hatte. Er war mir ebenso nah gekommen, seine Hände an meiner Taille – dieselben Hände, die Jayden das Messer ins Herz gejagt hatten – und dieselbe Bemerkung. Weil du so besonders bist. Die Aussage, mit der ich ihm versprochen wurde. Die zu meiner Aussichtslosigkeit und meiner Not geführt hatte. Ich rang nach Luft, spürte wieder die Hitze des Vulkans, glaubte, in meinem Kleid keinen Platz mehr zu haben. Drohte plötzlich bei lebendigem Leibe zu verbrennen.

Eine Hand legte sich sacht auf meine Schulter, es war nur der minimale Hauch einer Berührung und dennoch schoss ich herum und schlug in einer impulsiven Schutzreaktion den Arm des Königs von mir. Dieser hob sofort beide Hände, trat einen halben Schritt zurück und starrte mich mit offenem Mund an. Alles ging viel zu schnell, alles drehte sich. Ich war außer mir geraten, hatte mich von einer alten Bedrohung überwältigen lassen, hatte den König von mir geschlagen und nun war er es, der mich still um Vergebung bat. Dabei sollte ich zu Kreuze kriechen und darauf hoffen, er möge mich nicht zu Tyler in eine Kammer werfen. Während um mich herum die aufgewühlte blaue Magie hüpfte, als wusste sie überhaupt nicht mehr wohin, studierte ich seine fragenden Augen. Doch egal, wie genau ich hinsah und suchte, da war nichts als die bloße Ehrfurcht in seinem Gesicht.

»Bitte entschuldigt mich.« Ich zog meine Hände verschränkt vor die Brust, versuchte die Magiepunkte zurückzuholen. Sofort pressten sie sich enger an meinen Körper und verringerten die ausladende Reichweite um mich herum.

»Verzeiht, Nava. Bitte verzeiht«, flüsterte er. Er klang in seiner Fassungslosigkeit überhaupt nicht mehr wie ein König. Mir stand nicht länger die Majestät des Königreiches gegenüber, sondern ein Jemand wie ich selbst – ein normaler Junge, der um Verzeihung bat.

»Bittet nicht um meine Vergebung, sondern vergebt bitte mir.« Ich senkte den Kopf für einen Moment, um ihm dies zu verdeutlichen – um uns alle wieder in die eigentliche Situation zurückzuholen.

»Habt ihr nicht gehört? Kerkert ihn ein und zeigt ihr ein Gemach, in dem sie sich ausruhen kann!«, brüllte er kurz darauf seinen Wachmännern so laut und energisch zu, dass ich zusammenzuckte. Wer war dieser junge, unberechenbare König?

»Lasst die Finger von meiner Verlobten!«, schrie Tyler, als sie ihn fortzerrten. »Wenn Ihr einem von uns etwas tut, wird es auch dem and–« Er kam nicht mehr dazu, diese Lüge auszusprechen.

Ein weiterer Silbermann schritt auf mich zu, fürchtete sich jedoch deutlich davor, mir näher zu kommen. Ich nickte und deutete ihm eine Verbeugung an, die er dankend annahm. Also folgte ich ihm mit diesem Abstand in die dunklen Vulkangänge hinter Flinns Thron.

Obwohl wir schon halb in der Dunkelheit verschwunden waren, konnte ich nicht anders, als mich noch einmal umzudrehen. Ein letzter Blick auf diesen funkelnd brennenden Thron und einen König, dessen Ausstrahlung noch faszinierender war. Auch er sah mir nach, als wenn etwas entstanden wäre, das man von nun an nicht wieder loslassen konnte. Eine Verbindung, die nicht zu greifen war und wild in meinem Herzen pochte.

Deine Suche wird erst beendet sein,
wenn dein Herz in Frieden vergeben
und verzeihen kann.
~ Nate ~

KAPITEL 16

In all den Ablagen und Schubladen hatte Nate nicht wirklich etwas finden können. Entweder waren es Teile seiner Arbeit oder die Zahlbücher des Hauses gewesen, die sein Vater stets feinsäuberlich geführt hatte. Auch der Schreibtisch offenbarte keinen doppelten Boden oder ein Geheimfach, wie Nate erhofft hatte. Nirgendwo war ein Hinweis auf ein Geheimnis zu finden und er seufzte frustriert. Diese Suche hatte er sich wesentlich einfacher vorgestellt.

Nachdenklich ließ er sich auf den Stuhl am Schreibtisch sinken und betrachtete die Feder und das Tintenfass darauf. Nates Stirn zog sich in Falten. Sein Vater hatte die Feder nicht zurückgesteckt, sondern auf dem Tisch liegen gelassen, wo sie hässliche dunkle Flecken in das Holz gefärbt hatte. Das sah dem Ehrenträger in seinem Ordnungswahn überhaupt nicht ähnlich und Nate begann diesen ersten Hinweis zu wittern, als wäre er von nun an auf der Jagd. Er musste eine sehr eilige Notiz verfasst haben, bevor es passiert war.

Navas Erzählungen nach hatten seine Eltern einen Ausflug über das Wochenende unternommen, um etwas Wichtiges zu erledigen. Zwei Kindermädchen und der Butler hatten in der Zwischenzeit auf ihn und Nava aufgepasst. Erst auf dem Weg hierher zurück waren ihre Eltern überfallen worden. Sie hatten in einem kleinen Wagen gesessen, der von einem Pekko gezogen worden war, und bis heute konnte niemand etwas über den Täter sagen. Auch war nie von Schwierigkeiten die Rede gewesen, als sein Vater ihn alles über dieses Ehrenhaus und seine Übernahme gelehrt hatte. Oder hatte er all die Jahre ein wichtiges Detail übersehen?

Vielleicht gab es im Privatzimmer seiner Mutter einen deutlicheren Hinweis, auch wenn Nate diesen Raum zwanghaft versuchte zu vermeiden. Die liebevolle Art seiner Mutter empfing ihn mit einem Rosenduft und weißen Spitzenvorhängen. Der Raum war von Licht durchflutet und die Möbel hell und freundlich. Überall standen Vasen, in denen nun verwelkte Sträuße ihre Blätter über den Boden verteilt hatten. Schöne Bilder in prächtigen, goldverzierten Rahmen hingen an den Wänden und mit einem Mal erinnerte sich Nate an alte, längst vergangene Worte seiner Mutter. Wann immer Nava und Nate in der großen Eingangshalle gespielt hatten, hatte ihre Mutter dem nie Einhalt geboten. Doch da war ein riesiges Gemälde einer weißen Lilie, dem Wappen, auf das sie besonders achtgeben sollten. Sie durften es nie berühren und ihm nicht zu nahe kommen, für den Fall, dass die Kinder es beschädigten. Dieses Liliengemälde war ihrer Mutter immer heilig gewesen, doch bisher hatte sich Nate darüber nie weitere Gedanken gemacht. Bis jetzt. Es war das Wappen des Ehrenhauses, seit Generationen das Sinnbild dieser Familie – natürlich war es seiner Mutter immer von Bedeutung gewesen. Doch vielleicht lag so viel mehr dahinter.

Nate verließ das Zimmer und kehrte in die Halle zurück. Egal, ob man die linke oder rechte Treppe hinunterging, so steuerte man direkt auf das riesige Familiengemälde zu. Es war nicht zu übersehen. Ein Bild, auf dem eine Frau ein prächtiges weißes Kleid und einen großen Strauß Lilien trug. Die Blüten waren so riesig und einnehmend, dass das Gesicht der Frau nicht zu sehen war. Man konnte nur erahnen, dass es ein Brautkleid darstellen sollte. Früher hatte sich Nava oft vorgestellt, dass es die Hochzeit ihrer Mutter und irgendwann auch mal ihre eigene symbolisierte. Ja, vielleicht hatte sie sogar gehofft, dass dieses eine Bild – diese schöne Vorstellung – sie über alle Generationen verbinden würde. Der Rahmen war bronzefarben und mit vielen aufwendigen Verzierungen gekennzeichnet. Nate musterte diesen näher und erkannte einen winzigen Schalter an der Seite, den er mit einem Klicken betätigte. Erschrocken weiteten sich seine Augen, als er anschließend das Gemälde etwas beiseite schob und ein kleines Fach erschien.

Nate rang nach Atem und gleichzeitig drehten sich seine Gedanken. Würde dieser Moment das Geheimnis lüften, weshalb seine Eltern ums Leben gekommen waren?

Jede Veränderung beginnt mit Mut,
den ersten Schritt zu wagen,
und der Stärke, nicht hinunter
in den Abgrund zu blicken.
~ Nava ~

KAPITEL 17

Die Gemächer, wie Flinn sie genannt hatte, waren tatsächlich in die Vulkanhöhlen gebaute Zimmer, die mit einem Bett und einer flackernden Laterne ausgestattet waren. Der Boden war aus Gestein gefliest.

Der Silbermann erwähnte, dass bald jemand Wasser und etwas zu essen vorbeibringen würde. »Wegen der Flastresia braucht Ihr Euch nicht zu fürchten. Alle Gänge hinter dem Thron werden bewacht.« Er deutete an, mich im Zimmer zurückzulassen und die Tür zu schließen. Diese war ebenfalls mit dem eigenartigen Schimmer überzogen.

»Wieso sollte ich mich vor ihnen fürchten?«

Die Frage schien dem Wächter irgendwie unangenehm zu sein. Beinahe so, als wäre es vollkommen absurd und ungewöhnlich, so etwas zu fragen. »Wenn die Flastresia Feuer fangen, entzünden sie meist auch umliegendes Gebiet. Deshalb wurden die Türen zum Schutz mit ihren eigenen Schuppen verkleidet. Sie sind das Einzige, das dem Feuer standhält … auch dem Vulkan. Ihr seid also sicher, es gibt keine Möglichkeit, wie die Flammen in Euer Gemach gelangen könnten.« Er nickte mir zum Abschied zu und verließ den Raum, ohne weitere Fragen meinerseits abzuwarten.

Der Schreck saß mir lange in den Gliedern und ich konnte nicht mehr sagen, wie viele Minuten ich noch im Raum stand und kaum zu atmen wusste. Das Chaos in meinen Gedanken drehte sich viel zu schnell, als hätte sich mein gesamtes Weltbild gerade in den Abgrund gestürzt. Aber dem war irgendwie auch so, dachte ich und versuchte mich zu sammeln. Wir hatten den Fluch des Meeres gebrochen und gegen jede Wahrscheinlichkeit das Königliche Festland erreicht – das in Wahrheit überhaupt kein Paradies, sondern nichts mehr als verbrannte Überreste eines Vulkanausbruchs war. Keine Blüten, keine Städte, nur die vielleicht hundert Menschen, die im Inneren eines Vulkans lebten. Das war vollkommen verrückt und ich bezweifelte stark, dass Jayden und Nate mir diese Geschichte glauben könnten, ohne es jemals selbst gesehen zu haben. Ein schwerer Stein legte sich auf mein Herz und ich konnte auch den Kloß im Hals ganz plötzlich spüren, als ich an die beiden dachte. Sie fehlten mir so sehr, dass es mich jede Menge Kraft kostete, die Tränenmagie nicht siegen zu lassen. Sie durfte nicht die Oberhand über mich gewinnen und es war meine Pflicht, sie immer wieder in die imaginäre, eiserne Kiste zu sperren, die ich in meinem Inneren trug. Die Traurigkeit war ein Teil von mir, aber ich war stärker als sie. Ich musste stärker als sie sein – an jedem einzelnen Tag.

Ich erinnerte mich an Jaydens funkelnde Augen, als wir vor einiger Zeit über das Festland gesprochen hatten. Auch er hatte sich danach gesehnt, dieses Königreich einmal zu erblicken. Ob ich überhaupt jemals wieder sein Gesicht, seinen nachdenklichen Blick und die Magie der Aeringos darin sehen würde? Auch wenn uns nun das weite Meer voneinander trennte, so hoffte ich, dass unser gemeinsamer Plan funktionieren und er die Mädchen wie auch die Unzurechenbaren vor den Traditionen der Stadt bewahren würde, damit die Meere gerettet werden konnten. Es war unmöglich, das alles allein zu bewältigen, und ich wünschte, ich könnte an seiner Seite sein. Da war auch kein Abschied Nate gegenüber gewesen, kein einziger Moment, in dem ich meinen Verrat hätte entschuldigen können. Ich seufzte. Aber vielleicht … Einen Moment lang hielt ich inne und blickte auf. Wenn es stimmte, was der alte Kapitän erzählt hatte, so war es allein mein Verschulden, das uns über den Fluch hinaus zum verbrannten Land getrieben hatte. Hatte Tarameas Kraft, die Magie des Wassers, diese jahrzehntelang gehegte Legende in die Knie gezwungen? War das der tatsächliche Grund für unsere Ankunft?

Wenn dem so war, dann würden wir auch heimkehren, stellte ich mit einem Anflug von Erleichterung fest. Heimkehren. Nicht nach Marenna, sondern zu den Menschen, die ich liebte. Zu dem Ehrenhaus meiner Eltern, das unser Erbe war – egal wie der Hohe Rat entschieden hatte. Das war unsere Heimat, das war der Ort, an den ich zurückkehren und an dem ich mit Nate und Jayden leben wollte. In keinem anderen Paradies könnte ich jemals so zu Hause sein wie dort, wo uns noch ein großer Kampf bevorstand. Eine Rebellion, die die Stadt für immer grundlegend verändern sollte.

Später brachte eine Frau etwas Essen und einen Krug voll Wasser. Ohne auch nur ein einziges Wort mit mir zu sprechen, stellte sie es ab, nickte mir zögerlich zu und verschwand direkt wieder durch die Tür, die mit den eigenartigen Schuppen versiegelt war. Hoffentlich würde sich mir noch einmal die Möglichkeit bieten, mit König Flinn zu sprechen, damit ich ihn nach den seltsamen Tieren fragen konnte. Doch was hatte er überhaupt mit uns vor? Mit diesem einfach eingerichteten Gästezimmer konnte ich mich noch glücklich schätzen, nachdem er Tyler direkt in den Kerker verwiesen hatte. Was würde mit dem Kapitän und den anderen Wachmännern geschehen und war er gnädig genug, uns jemals wieder heim segeln zu lassen?

Ein Schauer jagte mir über den Rücken, als ich an den seltsamen Moment mit Flinn dachte. Die spürbar aufgeladene Spannung, die wie das Funkeln der Aeringos die Dunkelheit erhellte. Eine Anziehung, die uns miteinander verbunden hatte. Ob ich es mir nur einbildete, weil ich Jayden so sehr vermisste? Schnell schüttelte ich den Kopf, als könnte ich mir bald selbst nicht mehr glauben. Aber wer war dieser seltsame König, der das Paradies in Asche verwandelt hatte?

Mein Hungergefühl drängte sich energisch zwischen die Gedanken und ich ging auf das Tablett zu. Auch bei näherem Betrachten erkannte ich keine Unterschiede zu den Lebensmitteln auf der Insel Mar. Ob das dem ständigen Handel über die Schiffe geschuldet war? Denn scheinbar belieferte nicht das Festland uns mit Nahrung, sondern wir das verbrannte Königreich. Aber zu welchem Preis und welchem Nutzen für Marenna?

Es tat gut, etwas Gewöhnliches zu essen und wieder festen Boden unter den Füßen zu haben. Vielleicht sollte ich mich auch eine Weile hinlegen und all das Chaos erst einmal verdauen. Innerhalb der letzten Tage war so viel Wirres passiert, das sich kaum mehr in geordnete Bahnen lenken ließ. Wann war meine Weltanschauung so aus dem Ruder gelaufen?

Nachdem ich gegessen hatte, kroch ich vorsichtig in das Bett und wünschte mir, Jayden könnte hier sein und lediglich einen Moment bei mir liegen. Er vermittelte mir das Gefühl von Sicherheit, obwohl wir in einer Welt lebten, in der nichts ihrem Anschein entsprach. Und schon gar nichts mehr wirklich sicher war.

Ich musste tatsächlich eingeschlafen sein, denn erst mit einem energischen Klopfen an der Tür erwachte ich wieder. Erschrocken und für einen Moment verwirrt blickte ich mich in dem spärlichen Gästezimmer aus dunkelgrauen Wänden um.

»Nava?«, fragte eine raue Stimme hinter der Schuppentür, die merkwürdig in verschiedenen Farben schimmerte. Diesen Klang erkannte ich sofort und fragte mich im nächsten Moment, was König Flinn von mir wollte. Insgeheim hatte ich gehofft, dass wir einander noch mal gegenüberstehen würden, doch tatsächlich hatte ich nicht so bald damit gerechnet.

»Nava?«, wiederholte er erneut, weil ich nicht reagierte.

Schnell rappelte ich mich auf und strich über das Kleid, das ich trug. »Ja, bitte?« Es gab keinen Spiegel im Schlafzimmer, was in Marenna sehr ungewöhnlich wäre. Ich hoffte darauf, dass sich der Schlaf nicht in kleinen Falten auf meinem Gesicht abzeichnete und meine Haare nicht wirr in alle Richtungen abstanden.

König Flinn öffnete die Tür und trat mit zwei Wachmännern in das Zimmer. Seine Augen fanden sofort die meinen und ich hatte das Gefühl, zu viel in seiner Miene zu sehen. Faszination?, dachte ich kurz, bevor ich zu einem Knicks ansetzte. Auch wenn es diesen strengen Anstand auf dem Festland nicht zu geben schien, so wollte ich mich dem König gegenüber nicht unhöflich verhalten. Nicht nachdem, was am Vortag geschehen war.

»Majestät …« Schnell richtete ich meinen Blick zu Boden, weil ich nicht wusste, wo ich sonst hinschauen sollte, ohne an seinen Augen haften zu bleiben, die so dunkel waren wie seine lockigen Haare, in denen die schimmernde Krone beinahe versank.

Er räusperte sich und hielt einen Moment inne, bevor er sprach. »Ich habe Wachen losgeschickt, um Euer Gepäck vom Schiff bringen zu lassen. Bis es eingetroffen ist, bitte ich um ein wenig Eurer Zeit. Ich möchte Euch etwas zeigen.«

Sofort hob ich den Kopf und sah ihn an, suchte eine Erklärung in seinem Blick, aber erneut schien ich in dem Schwarz seiner Augen in ein tiefes Loch zu fallen.

»Aber natürlich.« Ich nickte ihm zu. Hatte sich sein linker Mundwinkel gerade bewegt? Als versuchte er, sein Grinsen zu verbergen.

»Kümmert euch um das Gepäck!«, wies er die Wachmänner an und schickte sie mit einer energischen Geste fort. »Und seht zu, dass sonst niemand den Vulkan verlässt, bis wir zurück sind!« Seine laute Stimme ließ mich zusammenzucken und rief mir wieder in Erinnerung, welch hohe Autorität und große Verantwortung er trug. Ein junger Mann wie Jayden oder Nate, der ein Land, ein gesamtes Königreich regierte. Tyler war kaum in der Lage, sein eigenes Ehrenhaus ohne Madame Patrice zu führen.

Die beiden Wächter verließen den Raum und Flinn sah mich abwartend an. »Bereit für einen Rundgang?«, fragte er plötzlich sehr höflich und ungewöhnlich leise. Lediglich der raue Unterton seiner Stimme blieb.

»Selbstverständlich. Nach Euch.« Ich nickte ihm zu, doch er schüttelte sofort den Kopf.

»Bitte geht neben mir.« Seine Worte verblieben einen Atemzug lang einfach zwischen uns, bevor ein ungewolltes Lächeln über mein Gesicht huschte.

»Sehr gern«, fügte ich hinzu und gemeinsam verließen wir den Raum.

Als wir erneut durch die engen Windungen des Vulkans gingen, hatte ich dieses Mal mehr Zeit, all die Einzelheiten darin zu begutachten. Die Böden und Wände waren eine eigenartige Mischung aus dunkelgrauem Gestein und gepresster schwarzer Kohle, wie mir schien. Bis wir wieder die Ebene des Throns erreichten, war alles schmal und düster. Lediglich das orangefarbene Leuchten der gehärteten Lava unter unseren Füßen versorgte die Gänge mit schwachem Licht.

»König Flinn, wie … Wie ist das möglich? Hier in diesem … Vulkan …?«, fragte ich und hielt dennoch wieder inne. Gab es auf die Magie unserer Welt überhaupt noch Antworten?

»Ihr kennt doch sicher die Legende über die Alte Welt, oder nicht? Über die beiden Königssöhne unterschiedlicher Väter, deren Eifersucht das Festland in einen jahrzehntelangen Krieg versetzte, bis die beiden starben. Zu Beginn der Kriege schottete sich die Spitze des Festlandes auf magische Weise ab und driftete immer weiter und weiter ins verfluchte Meer hinaus. Eure Insel Mar entstand, auf der die Menschen, die zur Zeit des Krieges dort Zuflucht gesucht hatten, für immer leben mussten. Der Fluch ließ keinen Geflohenen je wieder auf das Festland zurück.« Er warf mir einen langen, wissenden Blick zu. »Anscheinend bis heute.«

»Aber was ist nach den Königssöhnen mit dem Festland passiert?«

Als wir seinen Thron erreichten, blieb er stehen. »Man sagt, der Vulkan selbst habe das Leben der beiden streitenden Herrscher beenden wollen. Aber er begrub bei seinem Ausbruch nicht nur sie und ihren ewigen Krieg, sondern auch das gesamte Land unter sich. Es gab im Vergleich nur wenig Überlebende, die sich danach mühsam wieder zusammenfanden und vereinten.«

»Aber es kann doch unmöglich das gesamte Festland davon betroffen sein?« Ich starrte ihn ungläubig an. Das Königreich musste doch weiter reichen, als der Vulkanausbruch es beschädigt hatte.

Flinn seufzte. »Der Vulkan ist eine Gottheit, habt Ihr davon denn niemals gehört? Früher, sehr lang vor unserer Zeit, heiligten die Menschen des Königreiches den Vulkan, opferten ihm Gaben, um ihn nicht zu verärgern. Doch in der Zeit der Kriege vergaßen die Menschen diese Tradition und die Wichtigkeit der Götter. Männer starben in den Kämpfen und Mütter sorgten sich um ihre Kinder. Sie achteten die Gottheit im Vulkan nicht mehr und wurden mit dem Ausbruch bestraft. Dieser sollte sie an den Glauben und die Ehre der Götter erinnern. Und aus diesem Grund, um die Menschen wieder mehr an den Vulkan zu binden – so glauben wir – ist der Vulkan und ein kleiner Umkreis von einigen Kilometern von der Asche verschont geblieben. Alles darüber hinaus ist von den Giften des Ausbruchs verpestet und es ist uns nicht mehr möglich, dort zu atmen. Die Weiten des Festlandes, wie Ihr meintet, sind ebenso begrenzt worden wie Eure verfluchte Insel. Wir alle sind in irgendeiner Art und Weise vom Fluch gekennzeichnet worden.«

Mir stockte der Atem, nie zuvor hatte ich davon gehört, geschweige denn geahnt, dass beide Seiten einem Fluch zum Opfer gefallen waren. Es gab nicht die helle und die dunkle Seite – das Paradies und den Fluch. Wir waren eins.

»Das … Das ist …« Mir fielen hundert Worte ein und dennoch keines, das ich über die Lippen brachte. *Unglaublich? Fantastisch? Traurig? Aussichtslos?* Ich wusste nicht, wie ich das, was ich soeben erfahren hatte, beschreiben sollte.

Flinn schien mir meine Sprachlosigkeit anzusehen. »Durch den Handel mit Mar erhalten wir Euer Silberglas, aus dem wir uns Rüstungen schmieden. Sie schützen uns aber nur in einem gewissen Maß vor den giftigen Gasen. Atmen, geschweige denn leben ist dort draußen nicht möglich. Ich fürchte, das bewohnbare Festland ist noch kleiner als Eure verfluchte Insel.« Seine Finger strichen nachdenklich über den Thron. Dann erst ging er weiter den schmalen Pfad aus Lava entlang.

»Der Major unserer Insel hat die Einzige Stadt eingemauert und untersagt es, sie zu verlassen, weil ein Leben außerhalb angeblich nicht möglich sei.« Ich stieß ein verächtliches Schnauben aus, das Flinn aufhorchen ließ.

»Aber Ihr seid außerhalb der Stadt gewesen, oder nicht? Weil Ihr eine …« Er wollte *Hexe* sagen, doch hielt augenblicklich inne. »Weil Ihr dieses *Geschenk* tragt«, umschrieb er es stattdessen.

Ich musste beinahe lächeln. »Ja, ich erhielt es dort, aber für das Verlassen der Stadt wird einem in Marenna die Todesstrafe auferlegt. Der Major machte nur eine Ausnahme, damit ich die Männer über das Meer begleite«, erklärte ich ihm.

Er starrte mich an. Tobte da so etwas wie Wut in seinem dunklen Blick? »Wenn Ihr zurückkehrt, könnte Euch also der Tod erwarten?«, fragte er.

»Wenn ich zurückkehre, erwartet mich ein Kampf«, antwortete ich mit leiser Stimme.

Seine Augen weiteten sich neugierig. »Ein Kampf? Ich wusste, Ihr seid anders.« Seine Mundwinkel hoben sich zu einem Grinsen. »Aber jetzt – jetzt müsst Ihr mir unbedingt Eure Geschichte erzählen!«

»Einen Moment noch …« Ich hob die Hand, als wir gerade die Ausgangsebene erreichten. »Wie weit reicht diese aschefreie Zone? Und wie seid Ihr auf den Thron gelangt?«

Flinn holte tief Luft, der leichte Anflug eines Lächelns war augenblicklich verschwunden. »Lasst uns erst nach draußen gehen, bevor wir unser Gespräch fortführen.« Der König hatte recht, denn die

Menschen im Vulkan starrten uns heimlich an, sahen fragend auf uns herab. Von der Grundebene aus konnte man nach oben durch ein kleines, kreisrundes Loch den Himmel erblicken und zu den Seiten waren offene Einkerbungen in den Vulkanwänden, wie kleine Felsvorsprünge ragten sie daraus hervor. In jeder von ihnen tummelten sich ein paar Menschen, die in verschiedenen Höhen lebten. Kaum hatten wir diese Hauptebene erreicht, bemerkte ich auch wieder die Hitze, die aufstieg und nach draußen drängte. In den Tiefen des Vulkans war es tatsächlich viel angenehmer gewesen.

»Lebt Ihr in Marenna auch eine solche Klassengesellschaft?« Flinn deutete mit einem Nicken nach oben. »Die Hohen leben unten in der Kühle und die anderen müssen in der Hitze ausharren.«

Ich folgte seiner Andeutung und sah nach oben. Kaum vorzustellen, welche Temperaturen dort oben in den kleinen aufgebauten Zelten herrschten. Es musste furchtbar sein.

»Ja, und es ist schrecklich. Aber Ihr, Ihr seid der König. Ihr könntet es ändern!« Der Nachdruck in meiner Stimme war nicht zu überhören.

»Ändern?!«, stieß er hervor, während er weiter Richtung Ausgang ging. »Der Rest des Festlandes ist unbewohnbar, wir haben nur den Vulkan und auch der bietet nicht unendlichen Platz. Also bitte sagt mir, wie ich die Situation ändern sollte?« Seine Stimme war aufgebracht und donnerte mir lauter entgegen, als ich erwartet hatte. Dunkel sah er mich an und ich erinnerte mich, dass wir uns nicht im Paradies befanden. Er hatte die Macht, die Dinge zu ändern, wie der Major in Marenna – und dennoch konnte er nichts gegen dieses Schicksal ausrichten.

Ich holte tief Luft und biss mir auf die Lippe. Er war nicht der Major, der Mädchen sterben, der ihnen keine Rechte und keine andere Wahl ließ. Flinn war der König in einem verlorenen Reich, das dem Untergang geweiht war, und er konnte nichts dagegen tun. »Wie seid Ihr König geworden?«, fragte ich, als wir die Hitze des Vulkans endlich hinter uns gelassen hatten und ins Freie traten. Schnell sah ich mich um und versuchte diesen Umkreis zu erkennen, von dem Flinn gesprochen hatte. Und tatsächlich war dies auch der Grund, warum man kaum weiter sehen konnte als vom Meer bis zum Vulkan: Alles andere verschwand im Nebel der Asche. Das war unmöglich!

»Als alle Hochgeborenen ausgestorben waren, suchte man einen Thronfolger im verlorenen Königreich. Jungen, die ihre Volljährigkeit erreicht hatten, sollten auf die Probe gestellt werden, um den neuen Anführer zu finden und zu küren.«

Gebannt lauschte ich seinen Worten. Seine Welt war voller neuer Geschichten gefüllt mit Wahrheiten über alte Legenden und Sagen, die uns in Marenna immer nur erzählt wurden. »Was war das für eine Aufgabe?«, fragte ich flüsternd, als wir über den Ascheboden gingen.

»Sie ließen uns auf das Meer hinausschwimmen, um Stärke und Durchhaltevermögen zu beweisen. Es bestand die Chance aufzugeben, doch wer aufgab, schied damit natürlich aus.« Er machte eine kurze Pause und blickte blinzelnd zu Boden, als wäre ihm der Moment unangenehm. »Unzählige Jungen ertranken an diesem Tag im Meer, es war grauenhaft. Als ich versuchte, einen Freund aus den Fluten zu retten, wurde ich selbst von einer Welle erfasst und viel zu lange unter Wasser gedrückt. Wahrscheinlich wäre ich ebenso mit ihnen ertrunken, aber das Meer wollte mich nicht. Wie einen Verstoßenen spuckte es mich wieder aus und spülte mich an Land.«

»Ihr wart der einzig Überlebende«, hauchte ich fassungslos.

Flinn nickte. »Sie sagten, es sei eine Ehre, König des Festlandes zu sein, aber für mich war es das nicht. Ich verlor mich an diesem Tag selbst und meine Krone wurde mit vielen Leben bezahlt. Unnötigen Leben. Dabei habe ich nie darum gebeten, König zu sein.« Graue Asche wirbelte mit seinen Schritten auf und legte sich ebenso schnell wieder, wie sie aufgestiegen war.

Schweigen schlich sich zwischen uns und ich versuchte zu begreifen, was er mir da gerade erzählt hatte. »Ihr wurdet auserwählt, auch wenn diese Auswahl einen hohen Preis hatte. Tragt Eure Bestimmung dennoch mit Würde.« Es war kaum möglich, dafür die richtigen Worte zu finden, und ich hoffte, er verstand, wie schwer sie mir tatsächlich fielen. Allein die Vorstellung, wie er nach den Ertrinkenden tauchte, selbst um sein Leben rang, war erschreckend und beängstigend.

»Tragt Ihr die Eure denn auch mit Stolz, Nava?« Seine raue Stimme klang beinahe mitfühlend und er sah mich dabei eindringlich an. Er wusste noch nichts über mich und dennoch glaubte ich, eine Nähe, eine Verbundenheit unserer Schicksale zu spüren.

Diese Frage traf in meinem Inneren auf etwas, das ich bisher nur mit Jayden hatte teilen können. Nur er kannte meine wahre Bestimmung – unsere Bestimmung –, die Stadt und unzählige Leben zu verändern. Er war dabei gewesen, als Taramea mir ihre Magie überlassen hatte, und nur er wusste, zu was sie fähig war. Trotzdem war Flinn es gerade, der in dem Flimmern meiner Augen nach einer Antwort zu suchen schien und eine Verbindung erzeugte, die doch eigentlich Jayden und mir galt.

»Ja«, antwortete ich nach einer langen Pause. »Ja, ich trage diese Bestimmung mit Würde, auch wenn sie mich vielleicht den Kopf kosten mag.«

Flinn kniete zu Boden. Seine Finger strichen durch die Asche und kurz darauf hielt er etwas Schimmerndes in der Hand. »Wollt Ihr wirklich auf Eure Insel zurückkehren und womöglich mit dem Leben bezahlen?« Er hielt mir die offene Hand entgegen, in der eine Schuppe der Flastresia lag. Sie war hell und schimmerte wie Perlmutt. Ein türkisfarbener Schein veränderte sich je nachdem, wie man sie wendete. Sie war wunderschön.

»Ich weiß nicht, was Ihr bisher über Mar gehört habt, Majestät«, begann ich meine Geschichte. »Die Einzige Stadt wird von Marennas Major seit Jahrzehnten eisern regiert. Frauen haben keine Rechte und dürfen nicht frei entscheiden, wen sie lieben.« Schnell wandte ich den Blick von ihm ab, da er mich zu neugierig musterte. »Mit der Volljährigkeit ist es den Männern erlaubt, sich eine Frau zu erwählen. Ganz gleich, ob sie ihn ebenso heiraten möchte oder nicht. Versteht Ihr? Die Frauen werden ohne die Möglichkeit auf eigene Meinung an einen Fremden übergeben. Aus diesem Grund nehmen sich unzählige Mädchen vor ihrem achtzehnten Geburtstag das Leben, um gegen diese Tradition zu rebellieren. Doch ihre Stimmen sind zu leise, um erhört zu werden. Nichts daran ändert sich, außer, dass es von Tag zu Tag mehr werden.« Meine Hände hatten sich zu Fäusten geballt. Magie begann auf meiner Haut unruhig zu flimmern.

»So solltet auch Ihr an diesen Tyler verheiratet werden, obwohl Ihr nicht wolltet«, stellte Flinn mit nachdenklicher Mimik fest.

»Ja, aber da ist noch etwas anderes.« Für einen Moment hielt ich inne und überlegte, wie man all die Seelenlosen beschreiben sollte, wenn man sie nie gesehen hatte. »In Marenna sind sehr viele Menschen … leer. Sie sprechen nicht mehr, leben nicht wirklich. Sie existieren ohne Bewusstsein und werden seit Generationen eingesperrt.«

Flinns Stirn zog sich fragend in Falten.

»Auch mein Bruder verlor seine Seele mit dem Tod unserer Eltern«, brachte ich den Satz schmerzhaft hervor. »Auch er sollte eingesperrt werden, doch ich konnte ihn retten. Hiermit.« Ich schloss für einen Moment die Augen und ließ alte Erinnerungen erwachen. Tränenmagie sammelte sich, tanzte in Punkten um mich herum. Als ich aufblickte, erkannte ich das endlose Staunen in Flinns Augen.

»So etwas habe ich noch niemals gesehen.« Er versuchte die Magie zu berühren, was ihm nicht gelang. Immer wieder wich sie von ihm.

»Es ist meine Aufgabe, auch all die anderen verlorenen Menschen in Marenna zu retten. Ebenso wie ihnen steht auch den Mädchen die Freiheit zu. Es ist Zeit, etwas zu verändern, es muss endlich etwas …«

»Das scheint Euer Lieblingswort zu sein.« Ein Lächeln umspielte seine Lippen. »*Verändern*. Ihr benutzt es häufig.«

»Ist es denn nicht …« Doch bevor ich ausgesprochen hatte, hob Flinn den Zeigefinger und legte ihn sich anschließend auf den Mund. Aufmerksam blickte er sich um und schien im Grau des Horizonts mehr zu erkennen als ich. Es dauerte lange, bis sich zwischen Asche und Gift lange Gestalten formten. Langbeinige Wesen, die in einer Herde auf uns zuliefen. Flastresia, schoss es mir durch den Kopf und gleichzeitig hatte ich so viele Fragen. Doch noch immer gab Flinn mir zu verstehen, dass es nun besser war, nichts zu sagen und all die stummen Fragen für einen Moment lang in den Hintergrund zu schieben.

Immer deutlicher bildeten sich die Tiere des Festlandes im nebligen Grau ab. Stelzige Beine, die von denselben Schuppen geziert waren wie jene, die Flinn mir in die Hand gelegt hatte. Ein gefiederter Körper und ein langer, schmaler Hals mit einem zierlichen Kopf, dessen Schnabel ebenso in Perlmutt glitzerte.

Sie beäugten uns mit skeptischen Mienen und traten langsam auf uns zu. Inzwischen konnte ich auch die Farbe der langen, mächtigen Federn erkennen, die in ein blasses Türkis getaucht waren. Grazil war das Wort, das mir zu ihnen einfiel, denn sie wirkten ebenso elegant wie auch faszinierend.

Als uns nur noch fünfzig Meter von den Flastresia trennten, senkten die Tiere ihre Köpfe, als bäten sie um Verzeihung. Doch das war schlichtweg unmöglich! In der Großen Weite waren wir dankbar, von den Aeringos nicht angegriffen zu werden und hier verneigten sich die Wesen vor den Menschen? In was für unterschiedlichen Welten wir doch lebten, obwohl es ein und dieselbe war.

»Sie sind wunderschön«, hauchte ich Flinn tonlos zu und meinte, ein schwaches Lächeln in seinem Gesicht zu erkennen.

»Vergesst nicht, sie sind ebenso gefährlich wie schön. Beinahe wie Ihr.« Unsere Blicke trafen sich und überbrückten die anschließende Stille lauter als jedes Wort und jeder wildpochende Herzschlag. Uns blieb keine weitere Zeit, darüber zu sprechen, denn eines der Tiere trat zielstrebig auf uns zu und weitete die grünblauen Flügel. Ein wildes Krächzen entwich seiner Kehle.

»Er wird sterben«, flüsterte Flinn mit rauer Stimme.

Voller Entsetzen sah ich ihn an. »Was sagt Ihr da?«

Er griff hinter seinen Rücken, tastete nach etwas, das nicht da war. »Verdammt.« Er verdrehte die Augen. Dieser König war nicht, wie man sich einen Herrscher vorstellte. Er war ganz und gar nicht mit dem Major von Marenna zu vergleichen. »Es ist unklug, unbewaffnet hinauszugehen. Aber Ihr habt nichts zu befürchten.« Er senkte den Kopf ebenfalls. »Seht genau zu, denn wahrscheinlich habt Ihr nie wieder die Möglichkeit, etwas derart Seltsames zu sehen.«

Wieder ertönte das Krächzen des Tieres und flatternd bewegte es sein Gefieder. Zuerst glaubte ich ein leises Rascheln zu vernehmen, das aber allmählich in das Knistern von Flammen überging. Helle, mintfarbene Flammen züngelten zwischen den Federn und loderten immer höher auf. Mein Herz setzte aus und mir stockte der Atem. Der Drang, diesem Wesen zu helfen oder Flinn zu bitten, irgendetwas dagegen zu tun, war enorm groß. Doch der König neben mir verhielt sich ausgesprochen ruhig und hätte er zu Beginn nicht bereits erwähnt, dass die Tiere regelmäßig in Flammen aufgingen, so hätte ich den Anblick nicht länger ertragen können. Der Flastresia leuchtete im mintgrünen Schein des Feuers, als sich auch der Boden aus Asche unter seinen Füßen in Glut verwandelte. Beinahe wütend krächzte er erneut und irgendwie klang es … ungeduldig. Funken stoben auf, als er mit den Flügeln schlug.

»Wir wissen nicht, ob es ihnen tatsächlich Schmerzen bereitet«, erklärte Flinn.

Kurzzeitig wandte ich den Blick von dem brennenden Flastresia ab, um im Dunkel seiner Augen zu versinken.

»Sie haben ein Gespür dafür, wann es Zeit ist, in das Ewige Feuer zu gehen und dann trennen sie sich von der restlichen Gruppe, um die anderen nicht zu gefährden.«

Gebannt lauschte ich seinen Worten und als der Schein plötzlich schwächer wurde, richtete sich mein Augenmerk wieder auf den Flastresia, der bereits zu Asche zerfallen war. Ein kleiner, glimmender Haufen aus Glut, in dem die Schuppen, die letzten Überreste des Vogels lagen.

»Es dauert lange, bis die Glut vollständig erloschen ist und erst dann werden die anderen Tiere die Schuppen mit Asche bedecken. Vorher trauen sie sich nicht in die Nähe.«

»Weil sie sonst ebenfalls in Flammen aufgehen würden«, flüsterte ich.

Flinn nickte. »Euer Major zahlt ausgesprochen gut für die Schuppen der Flastresia. Ich weiß nicht, welche Verwendung er dafür hat, aber sie sind das Einzige, womit wir den Handel bezahlen können. Dafür erhalten wir Nahrungsmittel und Silberglas. Verwendet Ihr sie auf Mar als Zahlungsmittel?« Er deutete auf die Schuppen, doch ich schüttelte den Kopf.

»Wie lange sagt Ihr, besteht dieser Handel bereits? Wie viele von diesen Schuppen müsste der Major inzwischen besitzen?«, fragte ich, während ich krampfhaft überlegte, was der alte Mann mit all dem funkelnden Material anzufangen wusste. Oder ging es nur um den reinen Besitz?

»Mehr als genug, denke ich«, gab Flinn zur Antwort. »Wir hatten die Befürchtung, er würde eines Tages über das Meer kommen, um uns anzugreifen, weil seine Gier auf die Schuppen zu groß geworden ist.« Er machte eine kurze Pause. »Stattdessen schickte er uns einen Jungen und ein verzaubertes Mädchen. Damit hatten wir nicht gerechnet.« Lange sah er mich an und schien wieder einmal die blaue Magie in meinen Augen zu betrachten.

»Wir sollten zurückgehen.« Ich wandte meinen Blick zur Glut und zu den anderen Flastresia. »Wir wollen doch niemanden in Unruhe versetzen – weder die Menschen noch die Tiere.« Flinn nickte daraufhin ohne Widerworte und wir traten unseren Rückweg zum Vulkan an.

Als wir wieder den Eingang erreichten, bat Flinn mich erneut darum, sich vor der Gottheit des Vulkans zu verbeugen. Er selbst sprach ein paar murmelnde Worte, die ich jedoch nicht verstand. Sofort dachte ich an die grausame Geschichte, die er mir erzählt hatte, nämlich wie er König geworden war und dass er nie darum gebeten hatte. Die Ungerechtigkeit schlug um sich wie eine ansteckende Krankheit. Sie fragte nicht, sie entschied einfach.

Flinn begleitete mich wieder zu meinem Gästezimmer, aber unser Weg verlief auffallend still. In meinen Gedanken dagegen geschah so viel und jede Menge Bilder zogen vor meinem inneren Auge vorbei. Die Parallelen und Probleme unserer Welten, die vollkommen anders und dennoch irgendwie ähnlich waren.

Bevor ich mein Zimmer betrat und mich von ihm verabschiedete, stellte ich ihm noch eine Frage, die mir sehr auf der Zunge brannte. »Werdet Ihr uns hier gefangen halten oder erlaubt Ihr es, dass wir eines Tages wieder heimkehren?« Ich sprach leise, damit uns niemand hören konnte. Obwohl ich bezweifelte, dass sich noch andere in den dunklen, unterirdischen Gängen des Vulkans befanden.

Flinn schien eine Weile über die Frage nachzudenken, dann seufzte er. »Ihr dürft heimkehren, wenn der Zeitpunkt gekommen ist«, antwortete er. »Schließlich habt Ihr einen Kampf zu führen. Und Bestimmung ist Bestimmung. Es liegt nicht in meiner Macht, Euch dieser Aufgabe zu entziehen.« Er musterte mich, während er sprach, und wieder glaubte ich, eine Verbundenheit zwischen uns zu spüren. Etwas, das sich nicht erklären ließ.

Jayden drängte sich augenblicklich in meine Gedanken und ein Gefühl von Reue schlich sich ein. Ich liebte Jayden, ohne Frage, und ich war mit ihm durch alles, was wir gemeinsam erlebt hatten, stärker verbunden als mit einem seltsamen König, den ich gerade mal einen Tag kannte. Dennoch war da etwas zwischen uns, das ich nicht beschreiben konnte.

»Ich danke Euch vielmals.« Ich setzte zu einem Knicks an, als er nach meiner Schulter griff.

»Nein, bitte lasst das. Verbeugt Euch nicht.«

Irritiert und dankbar zugleich sah ich ihn an.

»Wir beide tragen eine Bestimmung. Demnach sind wir gleichzustellen. Keine Bestimmung ist höher als die andere.« Er zog seine Hand zurück. Einen langen Moment brannte die Stelle der Berührung noch nach. Ein Lächeln schlich sich auf mein Gesicht und er erwiderte es, ohne zu zögern.

»Danke«, war alles, was ich sagte, bevor ich in das Zimmer trat und die Tür hinter mir verschloss. Was für ein eigenartiger und gleichzeitig wunderbarer Tag.

In der Zwischenzeit war die Truhe vom Schiff in meinem Zimmer eingetroffen und jemand hatte mir erneut Wasser und Essen auf einen kleinen Tisch gestellt. Die Erschöpfung des heutigen Tages machte sich in all meinen Gliedern bemerkbar und ich dachte sehnlichst an ein heißes Bad. Doch bisher hatte ich keinen Waschraum ausmachen können. Spätestens morgen früh würde ich jemanden danach fragen.

Ich wechselte das Silberkleid gegen ein helles Nachthemd, aß ein paar Bissen Obst und ließ meine Gedanken dabei über das Meer in Richtung Heimat gleiten. Verloren dachte ich an alles und nichts. Daran, dass unsere Lebensmittel vom Major in schillernden Schuppen erkauft waren und dass ich mich fragte, welchen Nutzen er davon hatte. Ob es etwas mit den Unzurechenbaren im Inneren der Burg zu tun hatte? Ich grübelte, ob es einen Zusammenhang zwischen den Seelenlosen und dem Flastresia-Gold gab. Dann schweiften meine Gedanken zu Nate und Jayden, die sich hoffentlich getroffen und bereits mehr über die Untergrundorganisation der Mädchen herausgefunden hatten. Es blieb zu hoffen, dass zumindest ihr Plan funktionierte.

Ich dachte einen Moment länger darüber nach. Denn auch wenn mein Plan nicht aufgegangen war, so hatte er mich weitergeführt, als ich jemals für möglich gehalten hatte. Anstatt sich in der Burg des Majors einkerkern zu lassen, um näheren Zugang zu den Unzurechenbaren zu erhalten, hatte ich nun das

Königliche Festland erreicht und viele seiner Wahrheiten erfahren, die den anderen Menschen auf Mar verborgen waren. Und ich glaubte mir einzubilden, in Flinn einen stillen Verbündeten gefunden zu haben. Auch er trug schwer an seiner Aufgabe, doch wir beide verstanden die Wichtigkeit dahinter, dass es unsere Pflicht war, sie zu erfüllen, auch wenn wir diesen Weg nicht ganz freiwillig gewählt hatten.

In der Nacht suchten mich Träume von brennenden Vögeln und glitzernden Schuppen heim, die wie Regen auf das offene Meer fielen. Ich träumte von Mutproben und von dem Tag, an dem Flinn an Land gespült und zum König gekrönt wurde. Von der Traurigkeit in seinem Herzen, die ich bei diesen Erzählungen gespürt hatte, und von dem Wunsch, ihn von diesen Schmerzen zu heilen.

Verstecke dich nicht in der Dunkelheit,
wenn da draußen das Licht auf dich wartet.
~ Jayden ~

KAPITEL 18

Der Abstieg in den unterirdischen Lagerraum gelang Jayden nur unter großer Konzentration, denn immer wieder bröckelten alte Mauerstücke ab und Staub-schwaden versperrten ihm die Sicht. Die Gänge und Räume wirkten wie Ruinen aus einem anderen Jahrhundert. Wann waren diese Lagerräume des Hafens zuletzt benutzt worden?

Irgendwo vernahm Jayden ein Huschen, ein flüsterndes Plappern und sofort horchte er auf. Sein Pulsschlag beschleunigte sich bei dem Gedanken daran, dass Eméri ebenso hier gewesen war. Dass sie diesen Ort dem Leben vorgezogen hatte. Er schluckte die bittere Verzweiflung hinunter und folgte dem alten steinernen Flur in den nächsten Raum.

»Hallo?«, rief er, ohne eine Antwort zu erwarten. »Habt keine Angst, aber ich brauche dringend eure Hilfe.« Jayden hoffte, die Mädchen nicht in die Flucht zu schlagen, sondern Gelegenheit zu haben, um ihren Rat zu bitten. Im nächsten Raum waren alte Holzkisten gestapelt, hinter denen schutzsuchend ein paar Mädchen standen.

Eine von ihnen trat mit vor der Brust verschränkten Armen hervor. »Was willst du hier?«, fragte sie kurz angebunden und ihre Augen funkelten skeptisch. »Du hast hier nichts verloren.« Sie hatte sehr kurz geschnittenes schwarzes Haar, was recht untypisch für die hochgeborenen Mädchen aus den Ehrenhäusern war.

Sofort fühlte sich Jayden ertappt. Diese gesamte Untergrundorganisation war nicht sonderlich typisch für die Traditionen Marennas. »Bitte entschuldigt.« Jayden hob die Hände und ging einen Schritt zurück. »Ich möchte keinen Ärger, aber ich brauche dringend eure Unterstützung und hoffe, ihr könnt mir helfen.«

Das Mädchen schnaubte. »Und wieso sollten wir?«, fragte sie schnippisch. »Wir sind nicht auf Männer wie dich angewiesen.«

Jayden schluckte erneut. Vielleicht war es keine gute Idee gewesen, dass ausgerechnet er hatte versuchen wollen, die Unsichtbaren Mädchen von ihrem größeren Plan zu überzeugen. Vielleicht wären Nava oder Tieja dafür besser geeignet gewesen. Dabei war es ganz gewiss Jaydens Herzensangelegenheit, dies für immer zu beenden. »Meine Schwester Eméri gehörte euch an und sie … Sie verstarb vor zwei Jahren. Sie hat mir eine Nachricht hinterlassen, durch die ich euch finden konnte.«

Die Miene des Mädchens veränderte sich kaum. Sie zuckte nur gleichgültig mit den Schultern. »An den Namen erinnere ich mich nicht und ich kannte sie womöglich auch nicht. Es gibt also noch immer keinen Grund, weshalb wir dir helfen sollten.«

Hinter den Kisten tuschelte jemand und knirschende Schritte ertönten, ehe ein zierliches Mädchen hervortrat. »Ich kannte Eméri«, sagte sie mit kleinlauter Stimme. »Sie war meine Freundin. Du musst ihr Bruder Jayden sein. Sie hat viel von dir erzählt.« Sie schnappte nach Luft, als ihr die Stimme versagte. Schnell wischte sie sich etwas von den Augen. »Weshalb suchst du unsere Hilfe?« Die Kleine zwang sich sichtlich zu einem schwachen Lächeln.

»Yamila!«, zischte die Größere ihr zu, als wollte sie diese zur Vernunft bringen.

»Eméri war eine von uns und war loyal bis zu ihrem … Ende. Sie hat sich für diese Sache – für unser aller Recht – geopfert. Also stehen wir in seiner Schuld.« Yamila nickte Jayden zu, als könnte sie das Geschehene auf diese Art entschuldigen. Auch wenn das niemals mehr möglich war, so war es ein kleiner Trost in einem Ozean aus Traurigkeit.

»Ich danke dir vielmals, Yamila«, sagte er leise und senkte die Hände. »Das bedeutet mir sehr viel und ich denke … Eméri auch.« Es schmerzte in seiner Brust, diesen Namen tatsächlich laut auszusprechen. Genau an diesem Ort, an dem sie Zuflucht gesucht hatte. Er holte tief Luft, bevor er weitersprach. »Es wird eine Rebellion geben. Eine riesige, gigantische Rebellion, damit die Ungerechtigkeit in Marenna endet. Und niemand hat mehr auf diesen Moment gewartet als ihr. Ich lasse nicht noch ein Leben enden[redacted]

Weil ein Pfeil niemals
seine Bestimmung ändern wird.
~ Flinn ~

KAPITEL 19

Am nächsten Morgen wurde ich von der jungen Frau geweckt, die wieder Wasser und etwas zu essen brachte. Sie trug ihre Haare zu einem Knoten zusammen-gebunden und hatte ein freundliches Gesicht – wahrscheinlich war sie kaum älter als ich selbst. Ihr Kleid war gerade mal knielang und aus einem hellen orangefarbenen Stoff, gesäumt von einer weißen Spitzenborte. Ich bedankte mich für das Frühstück und auch wenn ich kaum richtig wach war, fragte ich sie nach einem Bad.

»Selbstverständlich«, antwortete sie mit einem schüchternen Lächeln. »Wartet einen Moment, dann bereite ich alles für Euch vor.« Dann war sie auch wieder aus dem Zimmer verschwunden und ich hatte den Eindruck, sie fürchte sich vor der Magie in meinen Augen. Denn wie so oft war das Unbekannte unser größter Feind.

Bis die junge Frau zurückkehren würde, frühstückte ich und suchte in der Truhe nach passenden Kleidungsstücken für heute. Ich entschied mich für ein langes Kleid im A-Linien-Schnitt. Die Taille war sehr schmal aus einem dunkelblauen, festen Stoff, der mit kupferfarbenen Stickereien aufwendig verziert war. Der Rock dagegen fiel in verschiedenen Schichten aus dunklen blaugrünen Stoffen zu Boden. Der Rücken war beinahe bis zur Hälfte frei, während der Ausschnitt vorne sehr gerade zulief.

Kurz darauf erschien die Frau erneut in der Tür und nickte mir eifrig zu. »Ihr könnt kommen, es ist alles fertig, Majestät. Zu dieser frühen Zeit ist noch niemand dort«, erklärte sie mit vorsichtiger Stimme.

»Oh, ich bin keine Majestät!«, entgegnete ich ihr überrascht. »Nennt mich einfach Nava.«

Sie erwiderte mein Lächeln. »Mein Name ist Aranda, entschuldigt bitte! Kommt, ich nehme Eure Sachen.« Sie kam zu mir gelaufen und nahm das Silberkleid vom gestrigen Tag sowie das blaugrüne Kleid, das ich für den heutigen Tag gewählt hatte.

»Vielen Dank.« Ich folgte ihr noch weiter in die Tiefe des Vulkans, obwohl ich das nicht mehr für möglich gehalten hatte.

Nach der anfänglichen Skepsis hatte Aranda recht schnell die Scheu vor mir abgelegt und während wir immer weiter einem sehr schmalen Weg nach unten folgten, erklärte sie weiter.

»Es gibt nur zwei Quellen und es war damals sehr mühsam, das Grundwasser zu erreichen. Die Badestelle hinter dem Thron, zu der wir nun gehen, ist nur den höhergestellten Personen zugänglich. Doch es gibt noch eine weitere, die nicht so tief liegt, aber dafür nicht so groß ist. Das heißt, Ihr habt genügend Zeit und ich werde am oberen Zugang warten und darauf achten, dass Euch niemand stört.«

»Das ist wirklich sehr freundlich, vielen Dank, Aranda«, bedankte ich mich. Kurz darauf erblickte ich bereits die Quelle, von der sie gesprochen hatte. Zwischen den fast schwarzen Wänden flackerten türkisfarbene Flammen in einer Laterne auf einem heraus ragenden Felsen. Ewiges Feuer, dachte ich und schmunzelte. Welches auf Mar blau leuchtete, war auf dem Festland grünlicher – fast wie die Farbe der Flastresia. Mit Schrecken erinnerte ich mich an die Flammen zwischen den Federn und versuchte, mich schnell wieder auf das Hier und Jetzt zu konzentrieren. Bei Gelegenheit musste ich Flinn unbedingt zu den unterschiedlichen Farben des Feuers befragen.

Fürs Erste legte Aranda mein heutiges Kleid auf einen flachen Felsen neben zwei Tücher. »Hier ist Seife und hinten befinden sich Waschräume. Nehmt dazu aber besser die Laterne mit, der Weg ist sehr uneben.« Sie lächelte entschuldigend und wirbelte bereits wieder Richtung Ausgang. »So nun lass ich Euch in Ruhe. Ruft mich, wenn Ihr noch etwas benötigt, Maje…« Augenblicklich verkniff sie sich das letzte Wort und verschwand den dunklen Gang hinauf, von dem wir gekommen waren.

Ich blieb überwältigt zurück und betrachtete die dunkle Quelle, die im türkisfarbenen Schein flackerte. Sie wirkte trotz des vielen Schwarzes nicht bedrohlich, dafür aber sehr mystisch und passte dadurch zu diesem verzauberten Land, das von einem Vulkan regiert wurde.

Das Wasser war angenehm und ich war Aranda unendlich dankbar für dieses Angebot. Die Wärme ließ augenblicklich all die Anspannung von meinen Schultern sinken. Ruhe schlich sich ein und die Magie in mir erwachte. Viel zu lange hatte ich die blauen Magiepunkte zu unterdrücken versucht, hatte keine Traurigkeit zugelassen, damit sie sich weiter in Grenzen halten würde. Aber womöglich war es die Verbindung zum Wasser, die der Magie Freiheit gewährte. Schließlich war es ihr wahres Element – ihr einziger Ausdruck der Traurigkeit.

Leuchtend hell hüpfte das Blau über die Wasseroberfläche und wanderte an den dunklen Felswänden empor. Wie ein Sternenhimmel breitete sich das Funkeln aus und spiegelte sich im Wasser. Dieses Mal hielt ich die Magie nicht zurück und dachte an den unterirdischen See sowie das Meer der Hoffnung, als Tarameas Trauer das Meer kontrolliert und nur Lyas Strom aus Luft uns[redacted]eschützt hatte.

Seitdem waren uns die Königinnen der Elemente nicht mehr erschienen und zum ersten Mal wünschte ich mir ihren Rat. Nicht nur den der weisen Erdenfrau Ellice, die ein uraltes Wissen aus der Zeit der Kriege zu haben schien, sondern ganz besonders den von Taramea. Sie war das Element des Wassers und somit auch der Tränen. Doch ich hatte nie erfahren, wozu diese Magie tatsächlich fähig war und in welchem Ausmaß sie etwas bewirken konnte. Aber in dieser innerlichen Ruhe und der angenehmen Wärme der Quelle fühlte ich mich umgeben vom Wasser angekommen und es tat gut, die Magiepunkte nicht mehr zu verstecken. Nach und nach füllten und erhellten sie den Raum, sodass die Laterne des Ewigen Feuers bald nutzlos erschien.

Ob Taramea mir wirklich einen Teil ihres Elements überlassen hatte? Ob das Wasser nun ein Teil von mir war? Ich erinnerte mich an die Schifffahrt zurück und an die Worte des Kapitäns, der in mir mehr erkannt hatte, als ich es zu dieser Zeit selbst gesehen hatte. Wenn ich all dem glauben durfte, so hatten wir den Fluch nur überwunden, weil Taramea mir eine Macht über das Meer verliehen hatte, die noch niemand vor mir erhalten hatte. Aber warum und was bedeutete das für Taramea und auch mein weiteres Leben? Oder spielte die Magie dann keine Rolle mehr, sobald wir die Unzurechenbaren damit befreit hatten? Aber wie sollte uns das möglich sein? Schließlich hatte die Magie der Tränen auf die Entfernung nichts ausrichten können.

Ich seufzte und die Magiepunkte reagierten darauf mit einem leichten Beben. Als ich daraufhin einfach die Augen schloss und innehielt, sah ich all die Bilder der vergangenen Zeit. Wie Schnipsel flogen sie durch meinen Kopf und zeigten mir, was in den letzten Wochen geschehen war. Und während Nate, Jayden, Taramea und die anderen Königinnen durch meine Erinnerungen schwirrten, spürte ich es in der Stille, in der Ruhe ganz deutlich: Ich benötigte ihren Rat nicht, denn tief in meinem Inneren lag die Antwort ganz klar und offensichtlich. Ich bin das Wasser. Nichts konnte ich in diesem Augenblick deutlicher spüren als das.

Nach dem Bad in der Quelle hatte ich mich fertig gemacht, das neue Kleid angezogen und das silberne anschließend gewaschen und zum Trocknen aufgehängt. Der blaugrüne Stoff des Oberteils lag eng anliegend am Körper und gerade, als ich meine Haare zu einem geraden, hohen Zopf band, hörte ich jemanden den Pfad zur Quelle herunterlaufen.

»Nava?«, rief die vertraute, weibliche Stimme leise. Das Wort hallte zwischen den steinernen Wänden wider. Es war Aranda.

»Ja, ich bin fertig.« Ich strich noch einmal über das Kleid, bevor ich ihr entgegenging.

Sie empfing mich mit einem Lächeln. »Der König fragte bereits nach Euch, er erwartet Euch auf der Grundebene, sobald Ihr so weit seid.«

Unbewusst flackerte Freude in mir auf, bei dem Gedanken daran, Flinn wiederzusehen, und vor allem bei der Vorstellung, dass er nach mir verlangt hatte. Es war eine Art Intuition, die mich schneller über diese Nachricht lächeln ließ, als es meinem Verstand möglich war, dem zu folgen. Natürlich vermisste ich Jayden mit jeder Faser meines Herzens und mit jedem Kilometer, der uns trennte. An meiner Meinung, seine Zukünftige zu werden, hatte sich auch bisher nichts geändert und noch immer verspürte ich den Wunsch, an seiner Seite ein Ehrenhaus zu führen. Unsere Verbindung, die auf einer langen und schwierigen Reise entstanden war, war so viel bedeutsamer. Umso weniger verstand ich, warum sich meine Gedanken dennoch auf Flinn freuten.

»Nava?«, fragte Aranda erneut.

Ich bemerkte, dass ich ihr gar nicht zugehört hatte.

»Möchtet Ihr noch mal auf das Zimmer?«, wiederholte sie ihre Frage leiser, aber mit einer gewissen Deutlichkeit.

Mit einem hörbaren Atemzug dachte ich an Jaydens Cape, das auf der Bettkante lag, und daran, dass ich den König nicht länger warten lassen wollte, denn ich hatte seine zwei Persönlichkeiten mit eigenen Augen gesehen. Er war … wild und unberechenbar ebenso wie dieses Land – wie der Vulkan, der es zerstört hatte.

»Ja.« Ich nickte ihr zu. »Nur noch mein Cape, dann gehe ich sofort nach oben. Danke, Aranda.« Ich setzte zu einem Knicks an, um ihr meine Wertschätzung entgegenzubringen. Schließlich waren Dankbarkeit und respektvolle Gesten nichts, das man nur Hochgeborenen darbringen sollte. Das war nur eines der vielen Dinge, die mich an Marennas Recht und Ordnung störten.

Aranda hatte ich damit jedoch vollkommen verwirrt, denn sie blickte mir beinahe entsetzt entgegen, als hätte ich den Verstand verloren – oder zumindest die Erinnerung daran, wer ich war. Aber ich lächelte sie ebenso freundlich an, wie sie mich eben begrüßt hatte, und ging den düsteren Aufgang zu den Zimmern voran. Nach einem kurzen Zögern folgte sie mir, hüllte sich jedoch in Schweigen.

Jaydens dunkelgrünes Cape passte perfekt zu dem Kleid, das ich trug, und diese Stimmigkeit machte mich fröhlich. Über dem Umhang lag noch immer der Hauch von Sandkörnern, zumindest glaubte ich diese zu sehen. Er trug die Spuren unserer gemeinsamen Reise durch Wüste und Seen an sich, die mich ihm ein wenig näher sein ließen, als ich es tatsächlich war.

König Flinn stand wie erwartet vor dem Ausgang des Vulkans und unterhielt sich gerade mit einem Wachmann in Silberglasrüstung, als ich mit Aranda den Lavaweg empor gelaufen kam. Flinn hatte mir den Rücken zugekehrt, auf dem er einen schwarzen Beutel schulterte, sodass er unser Erscheinen erst am erstaunten Gesichtsausdruck des Wächters und dem darauffolgenden Nicken erkannte. Egal wie sehr ich darauf wartete, dass er sich umdrehte und ich einen Blick in seine fast schwarzen Augen werfen konnte, die ich bisher fasziniert betrachtet hatte, war ich dennoch nicht darauf vorbereitet. Unsere Blicke trafen sich und ich spürte das Zittern der Magie zuerst in meinem Inneren, dann vibrierte sie wie ein feiner Rhythmus auf meiner Haut. Blaues Leuchten stieg auf und zog damit staunende Gesichter auf mich. Ehrfurcht.

Er lächelte und ich verkniff diesen gelernten, beinahe angeborenen Drang, mich zu verbeugen. Vielleicht mochten seine Angestellten dies als eine Beleidigung gegenüber der Majestät empfinden, doch ich erinnerte mich nur zu genau an seine Worte, dass wir gleichgestellt seien. Wir trugen eine Bestimmung, wir waren gleich. Eine Frau und einen König auf dieselbe Stufe zu stellen, war eine Unvorstellbarkeit, über die Männer auf Mar nur lachen würden, weil sie es für einen albernen Witz hielten. Wann würden sie endlich begreifen, dass sie einem lächerlich alten Weg folgten?

Als Flinn auf mich zutrat, verwarf ich meine Gedanken daran sofort. »Guten Morgen, Nava.« Seine Stimme klang trotz des rauen Untertons freundlich und ich spürte eine Vertrautheit darin.

»Guten Morgen«, erwiderte ich mit einem Lächeln.

Er schickte den Wachmann und Aranda mit einer deutlichen Handbewegung fort. »Ich möchte Euch heute etwas zeigen. Ihr könnt doch Bogenschießen, oder nicht?«

»Bogenschießen?« Verblüfft sah ich ihn an und er musste meine Fassungslosigkeit bemerkt haben, denn seine Mundwinkel hoben sich zu einem leichten Grinsen. »Frauen in Marenna ist es nicht einmal erlaubt, ein Schwert zu halten!«, stieß ich hervor.

Nun war es Flinn, der große Augen machte. »Auf Mar kämpfen sie noch mit Schwertern?«, fragte er vollkommen ernst.

Ich nickte.

Sekunden verstrichen, als wollte er abwarten, dass sich meine stille Antwort als Scherz entpuppte. Doch als ich nichts anderes darauf erwiderte, begann der König zu lachen. So sehr, dass es mir fast befremdlich erschien. Dabei war auch er neben seiner Königsrolle nur ein junger Mann, dem dies erlaubt sein sollte. »Dann habt Ihr eigentlich keine Wahl, wenn Ihr Euer Volk retten wollt.« Halb lachend trat er aus dem Inneren des Vulkans hinaus.

Irritiert folgte ich ihm nach draußen, ohne zu wissen, wohin er mich führte.

Der staubige Boden wirbelte unter unseren Schritten auf und in der Ferne konnte ich ein Krächzen vernehmen, das ziemlich deutlich nach einem Flastresia klang. Ein Schmunzeln stahl sich auf mein Gesicht. Wenn man Marenna verließ, wurde man von dem traurigen Klang der Aeringos begleitet, und sofort dachte ich an das laute rhythmische Klackern ihrer Flügel und die schweren Melodien, die einem dabei auf der Seele lasteten. Auf dem Festland waren es die Flastresia, die ihre Schuppen wie Schätze zwischen Asche und Staub verschwinden ließen.

»In den alten Kriegen kämpften die Könige also mit Pfeil und Bogen?«, durchbrach ich die Stille, die mir allmählich unangenehm wurde.

Flinn dagegen schritt zielstrebig durch die Wüste aus verbrannter Erde, als steuerte er einen wichtigen Punkt im Nichts an. »Damals kämpften sie mit Schwertern wie ihr, doch man sagt, der Vulkan habe alles eingeäschert. Fast alles – nur die Schuppen der

Flastresia scheinen der Hitze und dem Feuer tatsächlich standzuhalten.«

»Weil sie selbst das Feuer sind«, entwich es mir, ohne darüber nachgedacht zu haben.

Flinns Kopf wandte sich ruckartig in meine Richtung. »Ihr meint, sie sind …?« Er vollendete seine Frage nicht.

»Die Flastresia verbrennen in türkisblauen Flammen, zerfallen zu Asche. Nur ihre Schuppen bleiben zurück. Sie sind das Einzige, das das Feuer nicht vernichten kann.«

Flinn nickte zustimmend. »Deshalb fertigten wir vor einigen Jahren Pfeilspitzen aus den Schuppen und Pfeile aus den Federn der Flastresia. Aber es gibt keine Kämpfe mehr, schließlich sind wir die Letzten, die übrig blieben. Wir hatten damit nur vor, uns vor dem Angriff der Insel zu schützen.«

»Dem Angriff der Insel?«, fragte ich irritiert nach.

»Ich wusste, dass Euer Major es auch weiterhin nicht unversucht lassen würde, den Fluch zu überlisten. In all den Jahren waren wir auf ein Schiff am Horizont vorbereitet. Und dann kamt Ihr.« Flinn warf mir einen langen, schweigenden und doch vielsagenden Blick zu. Darin lag irgendwie mehr als Worte es hätten sagen können. »Wir waren auf einen Kampf vorbereitet, den jedoch Ihr zu führen habt. Ich werde Euch das Bogenschießen beibringen und es würde mich stolz machen, wenn es Euch am Ende womöglich das Leben rettet. Oder Euch Euren Kampf gewinnen lässt.«

Erneut schlich sich eine Stille zwischen uns, in der ich die unausgesprochenen Worte trotzdem hören konnte. Da war wieder diese Verbindung zwischen uns, die nicht sichtbar war. Für niemanden. Und dennoch war sie da, deutlicher denn je.

Wir erreichten einen Ort, an dem noch wenige pechschwarze Bäume standen. Sie waren kahl, dunkel und wirkten gleichzeitig in sich stabil. Doch sie trugen keinerlei Leben in sich, sie waren leer und vom Vulkan ebenso gezeichnet wie das restliche Land.

»Es gibt nur noch wenige der verbrannten Hölzer und obwohl sie dem Feuer zum Opfer fielen, sind sie robust und die Grundlage der Bögen. Seht es Euch genau an.« Er trat näher an den Baum und deutete auf einen angesengten Ast, der nur noch ein paar Zentimeter herausragte. Eine feine Schnur mit einer schimmernden Flastresia-Schuppe hing daran. »Ihr werdet lernen, sie zu treffen. Vom anderen Baum aus.« Dann deutete Flinn hinüber zu einem weiteren schwarzen Baumstamm, der beinahe fünfzig Meter entfernt stand.

Ungläubig und mit großen Augen sah ich ihn an. Konnte das sein Ernst sein?

Er legte den schwarzen Beutel auf dem staubigen Boden ab und endlich würde ich erfahren, was sich darin verbarg. Zuerst zog er zwei Bögen heraus, die aus dem dunklen Holz gefertigt waren, und einen Köcher mit mehreren mintfarbenen Pfeilen, an deren Spitzen ich das Material der Flastresia-Schuppen erkannte. Sie waren wunderschön. Es war kaum vorstellbar, dass sie einem Menschen das Leben nehmen konnten, während sie in verschiedenen Nuancen so faszinierend schimmerten.

»Wenn Ihr den Bogen beherrscht, werdet Ihr keines Eurer Ziele verfehlen. Außer der Wind ist nicht auf Eurer Seite«, begann er zu erklären.

Augenblicklich musste ich schmunzeln und dachte an Lya. Obwohl das Wolkenmädchen neidisch einen Blick auf Jayden geworfen hatte und mich ihr Element der Lüfte und Winde bereits schon von ihm ferngehalten hatte, so konnte ich mir dennoch vorstellen, dass die Elemente sehr wohl auf unserer Seite waren. Taramea würde ihr bei unserem großen Kampf sicherlich ins Gewissen reden. Hoffentlich.

Ich schluckte, als ich mich bei diesem Gedanken ertappte. Ein großer Kampf? War ich wirklich bereit, eine ganze Stadt in Panik und Krieg zu versetzen? Menschen zu töten, um Menschen zu retten? Plötzlich klangen diese Worte viel härter als unser eigentliches Vorhaben. Zuvor waren mir diese Taten nicht auf diese grausame Art bewusst gewesen.

»Ich plane keinen Krieg«, brachte ich etwas leise hervor, weil ich noch immer von diesen heftigen Gedanken fassungslos war.

Flinn hielt inne, als er gerade Weiteres aus dem Beutel holen wollte, und rappelte sich wieder auf. Nachdenklich musterte er mich. »Wenn Ihr treffsicher seid, könnt Ihr die Ziele ausschalten, ohne einen großen Kampf mit unschuldigen Menschenleben zu riskieren.« Er legte mir eine Hand auf die Schulter. Verständnis für die große Bürde, die hinter unseren Bestimmungen lag, schwang in seiner Stimme mit und ich suchte in seinen dunklen Augen nach mehr.

»Mit Zielen meint Ihr Menschen.« Ich seufzte.

Wie selbstverständlich nickte er. »Freiheit fordert immer ihre Opfer ein. Es wird Euch nicht möglich sein, eine Stadt zu befreien, ohne die notwendigen Menschen dafür loszuwerden.« Offensichtlich versuchte er das Wort »töten« zu vermeiden.

Es klang brutal und dennoch wahr. Ob eine neue Generation in Freiheit aufwachsen könnte, wenn der Major weiterhin mit seinen Gefolgsleuten in der Stadt leben würde? Oder sollten wir ihn aus der Stadt verbannen? Ich schüttelte den Kopf. In dieser Zukunft, die ich mir für die Einzige Stadt wünschte, existierten keine Mauern mehr. Freiheit lebte man schließlich nicht eingesperrt. »Und wenn ich Bogenschießen lerne, glaubt Ihr, wird es mir mit wenigen Pfeilen möglich sein, die Stadt zu retten?« Ich suchte in seiner Mimik nach einer Antwort.

Doch ich sah ihn hadern. Mit sich und seinen folgenden Worten. »Das kann ich Euch nicht versprechen, Nava. Aber wenn ich Euch eines sagen kann, dann, dass der Pfeil niemals seine Richtung ändern wird. Ein Pfeil sieht immer nur vorwärts, niemals zurück. Für ihn gibt es nur dieses eine Ziel, für das er bestimmt ist.« Obwohl seine Stimme so rau war wie dieses verlorene Land, klang es für mich hinter dieser Maske aus Pfeil und Bogen nach liebevollem Verständnis. Flinn hatte recht.

Die Pfeile, die ich entsenden würde, hatten ein Zeil zu verfolgen – ich hatte ein Ziel zu verfolgen. Und ich würde meine Richtung nicht mehr ändern. Ich wollte meine Richtung nicht mehr ändern. »Also? Was sollte ich über das Bogenschießen wissen?«

Ein Lächeln stahl sich auf des Königs Gesicht. »Alles und nichts.« Mit einem Grinsen ging er mitsamt dem Beutel zum nächsten Baum.

Flinn erklärte mir die Wichtigkeit der Haltung und Körperspannung, zeigte mir, wie ich den Bogen zu halten und den Pfeil zu spannen hatte. Die Zeit verstrich dadurch wie im Flug. Zeit, in der er viel zu nah bei mir stand und mir damit in manchen Momenten kurzzeitig den Atem raubte.

Anfangs hatte ich furchtbare Schwierigkeiten, den Bogen überhaupt nur durch die Luft gleiten zu sehen, doch mit Flinns Hilfe war schon bald eine deutliche Besserung zu erkennen. Er war ein Naturtalent und ein wahrhaft guter Bogenschütze. Beinahe ohne Schwierigkeiten konnte er über die fünfzig Meter hinweg die winzige Schuppe vom Baum schießen. Es hätte mich kaum gewundert, wenn er sie sogar mit geschlossenen Augen getroffen hätte. So zielsicher und ehrgeizig hatte ich noch nie jemanden erlebt.

»Es gab nicht viel anderes, mit dem wir unsere Zeit hier draußen hätten verbringen können«, antwortete er auf meine unausgesprochene Frage. »Außer dem Ausbau des Vulkans übten wir uns in der Verteidigung gegen ankommende Schiffe. Je genauer wir wären, desto besser könnten wir die Angreifer ausschalten, bevor das Schiff an Land gehen würde. Die Distanz ist Euer Schutzschild, versteht Ihr das?«

Ich nickte und beobachtete dabei die Kraft, die er aufbrachte, um einen neuen Pfeil in Richtung Baum zu schicken. Mit einem dumpfen Geräusch blieb er in dem dunklen Holz stecken und ragte funkelnd heraus.

»Warum die Federn der Flastresia?«

Er sah wieder zu mir herüber. »Das verbrannte Holz der Bäume ist ausgesprochen fest und stabil – auch wenn es das Gegenteil von dem ist, das man vermuten würde. Durch die Kohle sind sie zudem etwas leichter als Holzpfeile. Mit den Federn und Schuppen konnten wir die Pfeile immer weiter verbessern und letztendlich perfektionieren. Aber da ist noch ein Geheimnis.« Seine Stimme klang verheißungsvoll.

Abwartend und voller Neugierde sah ich ihn an. »Es hätte mich auch gewundert, wenn das Festland nicht ebenso voller Geheimnisse wäre wie die Insel Mar«, fügte ich mit einem Grinsen hinzu.

Er erwiderte es sofort. Wieder spürte ich bei diesem Anblick das Hüpfen meines Herzens. »Die Flastresia sind Boten des Vulkans, so sagen es zumindest die Geschichten. Sie tragen das Feuer in sich, zu dem sie am Ende ihres Lebens auch wieder zurückkehren. Es ist ein Teil von ihnen, der auch in ihren Federn liegt.«

»Einzig und allein ihre Schuppen sind selbst durch die Flammen nicht zu zerstören«, unterbrach ich ihn.

»Ja, das stimmt. Aber die Federn tragen das Ewige Feuer und … und es ist angeblich möglich, es auch mit den Pfeilen zu entfachen.«

Fassungslos, mit großen Augen blickte ich ihn an und hunderte von Fragen kreisten durch meine Gedanken. Was hatte er soeben gesagt? Das Ewige Feuer? »Wie bitte?« Ich versuchte Ruhe in das innere Chaos zu bekommen. Brennende Pfeile aus ewigem Feuer? Flammen, die niemals erloschen?

»Wenn die Flastresia bereit sind zu gehen, entsenden sie ihre Flammen, damit niemand mehr sie davon abhalten kann. Wenn ein Pfeil …«

»Aufopferungsvoll«, sprach ich den Gedanken laut aus.

Flinn sah mich fragend an.

»Sie opfern sich auf, in dem Wissen, dass ein anderer sie nicht mehr davon abhalten kann. Sie sind sicher in ihrem Handeln – sogar bereit, dafür zu sterben«, brachte ich tonlos hervor. »Das ist es, was die Pfeile in sich tragen.«

Flinn schien einen Moment zu benötigen, um sich zu sammeln, als wollte er die eben gesagten Worte ebenfalls einordnen. »Wenn ein Pfeil ebenso felsenfest von einem Ziel überzeugt ist, wird er in Ewigem Feuer aufgehen und sein Ziel nicht verfehlen.«

Staunen lag auf unseren Gesichtern, denn ich konnte es in seinen Augen spiegeln sehen. Diese Erkenntnis lag tiefer als das Bogenschießen und die Trefferquote eines Pfeils. Sie befand sich in unseren Herzen und wir hatten sie soeben wie eine goldene Truhe aus ihrem Versteck gezogen.

»Das wird Eure Stadt retten«, sprach Flinn das plötzlich Offensichtliche aus.

Ich holte tief Luft. Würde es das wirklich? War das ein Geheimnis, das uns alle befreien würde? Geheimnisse sind dazu da, uns einander näherzubringen – zu verbinden, dachte ich an Jaydens längst vergangene Worte. Er hatte sie mir ganz zu Anfang mit auf den Weg gegeben, als wir einander noch viel zu fremd waren. Jayden, dachte ich wehmütig, während ich Flinn ansah. Ja, dieses Geheimnis und die Kraft unserer Bestimmungen verbanden uns in einer magischen Art und Weise, die ich noch immer nicht beschreiben konnte. Aber in meinem Herzen gehörte Jayden dieser Platz meiner Liebe, dessen war ich mir so sicher wie einer der brennenden Flastresia-Pfeile.

Wir verbrachten den restlichen Nachmittag noch draußen in der Wüste aus Asche und Staub, während Flinn weiterhin versuchte, mir das Bogenschießen beizubringen. Ich spürte die Anspannung, die allmählich in ihm pochte, weil er mit der Zeit die Geduld zu verlieren schien – dennoch zeigte er es nicht und brachte es nicht zum Ausdruck.

Trotz der vielen Stunden, die wir geübt hatten, war aus mir keine kampftaugliche Bogenschützin geworden, was realistisch betrachtet auch nicht zu erwarten gewesen war. Während meine Arme schmerzten und sich anfühlten, als könnte ich für heute nichts mehr tragen, ließ ich Flinn noch ein wenig Zeit zum Schießen, die er sichtlich nutzte. Und je länger ich ihn beobachtete, desto weniger sah ich den eigentlichen König in ihm. Flinn war ein Krieger, der auf einen Thron verbannt wurde. Er war zu stürmisch für die Ruhe und zu impulsiv für das Anführen der Menschen, die im Vulkan auf sein alles entscheidendes Wort warteten. Er war ein Kämpfer, bereit, die Welt zu retten.

»Euer Talent ist auf dem Thron verloren«, sprach ich den Gedanken aus, auch wenn er einen vorwurfsvollen Unterton trug. Wären wir in Marenna gewesen, wäre es unerlaubt, eine solche anmaßende Äußerung als Frau gegenüber einem Mann zu machen. Geschweige denn gegenüber einem König. Doch wenn es stimmte und Flinn mich aufgrund unserer

Bestimmungen als gleichberechtigt ansah, so würde er meinen Gedanken dahinter verstehen.

Augenblicklich ließ er den gespannten Bogen sinken und sah mich an. »Habt Ihr das also durchschaut?« Seine Stimme klang nicht vorwurfsvoller als die meine zuvor. »Diesen Platz habe ich mir niemals ausgesucht. Ich habe mich nie danach gesehnt oder diesen Wunsch in mir getragen. So wie Ihr keine Zukünftige sein wolltet, weil es nicht Euer Platz ist.« Er trat näher an mich heran. Vielleicht etwas zu nahe.

»Wenn Ihr eine Wahl gehabt hättet, welchen Platz hättet Ihr dann gewollt?«, fragte ich leiser, als wäre diese Frage zu persönlich für den Herrscher des Festlandes.

»Ich hätte die Abenteuer erleben wollen, die mir als König nun verweigert werden. Sie halten mich in einem Schutz gefangen, der gut für mich sein soll, mir aber dennoch schadet. Während Ihr in Eurer Stadt einen Krieg zu führen habt, den Ihr nicht führen wollt, lebe ich in einer Ruhe und Langeweile, die nach Kampf und Herausforderungen rufen.«

»Ihr seid sicher ein guter Krieger, wahrscheinlich einer der besten«, stellte ich fest und wartete einen Moment ab, bevor ich weitersprach. »Aber es ist richtig, seinen König zu schützen. Und Ihr wurdet bei Eurer Prüfung auserwählt, genau dieser König zu sein. Euer Leben und damit auch Euer Schutz stehen für das Festland an erster Stelle.«

»Und Euer Leben? Wofür steht Euer Leben?«

Mir stockte der Atem. Meine Gedanken hielten inne und ich suchte in seinem Gesicht nach einer Regung, die aber nicht zu finden war. Wie so oft waren seine dunklen Augen unergründlich. »Mein Leben steht nur für die Menschen, die ich liebe, und für die Magie, die ich erhalten habe. Mit meinem Tod würde ich diejenigen im Stich lassen, die meinem Herzen mehr bedeuten als die Angst. Und die Magie würde womöglich dorthin zurückkehren, woher sie gekommen ist. Denn die Elemente sterben vermutlich nie.« Meine Stimme wurde immer leiser, bis sie endlich verstummte.

»Was sagt Ihr da?« Seine Stirn legte sich fragend in Falten. »Die Elemente?«

Erschrocken schnappte ich nach Luft und erkannte, dass ich soeben den Hintergrund meiner Magie verraten hatte. Bisher hatte ich außer Tieja noch niemandem mehr darüber erzählt, als dass sie ein Geschenk war und ich nicht scheute, die Magie einzusetzen. Ich schluckte und dachte erneut an Jaydens Worte über die Bedeutung von Geheimnissen. Nun erfuhr ich sie stärker denn je. »Ich trage das zweite Element, das Wasser. Vielleicht ist es uns nur deshalb möglich gewesen, das verfluchte Meer zu überqueren. Weil ich die Kontrolle über genau dieses Element habe.«

Während ich diese Worte sprach, stand Flinn fassungslos und mit offenem Mund vor mir. Er sah mich an, als könnte er mir kein Wort glauben. »Es muss wahr sein«, brachte er stockend hervor. »Niemand sonst könnte das Meer überqueren. Ihr … Ihr seid das … das Wasser?« Noch immer lagen Ungläubigkeit und Faszination in seiner Stimme und er war sichtlich überwältigt von dieser Information.

»Sozusagen ein Teil davon. Es gibt drei Königinnen der Elemente, eine davon gab mir einen Anteil ihrer Magie. Aber das ist eine lange Geschichte.« Ich zuckte die Schultern, denn es musste sich alles wirr und zusammenhangslos anhören.

»Es wäre mir die größte Ehre, diese Geschichte zu erfahren, Nava. Aber nicht hier draußen. Was haltet Ihr von einem Abendessen?« Sein langer, abwartender Blick lag auf mir und ich wusste, dass es für mich kein Entkommen gab. Nicht weil ich gezwungen wurde oder weil man es von mir verlangte – sondern weil ich es wollte.

Nachdem ich auf meinem Zimmer mit Aranda gesprochen und meine Kleider gewechselt hatte, flocht sie mir die Haare zu einer eleganten Frisur. Sie war nervös und hielt es für eine unglaubliche Ehre, mit dem König zum Abendessen verabredet zu sein. Mir erschien es seltsam, weil Flinn es ebenfalls eine Ehre genannt hatte – jedoch mir gegenüber.

Aranda führte mich später in einen Raum, in dem ein großer Tisch aus gehärteter Lava stand. Mit zähen orangeroten Mustern geziert war er auf eine bizarre Art wunderschön. Die Stühle waren wie die Bögen aus gebranntem Holz gefertigt und mit roten Bezügen bestückt. Das Geschirr war eine Mischung aus alt vertrauten Gegenständen aus Marenna und Flastresia-Schuppen. Eine Laterne Ewiges Feuer warf flackerndes Licht in den düsteren, bis auf die Details fast schwarzen Raum. Es war irgendwie befremdlich, sich hier im Vulkan ständig ohne Tageslicht aufzuhalten, weil es keine Fenster gab. Unter den Umständen des Landes wirkte dieser Raum dennoch tatsächlich königlich.

Höflich schob Aranda den Stuhl zurecht, damit ich Platz nehmen konnte, und kurz darauf erschien Flinn im Torbogen. Er trug einen rotfarbenen Anzug, der ihm wie maßgeschneidert passte. Gold- und kupferfarbene Verzierungen waren darin eingearbeitet, die perfekt zu dem Funkeln seiner Krone und der Atmosphäre dieses Raumes und des Vulkans passten. Aranda und der Silbermann, der den König begleitet hatte, verbeugten sich, bevor sie hinaustraten. Manche Gepflogenheiten würden wohl immer fortbestehen.

Flinn nahm mir gegenüber Platz und seine Erscheinung ließ mich im ersten Moment Bewunderung und gleichzeitig Mitleid fühlen. Er sah fantastisch, ehrfürchtig aus und dennoch kannte ich nun die Geschichte hinter dieser Krone. Seine

Geschichte. Nämlich, dass er exakt diese Rolle, die er jetzt stärker verkörperte denn je, nicht spielen wollte. Kaum hatte ich diesen Gedanken zu Ende gedacht, nahm er die Krone ab und legte sie neben seinen Teller auf den Tisch. Ein Grinsen umspielte seine Mundwinkel und ich erwiderte das Lächeln.

»Auch wenn es jetzt anders aussieht, ist es dasselbe wie beim Bogenschießen, einverstanden?« Er musterte mein Gesicht.

»Einverstanden.« Ich nickte ihm zu. Es wäre mir nach all diesen Gesprächen auch gar nicht mehr möglich, ihn nur noch als den reinen König zu sehen. Da war noch so viel mehr an ihm als Macht und Gold.

Im Laufe des Abends brachten Aranda und eine andere Dame immer wieder neue Speisen herein und jedes Mal musste Flinn für diese Momente seine Krone tragen, seine ungeliebte Rolle spielen. Ich fragte ihn nicht danach, ob er als König nicht in der Lage war, diesen Brauch abzuschaffen. Vielleicht konnte man Autorität tatsächlich nicht ausmerzen.

»Ihr seid das Wasser auf einem Land des Feuers«, begann Flinn plötzlich wieder dieses Thema. »Das kann unmöglich Zufall sein, oder findet Ihr nicht?«

Mit diesen Worten traf er ins Schwarze und erreichte etwas, über das ich mir zuvor noch keine Gedanken gemacht hatte. Ein verbranntes Land regiert von einem wütenden Vulkan. Brennende Vögel, die zu Asche zerfallen, wenn sie bereit dazu sind. Er hatte recht, dies war ein Land des Feuers und ich das Gegenteil.

Ich erzählte Flinn die Geschichte, wie ich mit Nate und Jayden aus der Stadt geflohen war und wir Taramea getroffen hatten. Auch den Himmel der Tränen ließ ich nicht aus und dass die Trauer überhand über das Wasser genommen hatte. Dass es meine Aufgabe war, die Tränen zu den verlorenen Menschen zurückzubringen, ihnen damit wieder ihre Leben zu schenken und das Element zurück ins Gleichgewicht zu bringen.

Nur die Gemeinschaft der Salia erwähnte ich nicht, denn das war ein Versprechen gewesen, das ich unter allen Umständen einhalten würde. Flinn erfuhr aber von unserer Rückkehr nach Marenna und dem Versuch, die Unzurechenbaren mit der Magie zu erreichen, dass unser Plan aber gescheitert war. Dass ich so in die Hände des Majors und von Tyler gelangt war, die mich auf das Schiff und die Reise in Richtung Festlang mitnahmen. Den Rest der Geschichte kannte er bereits.

»Ich hoffe, Jayden und Nate konnten wie geplant Verstärkung für diese Rebellion finden.« Ich seufzte bei dem Gedanken an die beiden. Kaum zu glauben, dass uns das Schicksal wieder einmal getrennt hatte. Als wollte es unsere Stärke, unsere Entschlossenheit erneut auf die Probe stellen. Wieder dachte ich an die Feuerpfeile, die diesen Kampf in einer Tiefgründigkeit verkörperten, die ich nicht erwartet hatte.

»Wie habt Ihr Euch diesen Kampf vorgestellt? Kehrt Ihr einfach zurück und dann kämpft Ihr gegen die Regierung der Einzigen Stadt?« Flinns Frage klang nicht abwertend, sondern viel mehr neugierig.

»Unser Plan war es, die Unterdrückten zu vereinen. Die Menschen sind schon lange unglücklich in Marenna – ganz besonders die Frauen. Ich bin davon überzeugt, sie würden ebenfalls dafür einstehen, sobald jemand den ersten Schritt macht und ihnen eine Art Sicherheit verspricht. Wenn wir die Unzurechenbaren mit der Magie retten können, haben wir hunderte von ihnen auf unserer Seite. Männer und Frauen, die jahrelang ihres Lebens und ihrer Freiheit beraubt worden waren und zurück zu ihren Familien möchten. Und eine Organisation von jungen Mädchen, die bereit sind, ihr Leben vor ihrer Volljährigkeit zu beenden und ihre Familien damit in Angst und Sorge versetzen.«

»Wie die Flastresia«, fügte Flinn murmelnd hinzu.

Ich dachte darüber nach. »Ja, wie die Flastresia. Unsere Länder geben mehr, als es selbst gut für sie ist. Und dennoch gehen sie alle diesen Handel ein – immer wieder. Es muss endlich ein Ende haben.«

»Ihr meint, der Major und der Hohe Rat?«

Ich nickte.

»Aber es wird genug angesehene Männer geben, die ebenfalls dieser Ansicht sein werden.«

»Mehr als genug«, stieß ich aus. »Sie haben Angst, ihrer Macht und ihrer Frauen enteignet zu werden.

Aber wären sie gute Männer, so hätten sie nichts zu befürchten und die Frauen würden aus Liebe bei ihnen bleiben.« Ich spießte ein Stück Gemüse auf.

»Oder aus Angst«, fuhr Flinn fort. Es war keine Provokation, sondern die Realität.

Ich holte tief Luft. »Dafür werde ich kämpfen, dass sie das nicht länger tun werden. Die Menschen werden frei sein. Die gefangenen wie auch die unglücklichen.«

Darauf folgte eine Stille, in der wir beide aßen und gedankenverloren in den Raum blickten. So viel Neues hatte sich heute offenbart und immer wieder kreisten meine Gedanken um Flinns Worte, die brennenden Pfeile und darum, dass sie nur in eine Richtung flogen und kein Zurück kannten. Dieser Kampf gehörte uns und ich würde keinen Rückzieher machen. Es war meine Bestimmung.

Manchmal ist nur noch der gewahrte Schein alles, was von Traditionen übrig bleibt.

~ Nate ~

KAPITEL 20

Mit bebenden Händen griff Nate nach dem zusammengerollten Papier, das im Inneren des Geheimfachs hinter dem Gemälde lag. Sein Herzschlag rauschte hektisch in seinen Ohren und er bekam keinen klaren Gedanken zu fassen. War das die Antwort auf all die unzähligen Fragen um den tragischen Verlust?

Nate,

wenn du diese Zeilen hier liest, habe ich den Moment verpasst, dir die Wahrheit persönlich zu sagen. Es tut mir leid, dass du es heute auf diese Weise erfahren musst, bitte verzeih mir. Ich hoffe, du kannst eines Tages verstehen, wie hoch der Preis für die Wahrheit so manchmal sein kann.

Traditionen vermitteln uns Sicherheit und das Gefühl, keine Entscheidungen treffen zu müssen, weil alles vorherbestimmt ist. Sie besänftigen unsere Zweifel, denn sie geben uns an, einen vorgegebenen Weg zu gehen. Aber Nate, unsere Traditionen bestehen aus Lügen, Diebstahl und Betrug. Welchen Sinn macht es also, diese dennoch aufrechtzuerhalten? Sie weiterhin zu leben und zu wahren? Weil sie weiterhin dasselbe Bild vermitteln. Dieselbe Geborgenheit, das Gefühl, dazuzugehören und ein Teil des Ganzen – der Welt – zu sein. Und je länger man in dieser Lüge, in dieser Sicherheit lebt, so kann man sie irgendwann anfangen, selbst zu glauben. Außerdem wird der Rückweg zur Wahrheit mit jedem weiteren Tag schwerer und rückt weiter in die Ferne.

Dieses Ehrenhaus, das der weißen Lilie, ist nicht das unsere, Nate. Wir sind nicht diese Tradition, die angeblich seit Jahrhunderten von Generation zu Generation weitergetragen wird. Man könnte es einen stillen Zufall nennen, wenn man denn an Zufälle glaubt. Oder man benennt die Wahrheit und erkennt es als Betrug, den unsere Vorfahren vor vielen Jahren begangen haben. Diese Geschichte muss ich dir heute erzählen, bevor uns die Wahrheit vielleicht genommen wird. Falls wir den Preis des Schweigens eines Tages nicht mehr bezahlen können.

Irgendwann in einer früheren Zeit starb eine junge Frau, die verheiratet werden sollte, wegen eines Unfalls. Ihr zukünftiger Mann ließ in ihrem Andenken dieses prächtige Gemälde anfertigen, mit dem Zeichen seiner Ehre: Der weißen Lilie. Er lebte vorerst allein in seinem Ehrenhaus, war noch lange nicht bereit, sich eine andere Frau zu wählen. Unsere Vorfahren waren nicht diese Menschen – unsere Familie entstand nicht durch diesen Vorfall. Unsere Verwandten stahlen nur ihre Geschichte.

Einer davon schlich bei Nacht in dieses Anwesen, bereit, den Trauernden um sein Leben zu bringen, um seiner eigenen Zukünftigen ein Ehrenhaus bieten zu können. Mein Ururgroßvater gab sich also daraufhin als der Ehrenträger des Hauses aus, nahm sich, wie die Tradition verlangte, eine neue Frau an seine Seite. Gemeinsam füllten sie das Haus mit weiteren Kindern und führten unsere Linie fort – immer im Andenken an die junge Frau der Lilien, die ihren eigenen Hochzeitstag nicht erlebte – deren Geschichte wir uns aber im Laufe der Jahre einfach angenommen hatten.

Viele Jahre später erst drängte dieser Schwindel ans Tageslicht, doch seit Generationen wird dies mit Schutzgeldern kleingehalten. Es gibt ein Abkommen, das wir für den Tod der Familie mit Unmengen an Geld bezahlen, das damit wohl unsere Schuld reinwaschen soll. Doch im Auge der Wissenden tragen wir keine Ehre, Nate. Wir sind keine Hochgeborenen, kein Ehrenhaus, das auf eine lange, alte Tradition stolz zurückblicken kann. Wir sind Schuldige, Verbrecher und Gehasste, obwohl der damalige Fehler nicht der unsere war. Wir bezahlen die Schuld einer Geschichte, die wir selbst nie geschrieben haben. Dennoch wurden wir Teil davon. Und wir strickten diese Lüge weiter, übernahmen die Geschichte, die Schutzgelder und wahrten den Schein einer Tradition, die es niemals gab.

Nate, vielleicht fragst du dich heute, ob es nicht einen Moment gab, aus dieser Lüge auszusteigen, sie zu gestehen und zu beenden. Ja, diese Momente gab es, sie stellten sich uns immer wieder und deine Mutter und ich haben in all den Jahren mit dieser Entscheidung gehadert. Doch wir waren der festen Überzeugung, euch – dir und deiner Schwester – nur so ein besseres Leben zu ermöglichen. Das war unsere Priorität, wegen der wir eine Lüge unterstützten. Aber es ist von keinem Tag an eure Schuld! Ihr seid eine neue Generation und habt eine neue, eigene Wahl. Die Verantwortung auf deinen Schultern mag nun enorm sein, doch ich bitte dich inständig, dir deine Entscheidung gut zu überlegen. Ob dies das Ehrenhaus ist, hinter dem du dein restliches Leben stehen und dafür lügen möchtest, oder ob es für unsere Familie – unser wahres Fleisch und Blut – nicht an der Zeit ist, eigene Geschichte zu schreiben.

Diese Entscheidung wird keine einfache sein und du wirst hadern, verzweifeln und fluchen. All das steht dir zu, mein Sohn. Aber egal wie spät dieser Brief auch für dich kommen mag, wir sind bei dir und begleiten euch, egal wie ihr euch entscheiden werdet.

Du bist mein erstgeborener Sohn und hattest vom ersten Tag an das Potenzial, ein hervorragender Ehrenträger zu werden. Ich hatte zu keiner Zeit Zweifel daran, dass du mit deiner Volljährigkeit dafür bereit bist. Umso stärker plagt es mich, dir die Wahrheit zu sagen. Doch sieh dich um, Nate. Traditionen wiegen uns nicht in Sicherheit. Marenna ist voll davon und sie stürzen die Welt in ein einziges Chaos.

Manche Traditionen sind es nicht wert, erhalten zu werden.

In Liebe

Nate rang nach Luft, glaubte den Boden unter den Füßen zu verlieren und drohte in Verzweiflung zu schwanken. Nichts hatte in dieser Welt plötzlich mehr Bestand.

Du kannst nicht mehr opfern,
als du selbst hast.
Aber du kannst alles geben,
um für eine bessere Welt zu kämpfen.
~ Flinn ~

KAPITEL 21

Nach dem Essen und weiteren Gesprächen setzte sich Flinn die Krone in die lockigen schwarzen Haare zurück und begleitete mich zu meinem Zimmer. Wir sahen einander lange an und sagten kaum etwas. Flinn war der Erste, der seine Worte nach dem langen gemeinsamen Tag wiederfand.

»Morgen werdet Ihr mein Königreich verlassen und mit Eurem Schiff und diesem Tyler auf Eure Insel zurückkehren. Ihr habt keine Zeit zu verlieren. Die Menschen brauchen Euch.« Seine raue Stimme war ruhig und dennoch sah ich die Schwere in seinen Augen funkeln.

Ja, ich wollte nach Hause, ich wollte zu Nate und Jayden zurückkehren und mich vergewissern, dass es ihnen gut ging. Ich hatte tatsächlich keine weitere Zeit hier draußen zu verlieren, obwohl ich ungern von hier gehen wollte. Das Festland war überhaupt nicht das, wofür ich es gehalten hatte. Es war so viel mehr. Außerdem schmerzte mir der Gedanke an einen Abschied von Flinn. »Ich weiß nicht, was ich sagen soll, außer Euch zu danken. Für alles, was Ihr …«, begann ich.

Flinn unterbrach mich. »Dankt mir, wenn Ihr Euren Krieg durch einen brennenden Pfeil gewonnen habt, und nicht eher. Gute Nacht, morgen steht Euch ein wichtiger Tag bevor.«

Mit diesen Worten verschwand er in der Dunkelheit des Vulkangangs und ließ mich mit einer inneren Unruhe zurück, die ich nicht beschreiben konnte.

Später sah Aranda noch einmal nach mir und fragte, ob ich irgendetwas benötigte. Doch ich brauchte nichts mehr als Ruhe, um das Chaos zu ordnen, das niemand von außerhalb sehen konnte. Was ich zuerst so ersehnt hatte, nämlich so schnell wie möglich zu Jayden und Nate zurückzukehren, würde nun endlich eintreffen und dennoch fiel mir dieser Entschluss unsagbar schwer. Es gab etwas, das ich hier auf dem Königlichen Festland nicht zurücklassen wollte. Nein. Jemanden.

Ich seufzte und huschte unter die Bettdecke. Mal wieder hielten mich die Gedanken lange vom Schlaf fern, doch irgendwann siegte letztendlich doch die körperliche Erschöpfung des vergangenen Tages. Und in meinen Träumen wurde der Himmel über mir von einem Meer aus brennenden Pfeilen erleuchtet.

Ein unbekanntes Geräusch schreckte mich auf, ein Knarzen und ein hektisches Rascheln. Als ich die Augen aufschlug, stand Flinn bereits mitten im Raum.

»Majestät Flinn!« Erschrocken schlug ich mir die Hand vor den Mund und setzte mich auf. Sofort schoss Adrenalin durch meine Adern und ich war hellwach.

»Nava, bitte entschuldigt, aber ich musste Euch noch einmal … sprechen. Allein«, erklärte er sich mit tiefer Stimme. Er trat näher an mein Bett heran. Es schien ihm überhaupt nichts auszumachen, einfach in diese Privatsphäre einzudringen, während ich verschlafen in einem knielangen Hemd unter der Decke lag. Nervös fuhr ich mir über die Haare, die in einem langen kupferroten Zopf verflochten waren.

»Bitte … da ist etwas … und es lässt mich nicht zur Ruhe kommen, lässt mich nicht einmal schlafen. Ich … Ich muss mit Euch sprechen. Ich denke nämlich, Ihr fühlt es auch.« Er sah mich an, als studierte er das Funkeln der Magie in meinen Augen.

Überwältigt von seinen Worten, seiner Nähe zog ich die Decke noch näher an mich heran. Dennoch war da wieder dieses warme Gefühl in meiner Brust, das sich in seiner Gegenwart langsam auszubreiten schien. Wie konnte das möglich sein? Ich hatte mich von ganzem Herzen Jayden versprochen und war mir sicher, dass ich diese Liebe in meinem Inneren niemals betrügen könnte. Doch was war das dann, diese Anziehung, die mich mit Flinn verband? Gab es tatsächlich einen Unterschied zwischen Anziehung und Liebe?

Weil ich nicht auf seine Worte reagierte, trat Flinn noch zwei Schritte näher heran und würde er seinen Arm ausstrecken, könnte er nun das Bettlaken berühren. Ich schnappte nach Luft, reckte das Kinn und sah ihn abwartend an. Ich erinnerte mich an seine Worte, dass die Distanz mein Schutzschild sei. Nur hier schien er überhaupt keine Distanz zu kennen.

»Was wollt Ihr mitten in der Nacht, König Flinn?« Es klang so unecht, ihn mit diesem Titel anzusprechen. Jedoch brachte es etwas Abstand zwischen uns – eine Distanz, die Flinn im Moment ignorierte.

»Ich kann Euch morgen nicht einfach davonziehen lassen, da ist ein Band zwischen uns, dessen Gefühle ich nicht erklären kann.« Er fuhr sich durch die wirren Haare, die ebenso nicht zu bändigen waren wie er.

Seine Gefühle erklären, dachte ich. Es klang wie eine Liebesbotschaft und trotzdem verspürte ich denselben Drang, ihm die meinen darzulegen. Ihm zu sagen, dass ich dasselbe fühlen konnte und ebenso empfand. Erschrocken über mich selbst hielt ich die Luft an. Aber ich liebte Jayden – ich liebte und vermisste ihn von ganzem Herzen.

»Ihr seid wie mein Gegenstück, Ihr fasziniert mich auf eine Art und Weise, die ich noch niemals gefühlt habe. Wenn Ihr morgen auf Eure Insel zurückkehrt, wird alles sein wie zuvor und das kann ich nicht zulassen. Unter keinen Umständen. Ich bitte Euch, lasst mich mit Euch segeln, die Insel kennenlernen und diese neue Welt entdecken. Lasst mich für Euren Krieg kämpfen.« Begeisterung flackerte in seinen Augen auf, deren Dunkelheit mich immer noch fesselte.

»Flinn, Ihr seid Herrscher des Festlandes … Ihr seid ein König mit einer Verpflichtung. Einer Bestimmung. Ihr könnt unmöglich mit uns kommen und alles zurücklassen«, entgegnete ich ihm, ohne auf die erwähnte Anziehung zwischen uns einzugehen.

»Dieses Land ist verloren.« Seine bedrückte Stimme war kaum in der Lage, die Wörter lauter als ein Flüstern auszusprechen. »Ebenso wie ich es bin. Ihr habt es doch selbst gesehen, oder nicht? Und geht es nicht darum in Eurem Kampf? Um die Freiheit eines jeden Lebens? Um das Recht, über sein eigenes Leben zu bestimmen?«

Vorsichtig nickte ich ihm zu. Ja, das Festland war nicht mehr als die Asche eines Vulkans, der alles unter sich verbrannt und begraben hatte und auch Flinn sollte die Möglichkeit haben, über sich selbst zu bestimmen. Dennoch wusste ich darauf keine Antwort.

»Ich habe darüber nachgedacht, Nava. Eure Stadt benötigt einen Krieger und mein Land benötigt jemanden, der sich die Macht einer Krone wünscht. Auch wenn er auf diesem Land nichts auszurichten hat, denn in Wahrheit regiert es der Vulkan.« Flinn machte eine längere Pause, wendete den Blick jedoch nicht von mir ab. »Jemanden, den Ihr in Eurer Welt nicht länger … benötigt«, sprach er die Worte sehr gewählt aus und verzog dabei das Gesicht.

Erst jetzt dämmerte mir allmählich seine Absicht. »Ihr meint … Tyler?« Entsetzt sah ich ihn an.

Der König nickte eifrig. »Ich könnte mit Euch segeln, an Eurer Seite kämpfen, während er hier auf einem Thron sitzen und Euch nicht mehr schaden könnte. Ohne Euch wäre es ihm auch nicht mehr möglich, das Meer zu überqueren, und gegen die seit Generationen vorbestimmten Traditionen dieses Feuerlandes kommt auch er nicht an. Außerdem würden einige meiner Männer hierbleiben und darauf achten, dass alles seinen weiteren, gewohnten Gang geht. Andere dagegen könnten uns begleiten. Ihr braucht diese Unterstützung, das sagtet Ihr selbst. Lasst mich für die Freiheit anderer kämpfen – und für meine eigene. Vielleicht ist das unsere wahre Bestimmung.«

Mir fehlten die Worte und mein Kopf war leer oder wie von grenzenloser Asche vernebelt. Fassungslos sah ich ihn an und die Aufregung trieb die blauen

Magiepunkte auf meine Haut. Sie brachten Licht in die Dunkelheit und spiegelten sich in Flinns Augen. Fasziniert beobachtete er mich, während ich mich kaum sammeln konnte.

»Ihr wollt Euer Königreich verlassen und Tyler den Thron überlassen? Morgen? Er ist kein König. Nicht wie Ihr es seid!«

Er stieß etwas verächtlich Luft aus. »Er würde in dem Glauben leben, Macht zu besitzen. Aber es ist Macht, die er nicht ausüben kann. Versteht Ihr? Ihr könntet eines Eurer Probleme hierlassen, während Ihr Unterstützung mit in Eure Stadt bringen könnt. *Gute Unterstützung*.«

Ich wusste, was er meinte. Die Idee der brennenden Pfeile schien nicht nur in meinem Kopf herumzuspuken. »Seid Ihr sicher? Das ist keine Entscheidung, die man in einer Nacht fällen sollte«, bemerkte ich mit Nachdruck.

Flinn blieb jedoch unbeeindruckt. »Ihr habt keine Zeit. Wir haben keine Zeit und ich bin es leid, auf diesem Thron in Langeweile zu ertrinken, wo mich das Meer schon nicht ertrinken ließ.« Er schnaubte zuerst, starrte mich dann aber plötzlich ganz direkt an. »Vielleicht seid Ihr das gewesen«, flüsterte er. »Vielleicht habt Ihr das Wasser dazu gebracht, damit sich unsere Wege eines Tages kreuzen und das Schicksal uns zusammenführt.«

Ehrlich gesagt war diese Vorstellung schön und klang irgendwie passend für unsere Situation.

Dennoch hatte ich damit nie etwas zu tun gehabt. »Das ist nicht wahr, so lange besitze ich die Magie nicht und selbst wenn, wüsste ich nicht, wie ich das hätte beeinflussen sollen. Außerdem …«

»Bitte«, unterbrach mich Flinn mit einem energischen Unterton. Trotzdem war da ein flehender Ausdruck in seinen Augen.

In was für einer wirren Welt wir doch leben, die trotz ihrer Ränge und Traditionen nicht immer nach diesem System funktioniert. Denn in meiner bisherigen Welt gab es so etwas nicht, dass ein König eine Frau anflehte.

»Gebt Ihr mir ein wenig Zeit, darüber nachzudenken? Oder besteht das Risiko, dass Ihr diese Entscheidung bis Tagesanbruch selbst getroffen habt?« Einen Moment lang wusste ich nicht, ob Flinn mir diese Art von Frage übel nahm oder als persönlichen Angriff empfand.

Stattdessen schlich sich, unberechenbar wie er war, ein Grinsen auf sein Gesicht und er trat zwei große Schritte vom Bett zurück. »Bitte, denkt in Ruhe darüber nach. Aber ja, dieses Risiko besteht sehr wohl.«

Wie bereits vermutet, hatte sich Flinn dieses Vorhaben bereits voller Sturheit in den Kopf gesetzt, noch bevor ich am Morgen erwachte. Selbst Aranda war furchtbar in Aufregung und ich überlegte insgeheim, ob sie nicht auch mit nach Mar kommen sollte. Der Gedanke, Tyler als Herrscher dieser Menschen zurückzulassen, fühlte sich noch immer unbegreiflich an. Das konnte der seltsame König doch nicht wirklich vorhaben!

Silbermänner trugen unser Gepäck bereits wieder zum Schiff und alle Bewohner des Vulkans hatten sich in der Grundebene versammelt. Schweigen lag schwerer als Worte in der Luft und nirgendwo entdeckte ich Flinn. Ebenso wenig Tyler und die restliche Besatzung des Schiffes, die ich am Tag zuvor noch bei den Bewohnern des Vulkans gesehen hatte. Durch die Aufregung schwebte die Magie wie ein Schutzschild um mich herum und begleitete mich auf jedem Schritt. Die Menschen sahen mich mit einer Mischung aus Unwissenheit und Furcht an und als ich in ihre Reihen spähte, wandten die ersten bereits schnell ihre Blicke ab. Ich seufzte und trat aus dem Vulkan hinaus.

Silbermänner formten um zwei Personen einen Kreis und ein ungutes Gefühl stieg in mir auf, das mich gemeinsam mit einer heftigen Übelkeit überkam. Dieser irre König!, fluchte ich lautlos, griff in den Saum des Kleides und beschleunigte meine Schritte. Je näher ich kam, desto deutlicher erkannte ich Flinn in einer dunklen Rüstung und Tyler mit gefesselten Händen im

Inneren des Kreises. Ein Stöhnen entwich mir und ich lief schneller.

»Habt Ihr vollkommen den Verstand verloren?«, rief ich ihnen entgegen, noch bevor ich sie erreicht hatte.

Flinn sah augenblicklich mit einem amüsierten Grinsen auf.

»Guten Morgen, Nava. Ich hoffe, Ihr hattet eine erholsame Nacht?« Seine Anspielung war nicht zu überhören und ließ selbst Tyler hellhörig werden.

Ich musterte ihn einen Moment länger und mir fiel auf, dass er zerknirscht und niedergeschlagen wirkte. Seit zwei Tagen waren wir einander nicht mehr begegnet und während ich meine Zeit mit dem König verbracht hatte, hatte Tyler in einer düsteren Zelle gesessen.

»Nava …«, begann der Blonde, der in einer anderen Zeit mein Zukünftiger hätte werden sollen. Doch so wie er mir nun gegenüberstand, hatte er diesen Anschein vollkommen verloren.

»Da wir nun vollzählig sind, kann ich euch endlich mitteilen, weshalb wir uns hier heute versammelt haben«, erklärte Flinn und ließ es bewusst königlich klingen. »Ihr kamt im Namen des Majors, um neue Verhandlungen zu treffen, nicht wahr?« Er umkreiste Tyler, während ich noch immer hinter den Silbermännern stand.

Tyler nickte. »Ja, das ist richtig.«

»Zuerst habe ich Eure Verhandlungen abgelehnt, aber nun bin ich bereit, Euch meinen Teil des Handels anzubieten.« Er machte eine bedeutungsvolle Pause und Tyler runzelte die Stirn. Wie ungewohnt hilflos er plötzlich wirkte.

»Ihr wolltet mir bis Tagesanbruch Zeit geben.« Damit zog ich Flinns Blick sofort wieder auf mich.

Schon wieder umspielte dieses mittlerweile vertraute Lächeln seine Lippen und es ließ mein Herz augenblicklich schneller schlagen. »Und Ihr wolltet dieses Risiko eingehen«, entgegnete er ruhig. »In Eurer Welt ist es die Entscheidung eines Königs, die von den Gefolgsleuten hingenommen werden muss. Und diese Entscheidung ist bereits gefallen.«

»Ihr meint, sie ist gefallen, schon bevor Ihr mich um meine Meinung gefragt hattet.« Ich verschränkte die Arme und sah ihn abwartend an.

Tylers Blick wechselte unsicher zwischen uns hin und her. Ohne auf mich einzugehen, setzte Flinn seine Schritte um seinen Gefangenen fort. Dieser Sturkopf!

»Am heutigen Morgen wird das Schiff ablegen, um in wenigen Tagen Eure Insel zu erreichen, aber Ihr –«, er deutete auf Tyler, »werdet nicht mitsegeln.«

Dem Ehrenträger blieb der Mund offen stehen. Noch bevor er etwas erwidern konnte, kam Flinn ihm zuvor.

»Ich werde an Eurer Stelle mit Nava zurückkehren – nehmt es aber nicht persönlich.« Ein kurzes Lachen ertönte, das Tyler zusammenzucken ließ. »Ihr werdet meinen Platz einnehmen, für den einige grundlegende Vereinbarungen getroffen werden. Solltet Ihr denen nicht nachkommen, so seid gewiss, dass meine Männer Euch den Kopf vom Hals trennen werden, noch bevor Ihr es bemerken würdet. Im anderen Fall würde es das Meer selbst erledigen. Denn ein zweites Mal überlebt Ihr diesen Fluch nicht. Nicht wahr, Nava?« Flinn blieb stehen und nun verschränkte er die Arme vor der Brust.

Magiepunkte tanzten vor meinen Augen und in mir tobte eine unausgeglichene Mischung aus Gefühlen, die ich kaum mehr kontrollieren konnte. Es war aber auch kaum möglich, diese Situation neutral zu analysieren.

Erstens wollte ich nicht, dass Tyler mit uns zurückkehrte und unserem Vorhaben im Weg stand. Zweitens der Major selbst rechnete nicht wirklich mit seiner Rückkehr und so könnte ich ihm mit Flinn eine andere Geschichte über das Festland erzählen. Wir könnten unsere eigene Wahrheit erschaffen, die gleichzeitig eine Lüge werden würde. Drittens wollte ich dieses verlorene, zum Untergang verdammte Königreich nicht ohne seinen viel zu jungen und impulsiven Herrscher verlassen. Auch wenn es noch keinen Platz für Flinn in Marenna gab und wir noch nicht unsere Ankunft oder die Rebellion geplant hatten, so stand dennoch eines fest: Dieser Entschluss war gefasst, noch bevor ich mir selbst darüber bewusst werden konnte.

»Das ist wahr.« Ich zwängte mich an den Silbermännern vorbei in den Kreis. »Ich beherrsche den Fluch des Meeres und nach dem heutigen Tage wird es dir nicht mehr möglich sein, deine Entscheidung zu ändern. Du kannst den Thron wählen oder nach Marenna zurückkehren, als wäre nie etwas gewesen«, sprach ich ehrfürchtig aus.

Tyler schüttelte kaum merklich den Kopf.

Flinn dagegen lächelte voller Anerkennung und mit einer Spur Stolz, denn nun war offensichtlich, dass wir auf derselben Seite standen.

»Wieso, wieso sollte–« Tyler hielt inne, seine Gedanken schienen sich zu überschlagen. »Und im Gegenzug?« In seinen Augen funkelte Wut.

»Dafür werdet Ihr König.« Flinn nahm seine Krone vom Kopf. Ein dumpfes Raunen ertönte unter den Silberrüstungen und die Männer verneigten sich sofort. Ich war nicht sicher, ob diese Autorität echt oder abgesprochen war. Doch allem Anschein nach funktionierte es, denn Tyler wirkte beeindruckt.

»Ich werde König und Herrscher über das Festland?«, fragte er nochmals nach. Seine Stimme bebte vor Gier.

»So ist es. Ihr erhaltet diese Krone und meinen Titel.« Flinn tippte gegen das glänzende Material.

Tyler staunte und dennoch war er sichtlich nervös. »Wo ist der Haken?«, fragte er. »Ihr überlasst einem Gefangenen doch nicht ohne Grund Eure Krone.« Unruhe schwang in seinen Worten mit.

Doch Flinn lächelte nur. »Natürlich. Jede Entscheidung hat ihren Grund, das ist die Aufgabe eines guten Königs. Also gut, die Bedingungen sind wie folgt. Wenn Ihr die Krone wegen dieser Anforderungen nicht wollt …« Flinn setzte sich die Krone wieder zurück auf den Kopf, wo sie wieder einmal fast in den Locken unterging.

Tylers Mundwinkel zuckten und daran konnte ich erkennen, dass Flinn ihn längst für diese Sache begeistert hatte. Macht war etwas Widerliches. Sie ließ die Menschen kurzsichtig werden, blind für die wichtigen Dinge des Lebens.

»Erstens: Ihr werdet dieses Festland niemals mehr verlassen. Ein wahrer König verlässt niemals sein Land, also seid ein besserer als ich. Der Fluch wird auf Euch liegen und Ihr könnt das Wasser niemals mehr überqueren. Dafür wird Nava sorgen.« Flinn nickte zu mir herüber und Tyler folgte seinem Blick. »Zweitens: Ein Teil meiner Männer bleibt hier und sie werden dafür sorgen, dass die Traditionen und Legenden am Leben erhalten werden. Es gibt Dinge, die nicht verändert werden dürfen – egal wer die Krone trägt.« Er wartete ab, doch Tyler sagte nichts dazu.

»Drittens: Ich werde an Eurer Stelle heute mit dem Schiff zurückkehren. Aber es ist Eure Entscheidung, Ihr habt die Wahl.«

Eine längere Pause entstand.

»Das ist alles?« Tylers Stirn zog sich in Falten. »Ihr geht und wenn ich bleibe, bin ich für die restliche Zeit meines Lebens König?« Die Worte bebten, so voller Anspannung war Tyler. König zu sein war weitaus mehr Macht, als ein angesehenes Ehrenhaus zu führen. Nur damit erreichte Flinn einen Anreiz für diese Vereinbarung.

»Das ist alles. Diese drei Bedingungen und die Krone gehört Euch.« Flinn nahm die Krone erneut ab und verbeugte sich tief vor Tyler. Es war ein irreales Bild, das sich mir zeigte. Flinn, wie er Tyler die Krone darbot und sich verneigte.

Ich wollte ihn anschreien und hinaufzerren, doch ich blieb, wo ich war. Das hier war Flinns Anteil des Plans und den würde ich ihm überlassen. Denn um ehrlich zu sein, war ich längst auf Flinns Seite, egal wie seltsam sein Vorhaben auch war.

»Einverstanden«, brachte Tyler hervor. Wären seine Hände nicht immer noch gefesselt gewesen, so war ich der festen Überzeugung, hätte er bereits nach der Krone gegriffen.

»Was für hervorragende Neuigkeiten!« Flinn erhob sich. »Dann lasst uns hineingehen und den neuen König bekannt geben!« Er deutete den Silbermännern an, voranzugehen und mit einer ruckartigen Bewegung nahmen sie Tyler mit sich.

Flinn und ich sahen uns wortlos an, als wir ihnen folgten. Es gab so viel zu sagen und gleichzeitig nichts.

»Danke«, formte Flinn lautlos und lächelte mir zu. Da war ein Leuchten auf seinem Gesicht, das ich erst jetzt wahrnahm. Eine Vorfreude auf Abenteuer, auf die große, weite Welt, die er nun endlich bereisen würde. Eine Vorfreude auf … Leben.

Wir alle verneigten uns, bevor wir den Vulkan betraten, so wie Flinn es uns von Anfang an aufgetragen hatte. In der Grundebene hatten sich noch immer alle Menschen versammelt.

»Heute wird ein neuer König gekrönt, der unter den Bedingungen unserer Traditionen und Vereinbarungen herrschen wird!« Flinn pries Tyler wie einen Hauptgewinn an, während er hoffentlich keine Schande über dieses Land bringen würde. Doch ihm blieb kaum Gelegenheit für falsche Handlungen, dafür hatte Flinn bereits gesorgt. Die umstehenden Menschen klatschten zaghaft und unsicher. Als gäbe es an Flinns Entscheidungen grundsätzlich nichts zu bezweifeln.

»Es gibt nur noch eine einzige Sache, die letzte Handlung als König, die ich noch ausführen möchte.« Er winkte einen der Silbermänner mit energischer Handbewegung her, der ihm schnell einen schwarzen Beutel brachte. Mir kam er von unserem Training bekannt vor.

»Nava, bitte tretet vor.« Flinn setzte sich auf den Thron aus orange flammender Lava.

Alle Blicke richteten sich auf mich, das konnte ich spüren, und die Magiepunkte schossen sofort empor und legten sich wie eine zweite Haut um mich. »Bitte entschuldigt«, versuchte ich es leise, als ich zu Flinn an den Thron trat.

»Es gibt keinen Grund, nervös zu sein«, erwiderte er grinsend.

Mein Herz schlug schneller und ich fragte mich erneut, was sich zwischen Flinn und mir in dieser kurzen Zeit entwickelt hatte. Etwas, das ich einfach nicht beschreiben konnte.

Flinn räusperte sich und die gesamte Aufmerksamkeit richtete sich auf ihn. »Nava … Ihr habt ausgesehen wie eine Königin aus Asche und Rauch, als Ihr in Eurem Silberkleid das erste Mal mein Land betreten habt. Ich habe ein Geschenk für Euch, von Bestimmung zu Bestimmung.« Er holte tief Luft und zog etwas aus dem Beutel. »Dieser Bogen ist ein Geschenk für eine Königin, auch wenn Ihr nicht die meine oder dieses Landes seid – so seid Ihr doch eine Königin, die um Ihre Stadt kämpft. Auch wenn sie keine Krone trägt.« Seine Augen funkelten in einer Dunkelheit, die doch eine Wärme für mich ausstrahlte.

Ich war vollkommen sprachlos, sah ihn lange an und spürte, dass keine Worte nötig waren, um ihm zu erklären, was ich empfand. »Ich danke Euch von Herzen, dass das Schicksal uns zusammenführte, um eine verlorene Welt zu retten. Ihr seid ein König, der den Flastresia würdig wäre. Bereit, selbst zu gehen und diese Entscheidung in dem Wissen zu treffen, dass niemand mehr einen davon abhalten kann.« Ich setzte zu einem Knicks an und dann überreichte mir Flinn den schwarzen Bogen mit einem Köcher voller Flastresia-Pfeile, die mintfarben schimmerten.

»Auf dass der Himmel brennende Pfeile regnen möge«, flüsterte Flinn mit rauer Stimme, als er sich vor mir verneigte.

Ich lächelte mit bebendem Herzen. »Ja, auf dass der Himmel brennende Pfeile der Freiheit regnen werde.«

Flinn erhob sich und die Menge jubelte, auch wenn sie kaum verstanden haben konnte, was wir so leise besprochen hatten. Es war wie ein Abschied gewesen. Ein Abschied, der nun keiner mehr war.

»Und nun befreit den Gefangenen, denn er ist euer aller König!«

Könige kommen und gehen
in einem Wandel aus Schicksal und Zeit.
~ Flinn ~

KAPITEL 22

Es war keine besonders rituelle oder schöne Zeremonie, wie man bei einer Krönung eigentlich vermutete. Aber weder Flinn noch Tyler schienen besonderen Wert darauf zu legen. Keiner der beiden wollte länger damit warten.

Die Menge verneigte sich, nachdem Flinn Tyler die Krone auf den Kopf gesetzt hatte. Während sich alle verbeugten, erhob sich Tyler in einem Stolz, der ihm vielleicht angeboren war. Er hatte mehr erreicht, als er je für möglich gehalten hatte. Habgier und Freude waren in seinem Blick endlich vereint.

Innerhalb weniger Minuten war dieses Ereignis vorbei und Tyler rührte sich nicht mehr von seinem Thron fort. Wir verabschiedeten uns mit einem Nicken und versicherten uns, dass alle Kisten bereits auf das Schiff geladen worden waren. Flinn hatte veranlasst, dass Aranda und fünf weitere Silbermänner uns begleiten würden. Als wir den Vulkan verließen, konnte ich kaum glauben, dass das nun wirklich geschah.

Tyler folgte uns letztendlich doch vor den Eingang des Vulkans, weil einer der Silbermänner ihn darauf hingewiesen hatte, dass es sich für einen guten König so gehörte. Der Kapitän und Aranda, die Silbermänner und die wenigen Männer des Majors warteten, während der neue König Flinn und mir gegenüberstand.

»Haltet Euch an die drei Bedingungen. Das ist alles.« Flinn nickte und kehrte ihm den Rücken zu. Er wollte mit den anderen bereits in Richtung Schiff laufen, wahrscheinlich, falls ich mich noch unter vier Augen verabschieden wollte.

Doch kaum hatte sich Flinn umgedreht, zückte Tyler ein Messer unter seinem Umhang hervor und schleuderte es dem ehemaligen König mit einer Wucht und Aggression entgegen, die ich erahnt, aber in diesem Moment nicht erwartet hatte.

Das funkelnde Messer verfehlte Flinns Kopf nur knapp. Er wandte sich augenblicklich um. Ein Beben dröhnte im Inneren des Vulkans, der Aschewolken in den Himmel stieß. Die Silbermänner griffen innerhalb von Sekunden nach ihren Bögen und visierten Tyler an. Unruhige Rufe ertönten und einige der Menschen kamen aus dem Vulkan gelaufen. Aranda murmelte irgendwelche Worte und kniete sich sofort zu Boden. Die anderen Menschen des Festlandes taten es ihr gleich und es war, als beteten sie den Vulkan um Gnade an.

Flinn stapfte wutgeladen und mit einem tiefen, kehligen Knurren auf Tyler zu, ohne ihn anzugreifen, doch in ihm explodierte eine Wut wie die Lava in einem Vulkan. Wie eine sich gerade entzündende Glut, die vorhatte, alles zu vernichten.

»Nava!«, zischte Aranda mir zu. Sie bedeutete mir das Gleiche zu tun wie die übrigen auch. Unsicher wägte ich zwischen ihr und den beiden jungen Männern ab. »Betet oder die Gottheit wird uns alle erneut unter sich begraben!« Sie hielt einen Moment inne, ehe sie bemerkte, dass ich sie nicht verstand. »Verrat ist die höchste Form der Unruhe und wenn wir die Gottheit nicht besänftigen können, dann …« Aranda schluckte. »Dann wird der Vulkan erneut ausbrechen.« Ihre Stimme war nur noch ein ersticktes Flüstern und ich erkannte große Furcht in ihren Augen.

Schnell wandte ich mich um und wollte Flinn sagen, dass es etwas Größeres gab als das. Doch ich erblickte etwas anderes. Etwas, womit ich niemals gerechnet hatte.

Glühend rote Funken tanzten um Flinns Körper, während der Vulkan weiter Asche und bebende Grollen von sich gab. Tyler hatte sich mit dem Rücken an die Felswand gepresst und traute sich kaum mehr zu atmen. Seine Anspannung war nahezu greifbar, aber das war nicht das, was uns alle sprachlos werden ließ. Es war Flinn.

Als sich der wilde Bogenschütze umwandte und mir entgegen stierte, war die Dunkelheit seiner Augen von roten Magiepunkten erleuchtet. Sie flirrten wie winzige Flammen über seine Haut und in seinem Blick stiegen sie auf wie Funken einer zischenden Glut. Seine Hände waren zu Fäusten geballt und sein Atem ging schwer. Mit offenem Mund starrte ich ihn an und begriff mehr, als ich fassen konnte. Es gab keine Gottheit, die den Vulkan beaufsichtigte. Flinn war diese Gottheit. Flinn war dieses Element. Er war mein Gegenstück und dennoch waren wir eins, denn wir trugen die gleiche Magie. Nur schien Flinn noch überhaupt gar nichts davon zu wissen.

»Flinn!«, rief ich so laut wie möglich aus, um das Grollen des Vulkans zu übertönen und zu ihm durchzudringen.

Immer mehr Magiepunkte glühten um ihn herum auf. Der Ascheboden unter seinen Füßen verwandelte sich in Glut.

Schnell eilte ich die letzten Meter zu ihm hinüber. Als wir uns gegenüberstanden, strömte auch meine Magie aus und die beiden Farben trennten uns wie Schutzschilder voneinander. »Flinn, bitte … hör gut zu.« Noch immer sprach ich sehr laut und es spielte in diesem Moment keine Rolle, ihn ohne jeglichen Titel anzusprechen.

»Ich bin wie Ihr«, brachte er rau und bebend hervor. »Ich bin wie Ihr, Nava.« Flammende Augen blickten mir entgegen und suchten nach mehr Antworten, als ich ihm bieten konnte.

»Ja, aber das wusste ich selbst bis zum jetzigen Moment nicht, aber es erklärt so vieles«, versuchte ich ruhiger zu sprechen. »Ihr seid das Element des Feuers, während ich das Wasser beherrsche. Ihr seid die Gottheit, die den Vulkan im Gleichgewicht hält, niemand sonst beherrscht ihn.«

Sein Blick wurde ratloser. »Woher? Wieso ich? Weshalb …« Sein Augenmerk galt erst seinen Händen, dann hielt er inne und sah mich geradlinig an. »Deshalb wollte mich das Meer nicht. Weil ich das Feuer bin.« Er holte tief Luft und wirkte verstört. Schnell fuhr er sich durch die Haare. Ich erinnerte mich an seine Erzählung und nickte ihm zu. Nun ergab so vieles endlich einen Sinn.

»Nava, bitte helft mir«, stieß er aus. Mit seinen Worten schoss neue Asche aus dem Vulkan. »Oder mein Land wird erneut untergehen.« Seine Stimme klang so bittend, dass es mir aus seinem Mund fast fremd erschien.

Doch ich erkannte seine Not, so wie ich mich einst gefühlt hatte, als die Trauer mich fast übermannt hatte. Wir alle brauchten eine unsichtbare Grenze, über die das Element niemals treten durfte. »Ihr müsst Euch beruhigen, denkt nicht mehr an den Verrat. Denkt an etwas Ruhiges. Fokussiert Euch auf das Hier und Jetzt. Nichts anderes ist von Bedeutung, nur die innere Ruhe zählt. Lasst Euch von nichts anderem beeinflussen. Denkt an etwas, für das Ihr es tut. Für das Ihr es hier und jetzt in eine eiserne Kiste sperren müsst.«

Und dann verstrichen Minuten, in denen Flinn auf den Boden starrte und irgendwann die Augen schloss. Alle um uns herum warteten gebannt ab und hatten aufgehört zu beten. Nichts war offensichtlicher als die rote Magie um ihren ehemaligen König. Alle hatten es gesehen, jeder wusste nun, zu was er fähig war. Dass ihre jahrelang geglaubte Gottheit wahrhaftig in Fleisch und Blut vor ihnen stand.

Nach einer Weile sah Flinn auf und seine Magiepunkte wichen langsam zurück. Er holte hörbar Luft und knetete seine Hände. »Ihr kennt das, oder nicht?«, fragte er leise.

Mit einem vorsichtigen Lächeln zuckte ich die Schultern. »Die Elemente dürfen niemals über uns siegen. Unser Wille muss stärker sein. Immer. Denkt daran, wann sie Euch auch zu mächtig erscheint.«

Flinn nickte und legte eine Hand auf die Stelle, an der sich die roten Magiepunkte wie eine Linie von den blauen trennten. »Ihr seid das Wasser und ich das Feuer. Das ist einfach … unglaublich«, hauchte er voller Faszination.

Ich streckte ihm meine Hand entgegen. Obwohl wir uns nicht berührten und nur nah beieinanderstanden, konnte ich die Spannung zwischen uns deutlich fühlen.

»Wir gehören zusammen und tun es dennoch nicht.« Flinn grinste ein wenig und ich musste es erwidern. Er hatte recht und das war es wohl auch, was ich ständig gespürt hatte. Flinn war mein Gegenelement und damit eröffneten sich unzählige Fragen und Antworten zugleich.

»Ihr seid des Amtes eines Königs nicht würdig!« Er drehte sich zu Tyler um, der noch immer an der Felswand stand und das Geschehen nervös beobachtete. »Ihr dachtet doch nicht ernsthaft, dass Ihr diesen Titel auch nur einen Moment lang verdient hättet!«

Tyler zuckte bei Flinns energischer Stimme zusammen.

Weiterhin von der Feuermagie gekennzeichnet, stapfte er auf den Verräter zu. Glut flackerte unter ihm wie bei den Flastresia. Mit einem König des Feuers sollte man es sich besser nicht verscherzen. »Als Verräter hätte man Euch auf Eurer Insel sicherlich gehängt. Aber hier auf dem Festland … hängen wir die Leute nicht. Bisher wurden sie alle unter der Lava des Vulkans begraben.« Den letzten Satz zischte er Tyler etwas leiser zu, dann griff Flinn nach seiner Kehle, drückte ihn gegen die Wand. Funken sprühten um ihn herum, verliehen seiner aufgebrachten Wut Ausdruck. »Ihr verdient sie in keinster Weise … nicht einmal annähernd!« Flinn sah nur für einen Moment zu mir herüber, doch dieses Mal konnte ich nichts außer Feuer in seinen dunklen Augen erkennen. Seine Emotionen tobten, die Emotionen des Feuers.

»Sie gehört Euch«, keuchte Tyler unter Flinns festem Griff erstickt. »Ihr könnt sie haben. Ich erhebe keinen Anspruch mehr auf sie.« Hilfesuchend blickte er sich um, doch er war umgeben von Feinden. Weder Madame Patrice noch die Ehre seines Hauses waren ihm hier draußen in der fremden Welt ein Schutz. In Tylers Worten erkannte ich, dass er aufgegeben hatte. Dass er endlich begriffen und akzeptiert hatte, dass er mich niemals besitzen würde. Diese Erkenntnis kam jedoch sichtlich spät, denn wann immer ich ihn anblickte, erinnerte ich mich an den Moment, als er Jayden das Messer in die Brust gerammt hatte.

»Du hast versucht, Jayden zu ermorden«, brach es plötzlich aus mir heraus. Verachtung und Hass klangen in meiner Stimme nach. »Du hast ihm ein Messer durchs Herz gejagt, um mich zu besitzen. Du bist bereit, Menschen zu töten, um deinen Willen durchzusetzen – Du …« Blaue Magiepunkte schwebten empor und näherten sich der Feuermagie von Flinn. Doch es war ihnen nicht möglich, sich zu vermischen. Wie an einer unsichtbaren Wand prallten sie ab.

Flinns Gesichtsausdruck veränderte sich und aus Tylers röchelnden Lauten schloss ich, dass er seinen Griff um Tylers Hals verstärkte. Die rote Magie hüllte die beiden wie einen abgeschotteten Käfig ein, den ich wegen der Wassermagie nicht betreten konnte. Der Vulkan spuckte Rauchschwaden empor und der Boden unter den beiden fing plötzlich Feuer. Ein erschrockenes Raunen ging durch die Menge an Menschen hinter uns.

Es war nur der Bruchteil einer Sekunde, in dem ich den Atem anhielt und kaum klar denken konnte. Hinter mir ertönte ein leises Klicken und kurz darauf schnellte ein Flastresia-Pfeil durch die Luft. Die schillernde Spitze versank in Tylers Brust. Alles geschah so wahnsinnig schnell, denn sofort im Anschluss lösten sich auch die Pfeile der anderen Silbermänner und durchbohrten Tylers zitternden Körper.

Flinn ließ augenblicklich von ihm ab und wich ein paar Schritte zurück. Sein Mund stand offen und fassungslos, fast fragend, starrte er zu mir herüber, wandte sich dann den Silbermännern zu. Er selbst schien keine Worte zu finden. Noch immer flackerte die Magie wie Flammen um seinen Körper.

»Das Blut eines solchen Verräters sollte nicht an Euren Händen haften, Majestät.« Einer der Wächter trat hervor und verbeugte sich tief vor Flinn. Die anderen ahmten diese Bewegung nach. Für einen Moment bewunderte ich diese Handlung, doch der Schock saß zu tief in meinen Gliedern. Tylers lebloser Körper war die Felswand hinab in die Asche gerutscht, wo er in einer seltsam unbequemen Haltung verharrte. *Tyler ist tot,* schoss es mir durch den Kopf und ich fragte mich, wie ich diese Nachricht jemals Mia oder gar Mik über-bringen sollte.

Das kleine Mädchen hatte es meiner Meinung nach nicht verdient, so etwas erfahren zu müssen, denn schließlich waren sie Halbgeschwister. Aber einen Bruder dieser Art hatte sie ebenso nicht verdient. Er hätte Jayden umgebracht, hätte ihn die Magie nicht gerettet. Der Gedanke, Jayden könnte seinetwegen nicht mehr am Leben sein, war unerträglich und ein leichtes Gefühl von Gerechtigkeit schlich sich in mein Herz. Auch wenn ich vom Schock der Ereignisse wie gelähmt war. Offensichtlich erging es Flinn kein bisschen anders. Seine Hände zitterten, Flammen züngelten um seine Beine, doch er schien keinen Schaden zu nehmen. Er hatte noch immer nicht auf die Worte des Silbermannes reagiert.

Dankend nickte ich dem Mann zu und sie zogen sich zu den anderen Bewohnern zurück. »Flinn?« Ich näherte mich vorsichtig. »Flinn?«

Ruckartig wandte er den Kopf in meine Richtung, als könnte er den Blick von Tylers Körper nur schwer lösen. Sein Atem ging schnell, als würde er unter falschen Schuldgefühlen keine Luft bekommen. Oder war es ungebändigte Wut, die dort unter der Oberfläche bebte?

»Ich wusste nicht, dass er versucht hatte …« Flinn schluckte und schüttelte den Kopf, als könnte er damit den Gedanken verwerfen.

»Die Männer in Marenna nehmen einen hohen Preis für ihre Ehre in Kauf.« Ich legte meine Handfläche an die Grenze der blauen Magie.

Mit einem Lächeln kam Flinn dieser Geste nach und nur noch wenige Zentimeter trennten uns. »Ich hatte nicht vor, ihn als König auf diesem Land zu lassen«, gab Flinn plötzlich von sich.

Ich horchte irritiert auf.

»Es sollte eine Falle sein. Die Silbermänner waren informiert, dass die gesamte Bevölkerung des Vulkans mitkommen würde. Ihre Sachen wurden bereits alle auf den Schiffen verstaut, die uns zur Verfügung stehen.«

Seine Worte verschlugen mir die Sprache.

»Wie bitte, Ihr habt was …?« Ich senkte die erhobene Hand.

»Ihr verdient die Freiheit ebenso wie Euer Land«, erwiderte Flinn mit deutlich ruhigerer Stimme. »Aber ich hätte das meine nicht im Stich lassen können. Egal wie sehr ich Euch über das Meer folgen wollte.« Die

Magie um ihn herum wurde blasser und versickerte allmählich wieder in seiner Haut.

»War das von Anfang an Euer Plan?« Noch immer drehten sich die Ereignisse wirr in meinem Kopf.

»Erst nachdem ich heute Nacht bei Euch … gewesen bin.« Er hielt kurz inne bei dieser Formulierung. »Ich habe Euch angesehen, dass Ihr von diesem Plan nicht überzeugt seid. Also fand ich eine andere … Lösung«, vollendete er seinen Satz.

Langsam erkannte ich wieder die dunklen Augen, die zuvor von der Magie verborgen worden waren. »Ihr werdet nicht nur für das Festland ein Held sein«, hauchte ich leise.

Wir sahen einander lange an.

»Dann lasst uns nun Eure Welt retten.« Wieder schlich sich dieses wunderschöne Lächeln auf seine Lippen.

»Alle auf die Schiffe, es ist an der Zeit, dieses Land zu verlassen!«

In einem unruhigen Schweigen liefen wir los und die etwa hundert Menschen verteilten sich auf insgesamt drei Schiffe. Die des Königreiches waren kleiner und schmaler, sodass ich hoffte, dass sie gegen das Meer und die Stürme überhaupt eine Chance hatten.

Ob es mir möglich sein würde, die Spannung zwischen Flinns Feuer und dem Fluch des Meeres mit meiner Magie auszugleichen? Es musste einfach funktionieren. Taramea, Ellice und Lya mussten unbedingt von Flinn erfahren. Ob sie vielleicht in diesem Moment auf uns herabblickten und ebenso überrascht von all dem waren?

Als wir vor dem Beiboot des Schiffs vom Major standen, schwebte eine stumme Frage zwischen uns, die ich in Flinns Miene lesen konnte.

»Verteilt die Silbermänner auf die Schiffe. Ich werde auf Navas Schiff segeln«, wies er an, klopfte sich die Asche von der Kleidung. Er nickte mir vielsagend zu und betrat das Schiff als Erster, ohne einen einzigen Blick zurückzuwerfen.

Das Schiff legte in einem unerträglichen Schweigen ab, jeder hing seinen eigenen Gedanken nach, versuchte zu begreifen, was soeben vor sich gegangen war. Flinn und ich standen nebeneinander an der Reling, die Magiepunkte um uns herum waren erloschen, aber von nun an schimmerten die Funken auch in Flinns Augen. Das würde ihn sein restliches Leben begleiten. Dessen war ich mir absolut sicher.

»Seid Ihr deshalb ans Festland gereist, Nava? Um mir zu entlocken, wer ich wirklich bin?«, fragte Flinn irgendwann leise.

Ich schüttelte den Kopf. »Ich versichere Euch, dass ich es nicht früher wusste, als in dem Augenblick, als die rote Magie Euch umgeben hat. Aber nun ergibt alles einen Sinn«, sagte ich, obwohl mir im nächsten Moment bewusst wurde, dass alles etwas übertrieben war. Die Hälfte davon konnten wir noch gar nicht begreifen. Ich atmete tief ein. »Flinn, wir sind nicht die Einzigen. Außer uns gibt es noch Lya, sie hat das Element Luft, und Ellice das der Erde. Taramea, die Tränenkönigin, verkörpert das Wasser und sie hat mir einen Teil ihrer Magie überlassen. Wir alle stehen in Verbindung, auch wenn wir die jeweiligen Gegenteile voneinander sind.« Ich sah ihn an und er erwiderte meinen suchenden Blick.

»Wir sind ein Konflikt, der zusammengehört.« Flinn grinste und spähte wieder über das Meer hinaus in die Richtung, in der man am Horizont noch das Festland erahnen konnte. »Feuer und Wasser gegen eine verlorene Stadt – das klingt nach genau den Abenteuern, die ich immer gesucht habe.« Ein leichter Hauch von Dankbarkeit schwang in seiner Stimme mit. Mit einem Blick zum Himmel bat ich die Königinnen der Elemente endlich um ihren Beistand.

Die Überfahrt dauerte drei weitere Tage und auch dieses Mal fühlte ich mich schwach, als zehrte eine eigenartige Krankheit an mir. Flinn glaubte, es sei der innere Kampf gegen den Fluch, dem ich standhalten müsse, und damit schien er womöglich recht zu haben.

Es war uns erneut möglich, die seltenen Neoricas zu beobachten, die uns in bogenförmigen Bewegungen neben den Schiffen begleiteten. Sie wirkten friedlicher und hatten keine Erwartungen mehr an uns. Wie stille Begleiter folgten sie uns in die Heimat, als existierten keine Grenzen mehr, die sie davon abhalten konnten.

Wann immer Flinn in meiner Nähe war, um mich von meinen Symptomen abzulenken, verspürte ich dieselbe Wärme in meinem Inneren, die ich auch zu unserer Zeit auf dem Festland wahrgenommen hatte. Wärme, die mir während meiner Krankheit jedoch auch Schmerzen zufügte. Die meiste Zeit verbrachte ich wieder in der Kabine in meinem Bett und schlief sehr viel. Wenn ich mit Schmerzen erwachte, saß Flinn neben meinem Bett, und obwohl er mich nicht berührte und einfach nur da war, tat mir seine Anwesenheit gut. Wir beide gehörten unweigerlich zusammen, auch wenn wir uns niemals nahe sein könnten.

Manchmal besuchte mich der Kapitän des Schiffes wie schon auf der Hinfahrt. Er brachte mir bitteren Tee und erzählte mir dabei, wie sich die Wächter des Majors allmählich mit den Silbermännern arrangierten, obwohl sie sich anfangs sehr argwöhnisch gemustert und lange gemieden hatten.

Eines Morgens bat Flinn mich eindringlich, mit an Deck zu kommen, und ich folgte ihm auf wackligen Beinen. Die Besatzung stand an der Reling, während sie gebannt auf den Horizont hinausblickte. Etwas wie fassungsloses Staunen und Freude lagen in ihren Augen, als die Bewohner des Festlandes zum ersten Mal grünes Land betrachteten. Auch in Flinns Blick hatte ich eine Vorfreude funkeln sehen – und es war nicht nur die feuerrote Magie darin gewesen.

In der Ferne nahmen wir zerklüftete Klippen und einen hohen Burgturm wahr, der zu seiner Rechten auch einen kleineren Leuchtturm erkennen ließ. Mein Herzschlag setzte augenblicklich aus und Panik mischte sich unter die Vorfreude der Heimkehr. Ich würde nach Hause zurückkehren. Zu Nate. Zu Jayden.

Flinn griff unerwartet nach meiner Hand und bei der Berührung stoben kurz Funken auf, die wir nur wissend belächelten.

»Von nun an seid Ihr wieder die Königin und es ist Euer Krieg. Also – was werden wir tun?«, fragte Flinn.

Einige der Silbermänner wandten sich um, warteten ebenfalls auf einen Befehl. Einen, den ich noch nicht parat hatte.

»Wir hatten noch gar keine Gelegenheit, über diesen Kampf zu sprechen«, hauchte ich kaum hörbar, doch Flinn schien mich verstanden zu haben.

»Setzt an Geschwindigkeit zurück, die Wächter in ihre Kabinen. Lasst es als das Schiff aussehen, das vor einigen Tagen hier abgelegt hat. Keine Unruhe an Deck. Informiert die anderen Schiffe, hinter uns zu bleiben, bis wir wissen, wie wir weiter vorgehen«, wies er die Männer an.

Ich war dankbar dafür. Sie gehorchten seinen Worten augenblicklich und dann wandte er sich wieder an mich. Für diese Menschen würde Flinn immer ihr wahrer König bleiben.

»Der Major wird uns kommen sehen und empfangen. Er wird wissen wollen, was wir über das Festland erfahren haben und warum Tyler nicht zurückgekehrt ist«, zählte ich meine Vermutungen auf.

»Wir könnten ihm sagen, dass er die Überfahrt nicht überlebt hat«, schlug Flinn vor. Bei meinem überraschten Blick zuckte er nur die Schultern.

»Der Major wird wissen wollen, wer Ihr seid, und es wäre garantiert besser, ihm nicht zu sagen, dass Ihr das Amt des Königs innehabt.«

Flinn grinste. »Ich bin nicht mehr der König. Nur ein Krieger, der an Eurer Seite kämpft. Vielleicht können wir den Major umgehen und zuerst Euren Bruder finden?« Er sah mich abwartend an.

»Ich wüsste nicht einmal, wo ich mit der Suche beginnen sollte. Er und Jayden könnten überall sein.« Wieder einmal fiel sein Name, ohne dass ich Flinn mehr dazu erzählt hatte. Er war von meinen Worten an Tyler überrascht worden, das hatte ich ihm deutlich angesehen. Ob er wusste, dass mein Herz bereits vergeben war und diese Anziehung, die wir beide spürten, der gemeinsamen Magie zuzuschreiben war?

»Dann sollten wir uns zuerst dem Major widmen. Sein Tod würde die Stadt doch sofort in Unruhe versetzen, oder nicht?«

Entgeistert starrte ich Flinn an, unsicher, ob er das eben Gesagte ernst meinte. Den Major bei unserer Ankunft töten? Konnte ein junger Mann, ungefähr im selben Alter wie Jayden und Nate, etwas so Furchtbares tatsächlich denken – geschweige denn in die Tat umsetzen?

»Seht mich nicht so an, als wäre dieser Gedanke vollkommen abwegig. Könige sterben und neue werden gekrönt. Glaubt Ihr wirklich, es könnte Frieden geben, solange der Ursprung des Übels noch immer über die Stadt herrscht?«

Flinns Worte klangen grausam und dennoch trugen sie Wahrheit in sich. Nur war der Gedanke, ein Menschenleben selbst zu beenden, kaum vorstellbar.

Ich rang mit mir selbst gegen die Aufgabe meiner Bestimmung.

Flinn kam mir zuvor. »Der Tod des Majors würde Chaos über die Stadt bringen und diese Unruhe könnten wir nutzen. Bis ein Nachfolger gewählt und die Ordnung der Stadt wiederhergestellt würde, wären sie verletzlich und die Menschen unsicher. Der perfekte Zeitpunkt, eine Rebellion anzuzetteln. Das wäre unsere Chance.« Flinn ließ diese Worte so stehen und ließ mir Zeit für meine eigenen Überlegungen. So wie er es sagte, klang es nach einer Leichtigkeit, eine ganze Stadt zu übernehmen und neu zu regieren.

»In Ordnung«, erwiderte ich mit einem Seufzen.

Nun war es Flinn, der mich überrascht ansah. »Dann lasst uns Eure Stadt retten. Wenn Euer Bruder vom Tod des Majors erfährt, wird er sicher hellhörig werden und dann werden wir ihn schneller finden als irgendwie sonst. Fürchtet Euch nicht, Nava. Die besten Krieger des Königreiches stehen Euch zur Verfügung.«

Fürchte dich nicht, wenn die Welt versucht, dein Schicksal zu entschuldigen, sprach Jaydens beruhigende Stimme in meinen Gedanken und ich schloss für einen Moment die Augen. Die Vorstellung, in seinen Armen Sicherheit für unser Handeln zu finden, ließ das Vermissen in meinem Herzen stärker glühen als bisher.

Wir erreichten schon bald darauf den Hafen in der Nähe des Leuchtturms. Es war Nachmittag und die Sonne spiegelte sich hell auf dem Wasser. Am Ufer waren bereits Menschen zu erkennen ebenso die hölzernen Wagen, die die Pekkos auf dem Weg zur Stadt zogen. Ein Kloß bildete sich in meinem Hals und ich begann, nervös meine Hände zu Fäusten zu ballen.

Flinn stand in einem Schweigen neben mir, das nicht unangenehm, sondern vielmehr vertraut war. Ich war zu sehr in meine eigenen Gedanken versunken – dachte an meine Eltern und unser Ehrenhaus, an meine wahre Heimat, nach der ich mich innerlich sehnte. Ich dachte an Eméris Tod und die Rache, die Jayden in seinem Herzen gemeinsam mit der Trauer trug. Ebenso galten meine Gedanken all den

Unzurechenbaren, die darauf warteten, wieder in ihr altes Leben zurückzukehren. Und auch ich sehnte mich schon lange nach dieser Veränderung, die mich auch bei meiner Flucht aus der Stadt nie hatte zur Ruhe kommen lassen. Im Inneren wusste ich, dass Opfer nötig waren, um diesen Wandel herbeizuführen, um diesen Kampf, der seit Jahrzehnten Leben nahm, endlich zu beenden.

Finde den Mut, als Erster voranzugehen,
und Tausende werden dir folgen.
~ Nate ~

KAPITEL 23

Einer der Silbermänner reichte mir einen schwarzen Beutel mit einer Halterung aus Leder, in dem sich mein Geschenk von Flinn befand. Auch er trug seinen Bogen und die dazugehörigen Pfeile auf dem Rücken, jedoch nicht unter einem Stoff verborgen, sondern jederzeit zum Einsatz bereit. Er ließ mir absolut keinen Zweifel, denn seine Treffsicherheit war beneidenswert und beängstigend zugleich.

Als das Schiff anlegte, schnürte sich ein unsichtbares Band um meinen Hals, das mir beinahe die Luft abdrückte. Blaue Magiepunkte drangen aus meinem Inneren nach außen und Flinn bemerkte diese sofort, denn die Feuermagie reagierte ebenso darauf. Flimmernd standen wir einander gegenüber und betrachteten für einige Momente die Punkte in unseren Augen. Noch immer konnte ich kaum glauben, dass uns eine solche Tiefe verband. Er wollte nach meiner Hand greifen, doch die Magiepunkte bildeten schlagartig eine Barriere zwischen uns. Es war nicht immer möglich, das Feuer mit den Fluten zu vereinen. Wir lächelten uns wissend an. Das war der Preis für die Magie der Elemente.

Wachmänner des Majors stellten sich links und rechts am Steg auf, als wir vom Schiff traten. Der Kapitän ging voran und dann folgte ich mit Flinn. Hinter uns die Silbermänner und die restliche Besatzung, die für das Schiff zuständig gewesen war. Niemand stellte Fragen, aber ihre Blicke sprachen mehr als tausend Worte. Das Flimmern machte sie unruhig und sie trauten sich nicht, uns nahe zu kommen.

Wie ein Trauermarsch folgten wir einem der Männer des Majors zum Stadttor und alles geschah so still, dass nur mein eigener Herzschlag in meinen Ohren dröhnte. Nicht einmal Geräusche der Stadt waren zu vernehmen, als wäre diese wie ausgestorben. Sorge breitete sich in mir aus wie ein Virus. Wir waren über eine Woche fort gewesen – das war genug Zeit für furchtbare Ereignisse, von denen ich bisher nicht erfahren hatte.

Als wir die Stadt betraten, zog ich die Magiepunkte zurück und mit einem Nicken machte ich Flinn darauf aufmerksam, es ebenso zu tun. Doch es fiel ihm sichtlich schwerer, da er die Magie noch nicht beherrschte. So schwirrten die Feuerpunkte auch weiterhin wie kleine Funken um ihn herum. Wie beängstigend es auf die Menschen wirken musste, wenn sie nicht wussten, was es war. Noch immer erschien mir diese Erkenntnis abwegig und sinnvoll zugleich. Flinn war das Feuer, ein Element, das bisher nie in Tarameas Erzählungen aufgetaucht war. Erde, Wasser und Luft – es war, als hätte ich das Fehlen des Feuers bemerken müssen. Wie um alles in der Welt hatte er diese Magie erhalten? Ob den anderen Königinnen das nie aufgefallen war oder wussten sie von Flinn? Hatten sich unsere Wege tatsächlich nicht aus Zufall gekreuzt?

Die Burg des Majors ragte vor uns empor und Flinn reagierte mit wortlosem Staunen. Während ich in alle Gassen lugte und hoffte, irgendwo einen Hinweis auf Jayden oder Nate zu erhaschen, so folgte er den Wächtern mit fasziniertem Blick. Wie es wohl für ihn war, zum ersten Mal die Sonne auf der Haut zu spüren? Fruchtbares Land zu sehen? Denn seinem Alter nach hatte er das Land der alten Königreiche nie zu Gesicht bekommen.

Flinn und ich hatten keine Vereinbarung über das getroffen, was wir beim Major sagen würden, und allmählich ließ es mich unruhig werden. Ob sie ihnen die Waffen abnehmen würden? Oder ob der Major nach den Schuppen der Flastresia fragen würde? Was hatte er nur mit all den schimmernden Schuppen vor? Unzählige Fragen kreisten durch meinen Kopf und ich hätte nur zur gerne gewusst, wie es Flinn erging. Der Wachmann öffnete das Haupttor zur Burg und dahinter erwarteten uns viele weitere Wachleute, die an den Rüstungen deutlich von den Silbermännern zu unterscheiden waren. Als wäre der Major von Marenna nie auf die Idee gekommen, das beinahe unzerstörbare Silberglas als Rüstung zu verwenden. Es war kaum vorstellbar, dass er tatsächlich so naiv sein konnte. Ich verspürte eine unterschwellige Angst, ihn dennoch nicht unterschätzen zu dürfen.

Wir wurden in den mir bereits bekannten Thronsaal geführt, doch dieses Mal saß der alte, gebrechliche Mann nicht auf dem goldenen Platz. Er war leer und bereits das zeigte mir, dass sie uns fürchteten und versuchten, ihren Major zu schützen. Den Mann, dem die Macht gehörte, eine ganze Stadt zu regieren. Eine Macht, die wir ihm nehmen wollten. Ob sie unser Vorhaben bereits ahnten und uns in eine Falle lockten?

Hinter uns schlossen sich die schweren Türen des Raumes und Wachmänner des Majors versperrten den Weg. Vor Betreten der Burg hatten sie nur den Silbermännern ihre Waffen abgenommen. Vielleicht war die Furcht vor der Magie in unseren Augen doch zu groß, um Flinn auf den Bogen auf seinem Rücken anzusprechen.

Ein Räuspern ertönte. »Vor einigen Tagen schickte ich Euch mit Eurem Zukünftigen fort, um offiziell neue Verhandlungen zu treffen.« Ein falsches Lachen ertönte und ich vermutete, dass sich der Major in einem der Seitengänge hinter dem Thron befand. War er wirklich so feige?

»Dabei gab es überhaupt keine Aufträge, die wir neu verhandeln wollten. Unser Handel war gut so, wie er immer war.« Nun erkannte ich die Stimme des Majors ganz deutlich. »Es war nichts weiter als ein Test, ob das Meer tatsächlich nicht zu überqueren, das Festland nie wieder zu finden wäre. Und solltet Ihr es tatsächlich erreichen, so galt Eurem Gemahl der Befehl, die Schwachstellen des Festlandes ausfindig zu machen, um mir davon zu berichten.«

Flinns Anspannung neben mir verstärkte sich, ich konnte das rotfarbene Schimmern auf seiner Haut entdecken. Vorsichtig berührte ich seine Schulter, um ihn davon abzulenken. Hektisch sah er zu mir herüber und in seinem Blick lag eine wütende Gewissheit. Er hatte recht behalten. Eines Tages hätte der Major versucht, das Festland anzugreifen. Die Befürchtung, die ihn sich Tag für Tag vorbereiten ließ, wäre wirklich wahr geworden.

»Aber Ihr kehrt mit einem anderen Mann und einer Armee aus Wachmännern zurück. Also sagt mir, was ist am Festland vorgefallen?« Mit diesen Worten trat ein Mann hinter dem Thron hervor, dessen Erscheinung beinahe blendete. Er war hinter einer Art Rüstung aus Flastresia-Schuppen versteckt, nur der Teil seines Gesichts war ausgespart worden. Er schimmerte und überall spiegelte sich das Licht in den Schuppen. Ein hämisches Grinsen lag auf den Lippen des alten Mannes. In dem Wissen, dass er hinter dieser Mauer unsterblich war. Unantastbar. Und er wusste, dass wir auf dem Festland gewesen waren, denn anders konnten wir die vielen neuen Menschen nicht erklären. Oder ein anderes Schiff, das uns auf dem Wasser begegnet war? Doch wollten wir uns wirklich in neue Lügen verstricken?

Ich wollte Flinn die Worte über das Festland überlassen, jedoch wuchs seine Anspannung mit jeder verstreichenden Sekunde weiter an. Seine Hände hatten sich zu Fäusten geballt, in seinen Augen stoben die Funken wild durcheinander. Ob er sich die Schuld dafür gab, dass sich der Major hinter diesem jahrelangen Handel seines Landes versteckte? Ich wollte Flinn beruhigen, ihm sagen, dass es dennoch für sein Volk notwendig gewesen war. Ohne die Lebensmittel von Mar hätten die Menschen auf dem verbrannten Land nicht überlebt.

»Das Festland ist, wie Ihr es immer vorhersagtet«, sprach ich die Lüge laut und deutlich aus.

Stille legte sich über den Raum wie ein gespanntes Tuch. Der Major zog eine Augenbraue nach oben und trat vor, um auf seinem Thron Platz zu nehmen.

»Aber es ist inzwischen ausgesprochen gut geschützt und direkt bei unserer Ankunft verloren wir Tyler.«

Flinn sah mich an, als schwang in seinem Blick diese unausgesprochene Frage mit, was das um alles in der Welt sollte. Doch wenn es stimmte und man all den Menschen, die vor uns erfolglos versucht hatten, das Meer zu überqueren, glauben konnte – dann würde es auch dem Major nicht möglich sein, ohne die Magie des Wassers das Festland zu erreichen. Außerdem würde der Vulkan in Flinns Gewalt es ebenfalls nicht zulassen, dass dem Festland etwas zustieß. Ich wollte dem Major nicht die Wahrheit über das Königreich verraten, denn es würde Flinn sicherlich verletzen. Er würde sich vermutlich ausgeliefert und schlecht dargestellt fühlen, auch wenn er nun ein unsichtbarer König war.

»Und wie sollen wir Eurer Meinung nach diese Verteidigung durchbrechen?«, fragte der Major.

Ich war darüber verwundert, dass er eine Frau danach fragte. Da ich allerdings unter Tylers Wort zurückkehrte, musste er mich wohl an seiner Stelle befragen. »Gar nicht.« Ich straffte die Schultern und ein Raunen ging durch den Raum.

Der Major sah mir empört entgegen. »Wie bitte?« Seine Finger krampften sich um die Armlehnen seines Throns.

»Als Major von Marenna solltet Ihr das Land nicht verlassen«, stieß ich aus. »Es könnte Euch auf dem Festland den Kopf kosten.«

Mit diesen Worten erstarrte das Gesicht des Majors zu einer vor Fassungslosigkeit geweiteten Maske.

»Hochverrat«, ertönte eine weitere Stimme, die ich schon einmal gehört hatte. Sie erschien mir erschreckend vertraut und ich war mir sicher gewesen, sie nie mehr hören zu wollen. Ein großer, hagerer Mann trat hinter dem Thron hervor: Der Hohe Rat.

Ich sog scharf die Luft ein, ballte meine Hände zu Fäusten. Nun war es Flinn, der meine Anspannung bemerkte und mich besorgt musterte.

»Das ist Hochverrat, Euer Ehren.« Der Hohe Rat trug einen langen schwarzen Umhang und mit einer ausdruckslosen Miene inspizierte er den Raum. Ob er mich vielleicht sogar erkannte? Ob er ahnte, dass seine Entscheidung mich erst zu all diesen Dingen befähigt und mein Leben verändert hatte? Dass seine Fehlentscheidung das System zum Einsturz bringen würde? Seine Entscheidung den Major eventuell … das Leben kosten könnte?

»In der Tat«, bemerkte der Major nur kleinlaut. Noch immer glitzerte das Licht in den Schuppen seiner Rüstung. Ich konnte mir vorstellen, wie unverwundbar er sich hinter dieser Fassade und mit dem Hohen Rat im Rücken fühlte. Doch wir würden seine Schwachstelle finden. Wir würden ihn an seinem verletzlichsten Punkt treffen.

»Hochverrat und Missachtung vor dem eigenen Herrscher!« Der alte Mann erhob sich von seinem Thron, betonte die Worte voller Ehrfurcht, die er für mich jedoch nicht ausstrahlte. Mit bebendem Finger zeigte er auf mich. »Sie soll für ihre Taten als Verräterin und Rebellin bestraft werden!«

Der Hohe Rat schloss an seine Seite auf. Plötzlich wurden die Bewegungen um uns herum hektisch. Flinns Magie neben mir veränderte sich. Wie zischende Glut erhoben sich Feuerfunken um ihn herum. Ein wütendes Knurren entwich seiner Kehle und ließ die Männer sofort zurückschrecken. Flinns Silbermänner nutzten den Moment, um sich kreisförmig um Flinn und mich zu formieren. Zum Schutz ihres Königs. Auch wenn sie selbst unbewaffnet waren, so hatte ich das Gefühl, dass sie dennoch für Flinn bis zum letzten Blutstropfen kämpfen würden.

»Ihn nicht.« Der Major wies mit einem Nicken auf Flinn. »Kehrt zurück auf das Schiff und verschwindet aus meiner Stadt. Geht dorthin, wo Ihr hergekommen seid«, stieß er wütend aus. Er warf dem Hohen Rat einen Blick zu.

»Lasst das Volk über die Strafe entscheiden. Ich verlange eine Anhörung vor der Stadt, um zu erfahren, was das Volk selbst will!«, wetterte ich.

Der Major musterte uns lange. Jedoch schien ihn Flinns Magie weiter zu beunruhigen, denn er ließ ihn nicht aus den Augen. »Und was erhofft Ihr Euch davon? Die Bewohner von Marenna sind zufrieden. Sie haben Arbeit, Lebensmittel und ein Dach über dem Kopf. Und sie haben Schutz.«

»Schutz wovor?« Beinahe lachte ich laut auf, doch der spöttische Unterton war trotzdem in meinen Worten zu hören. »Menschen brauchen mehr als Arbeit und Nahrung. Es geht um Freiheit und Liebe, ohne die in Marenna niemals jemand glücklich werden könnte. Und Ihr verweigert sie ihnen!« Meine Hände bebten und unter Flinns Füßen begann sich bereits der Boden schwarz zu verfärben.

»Genug!«, mischte sich der Major unter die Unruhe, die im Raum allmählich ausgebrochen war. »Sendet Boten in ganz Marenna aus: Heute Abend wird eine Anhörung auf dem Marktpodest stattfinden. Lasst das Volk entscheiden, was mit der Rebellin geschehen soll. Und die anderen–« Er deutete auf Flinn und die Silbermänner. »Wartet bis zum nächsten Sonnenaufgang außerhalb der Stadt am Leuchtturm. Dann verschwindet Ihr mit dem Schiff. Und nun geht – alle!« Seine alte, brüchige Stimme hallte von den Burgwänden wider und er verließ mit dem Hohen Rat den Raum. Doch da war ein letzter, zaghafter, auf uns gerichteter Blick, in dem ich Furcht erkannte. Furcht vor der Magie, die stärker war, als ein Schwert je sein könnte.

»Fürchte dich nicht«, flüsterte ich Flinn zu, der nach einer Antwort in meinen Augen suchte. Ich reagierte mit einem Lächeln und hoffte, er würde es verstehen. Er wehrte sich nicht weiter gegen die Menschen und ließ die Magie in seinem Inneren verweilen. Unser Moment würde kommen, aber das hier war noch nicht unser Zeitpunkt, auch wenn sich unsere Wege von nun an wieder trennen würden. Ein sehnsüchtiger Blick war der einzige Abschied, der uns blieb, und ich hoffte, es wäre nicht Flinns erster und letzter Tag auf dieser verfluchten Insel gewesen. Denn ich wünschte mir zu sehr, dass noch so viel mehr Zeit für uns und unsere gemeinsame Bestimmung war.

Dieses Mal erschreckte mich die Dunkelheit im Kerker nicht, sondern sie begrüßte mich in alter Vertrautheit. Wächter banden meine Handgelenke hinter meinem Rücken zusammen, dann ließen sie mich allein zurück und verschlossen die Tür, die sie von außen sicherlich noch bewachen würden.

Eine schwere Stille legte sich über den dunklen Kerker. Aufmerksam blickte ich den Gang hinauf und hinunter, versuchte mich an die Gefangenschaft der Unzurechenbaren zu erinnern oder zumindest orientieren zu können. Denk nach, Nava. Wenn der Major mich noch heute Abend anhören oder gar hängen wollte, würde es ein tragisches Schauspiel vor der gesamten Stadt werden. Die Menschen würden mit ansehen müssen, wie eine Verräterin, umhüllt von einer einzigartigen Magie, ihr Ende fand. Ein Mädchen. Wäre das nicht ein idealer Zeitpunkt? Der Zeitpunkt, der die Stadt verändern könnte? Ich seufzte. Würden die Menschen endlich begreifen, wie viele Mädchen unter dieser Stadt litten? Vielleicht wären Nate, Jayden und Tieja auch unter den Menschenmassen, die dieses Ereignis verfolgen mussten. Ein Ereignis, das uns hoffentlich alle wieder zusammenführen würde.

Ich stimmte eine traurige Melodie an, die tief aus meinem Inneren kam. Der Klang der Aeringos, der Ruf der Salia und der Gesang der Tränen, den Taramea mir beigebracht hatte. Keiner der Wachmänner kam herein, anscheinend hielten sie ein singendes Mädchen wohl kaum für eine ernsthafte Bedrohung. Es war der Fehler vieler Menschen, die Kleineren, vermeintlich Schwächeren zu unterschätzen. Denn sie würden sich in einem Licht erheben, dem keiner der Männer gewachsen war.

Blaue Magiepunkte entwichen meinem Körper und begannen allmählich meine Umgebung in einen sanften Schein zu tauchen. Die Magie und die Traurigkeit waren wie ein altvertrauter Freund, den man zu sich rief, wenn man unsicher war oder um Rat bitten wollte. Die Magie war mein Schicksal und hatte mir meinen Bruder zurückgebracht – sollte sie mich heute wirklich den Kopf kosten? Fürchtete ich denn überhaupt nicht den Tod, dem ich in wenigen Stunden vielleicht schon gegenüberstehen würde? War diese innere Zuversicht, dass die Elemente das nicht zulassen würden, doch ein wenig zu naiv? Was wenn Jayden und Nate dort draußen stehen würden und mit ansehen müssten, wie ich … Und Mia, schoss es mir durch den Kopf. Vielleicht würde da auch Mia sein. Und Jayden würde das Gleiche erleben, was er bei seiner Schwester gesehen hatte. Er würde wieder ein Mädchen verlieren, das er nicht hatte retten können. Ich wollte ihn nicht noch mal durch diese Hölle gehen lassen. Nie mehr sollte er an irgendetwas leiden müssen.

Nate, der Mensch, der mir aus meiner Familie noch geblieben war. Für den ich eine Flucht durch die Wüste der Aeringos und damit die Todesstrafe auf mich genommen hatte. Uns war seit seiner Rettung noch keine Zeit geblieben, wieder zueinanderzufinden. Wann hatten wir aufgehört, diese spielenden Kinder zu sein? Als wir noch in unserer eigenen, unschuldigen Welt lebten und von den wahren Gegebenheiten verschont wurden. Als unsere Eltern uns noch in ihrem Schutz wiegten. Ich seufzte erneut. Diese Zeiten waren längst vorbei.

Wir waren unter der Last ihres Verlustes schneller erwachsen geworden, als wir es hätten sollen. Oder war es ebenso den Umständen geschuldet, mit achtzehn Jahren verheiratet zu werden? Wie sollte man sein restliches Leben mit jemandem verbringen, für den man keine Gefühle hatte? Ob sich diese irgendwann, im Laufe der Zeit, entwickelt hätten? Ich schüttelte den Kopf. Darum ging es nicht, sondern darum, diese Entscheidung frei wählen zu dürfen. Sein Leben frei gestalten zu dürfen – so wie sich auch Flinn niemals für die Krone entschieden hätte und dennoch dazu gezwungen worden war.

Ich dachte an seine Geschichte und all das, was er mir bisher erzählt hatte. Er war das Element des Feuers und beherrschte womöglich bereits seit Jahren einen Vulkan, ohne selbst davon gewusst zu haben. Das Meer hatte ihn deshalb verschont oder, wie er sagte, aus-gespuckt wie einen Ungebetenen. Vielleicht war er das auch, denn Feuer und Wasser könnten niemals vereint sein. Wir waren Gegenstücke, die ohneeinander dennoch nicht existieren konnten. Es musste uns beide geben, damit die Welt im Einklang blieb. Im nächsten Moment horchte ich auf.

Erde und Luft. Feuer und Wasser. Wenn ein Element zu stark wurde, kippte die Einheit ins Nichts. Die Welt geriet aus ihrem Gleichgewicht. War das der Grund, warum es uns fünf gab? Damit wir die Balance wiederherstellten? War das unsere tatsächliche Aufgabe?

In meine Gedanken vertieft hatte ich gar nicht bemerkt, dass sich meine blaue Magie einen Weg durch den Kerker gebahnt hatte. Sie kannte kein Halten und keine Gitterstäbe. Die Magie war unendlich und sie war es auch, die überall und jederzeit Grenzen überwinden konnte. Grenzen, die sich die Menschen über all die Generationen hinweg selbst gezogen hatten. Grenzen, die es zu brechen galt. Obwohl ich über den Anblick erschrak, musste ich unweigerlich lächeln, als sich rote Funken zwischen meine Magie webten. Wie war es Flinn möglich gewesen, sie so weit fortzuschicken? Waren sie auf seinem Weg zum Leuchtturm irgendwo durch die offenen Schächte gesickert? Doch es war egal, auf welchem Weg sie mich letztendlich erreicht hatten. Flinn war irgendwie hier und ließ mich auf eine tröstliche Art und Weise wissen, dass wir noch immer nicht verloren waren.

Die Magiepunkte wanden sich umeinander, als wäre es ein Spiel. Eine Verbundenheit, die immer getrennt sein würde. Und während die rote Glut langsam, aber Stück für Stück zu mir herüberwanderte, dachte ich an Flinns Traurigkeit. Ich hatte sie in seiner Geschichte spüren können, die schweren Vorwürfe, die er mit sich trug. Weil sein Schicksal so viele Leben verlangt hatte, für die er sich schuldig fühlte. Diese Zweifel wollte ich ihm nehmen, doch gleichzeitig konnte ich ihn verstehen. Wir waren nicht verantwortlich für die Schanden unserer Zeit, für die Fehler der Menschheit. Auch Jayden hätte weder seine Schwester noch unzählige andere Mädchen davon abhalten können, so wie ich den Tod meiner Eltern niemals hätte verhindern können. Ja, wir trugen vielleicht schwer an diesen Lasten, aber es war nicht richtig, sich immer davon niederdrücken zu lassen, sich den Vorwürfen jeden Tag aufs Neue zu stellen, sie sich vors Gesicht zu halten. Es gab mehr im eigenen Spiegelbild zu sehen als den Preis, den man tagtäglich für seine Taten bezahlte. Da war auch Hoffnung und Liebe zu finden, in einer so aussichts-losen Welt. Und ich wünschte mir, Flinn würde diese Art von Vergebung ebenfalls erlangen. Denn es war nicht sein Verschulden, dass der Vulkan unzählige Menschen unter sich begraben und das Meer unschuldige Jungen verschlungen hatte. Es ist nicht deine Schuld, dachte ich und legte diesen Gedanken in meine Magie, die noch immer um die Feuerpunkte hüpfte. Auch wenn es undenkbar war, hoffte ich, er könnte mich über die Verbundenheit unserer Magie hören.

Inzwischen hatte mich auch seine Magie erreicht und ich versuchte sie zu berühren, obwohl ich wusste, dass es nicht möglich war. Zuerst wich sie von mir, nur um mich anschließend wie eine Decke einzuhüllen. Da war wieder die Wärme, die Flinn in seinem Element ausstrahlte, und die mich erst bemerken ließ, wie kühl ich so manchmal war. Wie trostlos die Trauer und wie tief das Wasser war, das ich in mir trug. Doch ohne das Wasser würde Flinn gnadenlos an dieser Hitze verbrennen – wie ein Flastresia in Flammen aufgehen. Es war tröstlich zu wissen, dass wir einander brauchten, auch wenn wir unterschiedlicher nicht sein konnten. Außerdem tat es gut zu wissen, dass dies unsere Verbundenheit erklärte und mein Herz dennoch mit jeder Faser Jayden gehörte. Ob ich ihn noch einmal küssen könnte, bevor der Major meinen Hals an einem Strick sehen wollte? Ich vermisste Jaydens grüne Augen, in denen das Flimmern der Aeringos lag. Ich sehnte mich nach seiner Ruhe und seinem Verständnis – seiner Art, immer zu wissen, was zu tun war. Ja, ich vermisste die Sicherheit, die er mir gab. Gemeinsam hatten wir so vieles erreicht – Dinge, die für unmöglich gehalten wurden. Warum sollte dies nun aufhören? Warum sollten wir zusammen nicht in der Lage sein, noch mehr Unmögliches zu vollbringen?

Manchmal muss man das Unmögliche wagen, um neue Möglichkeiten zu schaffen. Egal wie viel Überwindung, egal wie viel Stärke und Mut es dich auch kosten wird. Wir waren doch längst bereit, diesen Preis dafür zu zahlen. Wir wollten diese Welt nicht mehr so, wie sie war, und wir waren zu jung, um es einfach hinzunehmen. Vielleicht waren wir nur eine neue Generation, aber vielleicht waren wir auch der Beginn einer neuen Welt.

Fürchte nicht den Abgrund oder die Veränderung,
sondern fürchte, dass alles so bleiben wird,
wie es heute ist.
~ Nava ~

KAPITEL 24

Die Wachmänner kamen, um mich für den besagten Augenblick abzuholen. Ich konnte nicht sagen, wie viele Stunden vergangen waren, aber kaum betraten die Männer den Kerker, löste sich die Verbindung zu Flinn auf. Wir riefen die Magie in uns zurück und ich spürte dabei einen schmerzhaften Stich in meinem Inneren. Sie führten mich hinaus und obwohl ich in den letzten Stunden so viel nachgedacht hatte, war plötzlich alles ganz still. Denn in diesem Moment zählte ausnahms-weise mal nichts mehr als die Ruhe vor dem großen Sturm, der bereits viel zu lange unter der Oberfläche wütete.

Mit gefesselten Händen führten sie mich aus der Burg zum Haupttor hinunter. Fest von den Wächtern gepackt gab es kein Entkommen. Die Straßen waren von Wachmännern gesäumt, irgendwo in der Ferne ertönte ein lauter Ruf, der uns wahrscheinlich ankündigen sollte. Als Kind war ich bereits mit meinen Eltern als Zuschauer bei einer solchen Anhörung gewesen. Dafür war auf dem Marktplatz ein hölzernes Podest aufgebaut und einige Bereiche abgesperrt worden, um die Menge in ihre Klassen zu unterteilen. Ich schluckte. Nur würde ich dieses Mal auf der anderen Seite der Absperrung stehen.

Meine Gedanken wanderten zu den anderen und insgeheim hoffte ich, sie würden dort sein – und gleichzeitig hoffte ich es nicht. Das sollten sie nicht mit ansehen, unter keinen Umständen wollte ich, dass das der Moment war, wie sie mich in Erinnerung behalten würden. Wenn wir tatsächlich keinen Ausweg aus dieser Anhörung fanden und das Unausweichliche geschehen sollte, so wollte ich doch noch einen letzten Blick auf die Menschen werfen, die ich liebte.

Es war der Marktplatz, auf dem wir erwartet wurden, und ein furchtbares, dumpfes Gefühl schlug mir in die Magengrube. Eine gigantische Menschenmasse stand hinter einer Absperrung, jedoch grölte sie nicht, wie es bei Verrätern vielleicht zu erwarten war. Stattdessen lag eine gespenstische Stille über dem Ort, an dem immer laute Gespräche und Tumult stattfanden. Doch heute war keiner dieser Tage. Heute war alles anders.

Sie schleppten mich auf eine Vorrichtung aus Holz und jeder Schritt, den ich hinauftrat, fühlte sich an wie Blei, als könnten meine Beine jeden Moment ihren Dienst versagen. Meine Finger zitterten, das Beben erreichte auch schon bald meinen ganzen Körper und meine Lippen. Das hier war so unwirklich, fühlte sich an wie ein Traum, der mit zu viel Nebel und Adrenalin gefüllt war. Das Podest war sehr groß – auf einer Seite standen der Major, der Hohe Rat und viele andere hochschichtige Männer hinter ihm. Auf der anderen hielten mich die Wächter noch immer fest im Griff.

Die Menschen starrten uns schweigend an. Ich fühlte mich unfassbar bloßgestellt und gleichzeitig war nur noch der suchende Blick über die Menge von Bedeutung. Ich spürte keine Traurigkeit, die von meinem Herzen ausging, und ich konnte auch nicht erahnen, was in den Köpfen der Bewohner vorging.

Sieh zu den Menschen, hörte ich Flinns raue Stimme flüstern. Finde deinen Bruder. Finde Jayden.

Überrascht sah ich auf, doch Flinn war nirgendwo zu entdecken. Wie war das möglich? Verwirrt hielt ich Ausschau und erst sehr viel später erkannte ich die Betonung seiner Worte. Jayden. Flinn hatte es verstanden und die ganze Zeit gewusst, dass da jemand war. Jemand, nach dem mein Herz rief. Dankbarkeit erfüllte mich so plötzlich, dass es mir Tränen in die Augen trieb. Mein verschwommener Blick glitt über die Reihen der Menschen, doch es waren so viele unbekannte Gesichter. Waren Flinn und Jayden hier oder bildete ich mir lediglich ein, seine Stimme in meinen Gedanken zu hören? Was wenn sie nicht hier sind?, dachte ich. Was wenn wir alleine sind?

Wir sind niemals allein, hörte ich Flinn antworten. Wir sind die Elemente. Und Elemente sterben nie.

Ich erkannte meine Worte darin und wollte lächeln, doch es gelang mir nicht. War es tatsächlich die Magie, die uns verband? Oder hatte ich den Verstand verloren? Flinn hatte dennoch recht – wir waren die Elemente und wir existierten nur gemeinsam. Doch mir blieb keine weitere Zeit, darüber nachzudenken. Mein Blick hatte etwas erfasst, etwas, das mir das Herz in kleine Teile zerschnitt. Etwas, das als heftige Wucht auf die innere, eiserne Kiste einschlug und meine Magie zu entfachen drohte.

Nate.

Ich nahm seine blauen Augen wahr, aber auch den tiefen Schmerz darin. Das Cape mit dem Wappen unseres Ehrenhauses hatte er abgelegt und für einen

Moment wunderte ich mich darüber, denn es bedeutete ihm unfassbar viel. Stattdessen hatte er es gegen einen ausgefransten Umhang der Arbeiter ausgetauscht, um sich vermutlich vor den Wächtern zu tarnen. Denn er war ein Verräter ebenso wie ich. Doch er sollte nicht hier sein, sich das nicht ansehen müssen. Auch wenn ich eine gewisse Erleichterung in meinem Inneren spüren konnte, in diesem schrecklichen Moment nicht länger allein zu sein.

Nate, dachte ich und hoffte, er könnte mich ebenso hören wie Flinn es vielleicht tat. Er ist hier. Er wird mich sterben sehen. Dabei sollten Geschwister einander nicht beim Sterben zusehen. Nicht wie bei Jayden und Eméri. Tränen drängten aus der imaginären Kiste nach draußen, die in meinem Inneren bebte.

Das wird er nicht, versuchte Flinn mich zu erreichen, doch es perlte an mir ab wie Wassertropfen an einer Wachsschicht.

Dann trat der Hohe Rat nach vorne und räusperte sich. Ausgerechnet der Mann, der vom Anfang bis scheinbar zum Ende mein Untergang war. »Wir haben uns heute hier versammelt, um eine Verräterin vor der gesamten Stadt anzuhören! Sie wird beschuldigt, aus der Stadt geflohen zu sein und ihren unzurechenbaren Bruder gegen Anordnung des Hohen Rates mitgenommen zu haben. Sie weigerte sich, die Zukünftige zu sein, für die sie auserwählt wurde. Damit tritt sie Marennas Recht und Ordnung mit Füßen und verstößt gegen unsere Gesetze, die diese Stadt seit Generationen am Leben erhalten!«, stieß er mit einer deutlichen Verachtung aus.

Ein ehrfürchtiges Raunen ging durch die Reihen.

»Der Major Marennas war so gütig, sie anhören zu lassen, damit das Volk über dieses Vergehen entscheiden kann.« Er deutete auf den Mann neben ihm.

Der Major nickte der Menge in seinen schimmernden Schuppen zu. Wachmänner zu beiden Seiten, die ihn versuchten, mit gezogenen Schwertern zu schützen. Was für ein lächerlicher Anblick. Sich hinter einer Fassade aus erkauftem Schutz zu verstecken.

»Tötet sie!«, erhob sich eine schrille Stimme aus dem Pulk der Hochschichtigen, die etwas abseits auf einer Tribüne saßen. Für die Hochgeborenen der beste Blick auf das Spektakel. »Tötet sie, denn sie hat meinen Sohn auf dem Gewissen!«

Der Moment raubte mir die Luft zum Atmen, verschlang jedes Wort, das ich auszusprechen wagte. Eine rundliche Frau in einem dunklen Kleid schob sich durch die Reichen, die dem Major noch immer treu ergeben waren. Wieso sollte sich für sie auch etwas ändern? Selbst diese Anhörung war wie unsere gesamte Stadt in ihre Klassen unterteilt.

Madame Patrice schritt nach vorn, bis sie die Absperrung erreicht hatte. In ihrer Miene brodelte der Hass, der mich beinahe zu ersticken drohte.

Ich erinnerte mich an die Dankbarkeit, die sie ständig versucht hatte einzufordern, und auch an meine Vermählungsfeier, als ich auf ihr Ehrenhaus sowie die künftigen Regeln schwören musste. An all ihre grausamen Worte.

»Das habe ich nicht«, warf ich mit bebender Stimme ein, doch sie war noch zu leise, um die gesamte Menge zu erreichen.

Madame Patrice wetterte jedoch lautstark dagegen. »Das ist eine Lüge! Mein Sohn wollte eine Ehrenlose heiraten, ihr ein besseres Leben bieten – doch ihretwegen kehrte er nicht zurück!« Sie mimte das Opfer, dabei suchte sie nur einen Grund, endlich meinen Kopf am Galgen zu sehen. So wie sie es von Anfang an wollte. Ich rief mir mit wackligen Beinen ihren Befehl ins Gedächtnis, den sie kurz vor meiner Flucht erteilt hatte. Tötet sie. Noch immer konnte ich ihre Stimme in meiner Erinnerung hören.

»Dieses undankbare Mädchen ist es nicht wert, am Leben gelassen zu werden!« Sie blickte in die Menge. Als erhoffte sie weiteren Zuspruch, der jedoch ausblieb.

»Wie viele Mädchen müssen noch sterben«, rief eine andere Frau. »Sind es nicht genug, die wir tagtäglich verlieren?« Kurz trat Stille ein und selbst Madame Patrice schien sich für einen Moment zurückzuhalten. Unruhe geriet in die Reihen, Murmeln breitete sich aus.

»Das ist wahr«, erhob sich eine laute Männerstimme.

In der Masse aus Menschen wichen einige zurück. Ich traute meinen Augen kaum, blinzelte immer wieder, doch das Bild, das sich mir bot, verschwand nicht. Mik höchstpersönlich schob sich durch die Menge auf Madame Patrice zu. Mit erhobenem Finger deutete er auf sie. »Diese Frau ist schon immer bereit gewesen, Mädchen zu opfern, nur um ihre Macht zu erhalten.« Seine Worte trafen nicht nur mich schwer. Ich wusste, dass er von Mia sprach, und erinnerte mich daran zurück, als Madame Patrice sagte, dass sie nur einen Sohn als Nachfolger akzeptieren werde. Als wäre in dieser Welt kein Platz für Mädchen wie mich.

»Das ... Das ... Wie konnte er nur hier hereingelangen?«, stotterte sie erschrocken, ihr Gesicht wurde ganz blass. Nach mehr als dreizehn Jahren stand sie ihrem Ehemann wieder gegenüber und auch Mik schien es nicht gerade leichtzufallen.

»Sie versuchte mich vor dreizehn Jahren zu vergiften, weil ich Vater eines Mädchens werden sollte.« Das Murmeln der Menschen verstummte, Stille legte sich über uns. »Ebenso die Mutter des Kindes.« Er sog scharf die Luft ein, hielt einen Moment inne.

»Sie war eine Ehrenlose!«, schrie Madame Patrice entrüstet auf. »Diese Liebelei wegen einer Ehrenlosen hätte unser gesamtes Haus in den Dreck gezogen!«

»Wie blind du bist, Patricia!« Miks Fäuste donnerten auf die Absperrung und Madame Patrice zuckte erschrocken zusammen. »Jemanden wie dich zu lieben, ist unmöglich. Aber die Menschen handeln nun mal aus Liebe!«

Diese Worte aus dem Mund des so mürrischen Mannes zu vernehmen, erstaunte mich. Den Vater von Tyler über solche Gefühle sprechen zu hören, weckte sofort die Erinnerung an seinen Tod in mir. Ich schluckte, versuchte die Bilder von mir zu schieben. Zum ersten Mal wurde mir Miks enorme Loyalität bewusst. Er hatte nämlich die Wahl gehabt, sich für den Reichtum des Ehrenhauses oder die Liebe und auch den damit verbundenen Betrug zu entscheiden. Auch wenn ich Tieja und Mia nicht so bezeichnen wollte, so hatte Mik stets zu diesem Fehler gestanden und sie nicht im Stich gelassen. Stattdessen hatte er dieses ehrenvolle Leben aufgegeben, um das Richtige zu tun. Vielleicht wäre Tyler unter der Erziehung seines Vaters zu einem anderen Jungen herangewachsen. Doch die Einstellung seiner Mutter hatte ihn letztendlich ruiniert.

»Das hat etwas mit Ehre zu tun – Ehre ist das, wofür Marenna steht«, sprach sie bebend weiter, doch nicht mehr so durchdringend und laut wie zuvor. »Ich verliere meine Macht doch nicht zweimal an das ehrenlose Pack der Unterschicht! Diese Mädchen sind die Schwachstellen der Ehrenhäuser!«

Eine andere Stimme meldete sich plötzlich aus der Menge. »Vor ein paar Tagen ließ meine Tochter ihr Leben, weil sie den Mann, dem sie versprochen war, nicht heiraten wollte. Und ich weiß, dass sie nicht die Einzige ist. Also sagt mir, Eure Hoheit, wie viele Kinder müssen wir noch verlieren?« Schluchzen mischte sich unter ihre Worte und schließlich verebbte ihre Stimme ganz.

Wieder erhob jemand das Wort, der ebenfalls seine Tochter verloren hatte und der trauernden Frau zustimmte.

»Auch ich habe durch sie mein Kind verloren!«, schrie Madame Patrice dazwischen. »Aber Marennas Traditionen müssen eingehalten werden – die Ehre der Häuser muss fortbestehen!« Ihre Rufe erstickten im lauter werdenden Protest der unteren Schichten. Sie erhoben nicht nur ihre Stimmen, sondern bald auch ihre Hände, die auf den Major deuteten.

»Diese Traditionen rauben uns die Zukunft.«

Ich hob den Blick und suchte den Ursprung dieser Stimme. *War das … konnte das möglich sein?* Ich hätte meinen können, dass es Tieja war, doch es wäre an ihrer Stelle viel zu riskant, vor dem Major zu sprechen. Vor Madame Patrice! Als sie erneut sprach, war ich jedoch ganz sicher.

»Unsere Töchter sterben, die Unzurechenbaren werden mehr und mehr. Mit diesen Traditionen rotten wir uns nur selbst aus!« Es war eindeutig Tiejas Stimme und bald darauf fand ich sie in der Menge. Bei ihr war Mia und auch die anderen Salia standen um sie herum. Viele Arbeiter waren gekommen und reckten bei ihren Worten Harken in die Luft, um diesen Protest zu unterstützen. Überrascht suchte ich nach Tiejas Blick, die mir zunickte. Sie hatte sich entschieden. Sie würde sich nicht länger in ihrem Schutz verstecken, sondern sich auch für all die anderen Töchter einsetzen. Sie hatte die Arbeiter wohl überreden können, ihr dies gleichzutun, und ich konnte meine Dankbarkeit ihr gegenüber kaum in Grenzen halten.

»Tötet stattdessen ihn!«, rief die traurige Frau vom Anfang. »Tötet den Major!«

Schreie tobten über den Marktplatz hinweg und plötzlich kippte die Anhörung. Die Menschen erhoben Hände und die Arbeiter ihre Waffen. Sie riefen diese grausamen, aber wahren Worte immer wieder im Chor und der Major zog sich allmählich mit seinen Wachmännern zurück.

Aus einer Straße, die dem Marktplatz zulief, strömte eine neue Gruppe aus Menschen herein. Überrascht wandten sich alle Köpfe in diese Richtung. Mein Herz setzte für wenige Momente aus und schlug kurz darauf noch viel schneller als zuvor.

Es war Jayden.

Er war es wirklich! Umgeben von unzähligen Mädchen, die Fackeln mit Ewigem Feuer in die Höhe hielten und ebenfalls einen einheitlichen Wortlaut riefen. »Wir sind das Leben«, wiederholten sie immer wieder und Jaydens Magiepunkte hatten sich unter die Mädchen gemischt, flimmerten violett im blauen Schein der Flammen. Als Jayden zu mir aufsah, verbanden sich unsere Blicke und ich wünschte, er könnte meine Gedanken lesen.

»Wir sind das Leben!«, schloss sich die Menge lautstark an und drängte gegen die Absperrung. Ein

Tumult war ausgebrochen, die Aufständischen waren deutlich in der Überzahl und die Wachmänner hatten begonnen, ihren Major zu schützen und zurückzuweichen.

»Tötet sie doch!«, rief Madame Patrice nochmals dazwischen, bevor sie mit den Reichen das Weite suchen wollte. Die Oberschicht bekam allmählich Angst.

»Wir können nicht alle töten – nicht das gesamte Volk! Es sind … zu viele!«, hörte ich den Major wütend zischen. Panik flackerte in seiner Stimme auf. Er warf mir einen letzten Blick zu, doch es schien egal geworden zu sein, was mit mir geschehen würde. Nun ging es den Erstschichtigen nur noch darum, ihre eigene Haut zu retten. Langsam zogen sie sich zurück, um der beginnenden Rebellion zu entkommen.

»Dafür habe ich nicht ihre Eltern ermorden lassen«, kreischte Madame Patrice.

Mein Herz blieb beinahe stehen. Erschrocken blickte ich ihr nach, wie sie dem Major folgte.

»Er sollte sie niemals auswählen – nie! Nie wieder würde ich meine Ehre an eine einfache Ehrenlose verlieren!« Doch ihre Stimme verebbte irgendwann im Nirgendwo und nur die Bruchstücke in meinem Inneren setzten sich zaghaft zusammen. Der Schock traf mich wie ein Fels. Madame Patrice hatte unsere Heirat immer zu vermeiden versucht, das war mir stets bewusst gewesen. Aber ausgerechnet sie hatte meine Eltern auf dem Gewissen? Doch zu diesem

Zeitpunkt war ich noch keine Ehrenlose gewesen. Wie also konnte das sein? Seit Generationen trug meine Familie die Ehre der Lilie. Die Luft blieb mir für einige Momente fern. Madame Patrice hatte dieses Attentat angesetzt, um mich von Tyler fernzuhalten! Nun verstand ich viel zu plötzlich die Zusammenhänge. Damals hätte sie ihre Macht beinahe an Tieja verloren und alles versucht, um dies zu verhindern. Nur um viele Jahre später ihre Macht erneut auf dieselbe Weise zu riskieren: Sie wollte kein weiteres Mädchen in ihrem Ehrenhaus. Diese Macht sollte von Anfang an einzig und allein ihr gehören. Und genau diesen Willen hatte sie auch auf Tyler übertragen.

Mein Herz schmerzte vor Trauer und ich spürte die Anspannung, die dem Meer aus Tränen kaum mehr standhalten konnte. Das war unser Zeitpunkt, dachte ich plötzlich und sah mich um. Tieja hatte die Arbeiter und Jayden die geheimen Mädchen vereint. Vor uns standen traurige Eltern, die um ihre Kinder und eine glückliche Zukunft bangten. Vielleicht auch Familien, die noch immer auf die Rückkehr der Unzurechenbaren hofften.

»Diese Stadt wird seit Jahrzehnten von Ungerechtigkeit regiert!«, rief ich so laut ich konnte über den Marktplatz. »Diese Ungerechtigkeit endet heute! Die Magie ist nicht euer Feind, sondern eure Freiheit – sie wird den Unterdrückten helfen und die Unzurechenbaren zu uns zurückbringen. Familien werden wieder zusammenfinden und kein Mädchen, keine Frau wird je wieder mit ihrer Volljährigkeit verkauft werden wie ein Tier. Jedem Mann, jeder Frau und jedem Kind soll in Marenna das gleiche Recht zustehen! Heiratet, wen ihr liebt, und nicht, wen ihr müsst.« Ich holte tief Luft und suchte in der Menschenmasse nach dem so vertrauten Gesicht. Doch da war niemand mehr. Wo um alles in der Welt steckte Nate? Da war nicht mehr nur die Traurigkeit in meiner Magie, in der nun auch die Angst flackerte. »Ihr habt nichts zu befürchten! Wir sind hier, um euch alle von dieser Ungerechtigkeit zu befreien – von dieser Lüge, die uns seit Generationen vorgespielt wird! Es gibt Leben außerhalb der Stadt, dort ist nichts, was uns davon abhalten sollte, die Mauern zu verlassen. Unsere Regierung spielt uns die Gefahren nur vor, denn in Wahrheit ist es möglich, außerhalb zu leben, aber dort hätte uns der Major nicht länger in seiner Gewalt!«

Jayden trat neben mich und sein Blick sagte mehr als alles, was diese Welt zu bieten hatte. Er war hier. Er hatte mich nicht aufgegeben und sein Versprechen, wieder zu mir zu finden, gehalten. Dankbarkeit erwärmte mein Herz gemeinsam mit der Sehnsucht, ihn endlich wieder in die Arme zu schließen. Schnell löste er die Fesseln an meinen Händen und dann standen wir der Menge gemeinsam gegenüber. Mein Herz bebte und ich wusste, dass dies der Punkt war, an dem wir stehen wollten, auch wenn es in diesem Moment kaum zu glauben war.

»Der einzige Verräter ist der Major selbst. Er belog und betrog bereits die Generationen vor uns – immer und immer wieder raubte er uns Kinder und entriss Familien.« Jaydens Stimme erklang ehrfürchtig über die Menge hinweg.

»Manchmal muss einer sterben, damit viele leben können«, sagte ich leise, denn die Grausamkeit dieser Worte setzte mir noch immer zu.

Jayden nickte verständnisvoll und drückte meine Hand ein wenig fester. »Wer wird uns folgen, um den Major von seiner Ungerechtigkeit zu erlösen?«, rief Jayden lautstark.

Der Pulk antwortete ihm wie ein tosender Sturm. Wir hatten die Unterdrückten und Unglücklichen vereint und nun waren sie stark genug, eine ganze Stadt in den Krieg zu stürzen.

Eine gigantische Menschenmenge drängte durch die Straßen von Marenna und bald stürmten sie auch durch das Tor vor der Burg. Mädchen mit Fackeln hatten sich unter die Arbeiter gemischt, Männer und Frauen waren nicht mehr in dieser sortierten Form und Ordnung, sondern eine Einheit. Eine Einheit, die im Vorgarten der Burg lauthals brüllte und protestierte.

Im Burgturm öffnete sich ein Fenster und der Major blickte heraus wie eine Maus, die sich fürchtete, von einer Katze gefressen zu werden. Doch sie hatten ihn auch bis zu seinem letzten Versteck verfolgt. »Ihr Verräter!«, keuchte der mächtigste Mann der Stadt unter Anstrengung und Angst. »Ihr alle werdet hängen für diesen Hochverrat!« Er bemühte sich um eine Lautstärke, die jedoch in den Stimmen des Volkes unterging.

Wir alle spähten zum Turm, um den sich allmählich rote Lichtpunkte bildeten. Es dauerte lange Augenblicke, bis die aufgebrachte Menge sie registrierte. Plötzlich mischte sich Panik in den Aufruhr.

»Was … Was ist das?«, fragte Jayden ratlos neben mir und beobachtete, wie die rote Feuermagie den Turm hinaufwanderte.

»Flinn«, brachte ich hervor. Ich ließ Jaydens Hand los. »Bleib hier bei den Menschen und beruhige sie!« Ich war dabei, von ihm fortzugehen.

Da war ein Zögern in seinem Blick, eine stille Bitte, dass ich bei ihm bleiben sollte. Vertrau mir, dachte ich, als ich davonrannte. Auch wenn sich mein Herz stärker nach seiner Nähe sehnte denn je, so wusste ich, dass nichts im Moment wichtiger war, als den Feuerkönig zu finden, bevor seine Flammen die Menge auseinandertreiben würden.

Da ist ein Feuer, das nicht aufzuhalten ist.
Auch wenn es deine Tränen nicht verbrennen kann,
wirst du die Wärme in deinem Inneren spüren.
~ Flinn ~

KAPITEL 25

Ich zwängte mich zwischen den Menschen hindurch, die sich laut schreiend auf dem offenen Gelände vor der Burg zusammendrängten. Sie fürchteten die Magie, die immer weiter am Gemäuer emporkroch. Manche von ihnen versuchten panisch zu entkommen, doch zwischen all den vielen Leuten schien kaum ein Freiraum zu sein. Es drohte eine Massenpanik aus-zubrechen. Ich eilte immer unruhiger zum Burgturm, der inzwischen vom orangeroten Schein bedeckt war. Kaum hatte ich die letzten Menschen hinter mir gelassen, spürte ich die Hitze in mir aufwallen. Flinn musste ganz in der Nähe sein. Sein Element war unglaublich stark.

Gerade hatte ich diesen Gedanken zu Ende gedacht, kam eine Kreatur von der anderen Seite des Burgturms gelaufen, die fernab von dem Flinn war, den ich kannte. Die Silbermänner rannten hinter ihm her, doch es war ihnen nicht möglich, nahe genug an ihn heranzutreten, ohne zu verbrennen. Flinn trug die rote Magie inzwischen wie eine zweite Haut, die bei seinen Bewegungen aufgeregt vibrierte. In seinen Augen hatte sich erneut eine Glut entzündet, die wild aufloderte.

Lass die Flastresia ins Feuer gehen, hörte ich Flinns raue Stimme in meinen Gedanken. Wieder einmal sprach er nur zu mir, denn seine Lippen hatten sich nicht bewegt. In seinen Worten erkannte ich als Einzige die wahre Bedeutung. Wenn es für die Aschewesen einen letzten Weg gab, so war es die aufopferungsvolle Geste, ins Feuer zu gehen, um keinem ihrer Begleiter zu schaden.

»Flinn, nicht!«, stieß ich erschrocken aus, doch es war bereits zu spät. Mit einem wütenden Knurren begann der Boden unter seinen Füßen zu brennen. Die Flammen schlugen höher und tanzten wie Marionetten um ihren König herum. Panische Schreie tönten hinter mir durch die Menge und ich hoffte, Jayden würde sie beruhigen können. Ich musste mich um Flinn kümmern. Und zwar sehr schnell.

Als ich Flinn betrachtete, war er kaum wiederzuerkennen. Seine Arme glühten in der Farbe von Lava, während gierige Flammen um ihn herum loderten. Seine Augen waren von dem Rot der Magiepunkte vollkommen erfüllt und sie tanzten ebenfalls wie wild gewordene Funken um ihn herum. Er war wie ein glühender Vulkan, der zum Leben erwacht war.

»Flinn!«, rief ich ihm zu, doch er schien endlos weit entfernt.

Wie ein Tier brüllte er und wo seine Füße den Boden berührten, blieb verbrannte Erde zurück.

»Flinn!«, wiederholte ich nochmals in meiner ganzen Stärke, doch das Element hatte längst über ihn gesiegt. Ohne darüber nachzudenken, ging ich weiter auf ihn zu. Sengende Hitze schnürte mir die Luft ab, das Blut in meinen Adern fühlte sich kochend heiß an. Schweiß bildete sich auf meiner Stirn und es war mir kaum noch möglich, weitere Schritte zu gehen. Dennoch kämpfte ich gegen die Anstrengung an.

Flinn bitte!, versuchten meine Gedanken zu ihm durchzudringen. Du bist nicht der Vulkan, du bist nicht das Monster, das die Leben verschlungen hat. Du bist ein Pfeil der Flastresia. Ein Pfeil, der seine Richtung kennt, sein Ziel. Seine Bestimmung, fügte ich nach einer kurzen Pause hinzu. Ich drohte beinahe zu verbrennen, so nahe war ich ihm nun. Nur noch zwei Schritte trennten uns und ich blickte in seine flammenden Augen.

»Diese Ungerechtigkeit wird brennen«, sprach ich inzwischen laut und deutlich aus. »Aber nicht wir, nicht die Menschen. Du bist zwar das Feuer, aber du bist der Pfeil, der es bündelt und auf diejenigen zielt, die es verdient haben.« Gerade, als ich den Arm nach ihm ausstrecken wollte, stürzte die Tränenmagie wie ein Wasserfall zwischen uns herab. Die blauen Lichtpunkte bildeten eine Wand, die mich vor den Flammen schützen wollte. Zischend mischte sich die blaue Magie unter die rote, überdeckte sie wie ein blaues Tuch. Allmählich kamen Flinns Augen unter den lodernden Flammen zum Vorschein und er blickte mich atemlos an. Die Hitze ließ deutlich nach und auch mein Herzschlag fing an, ruhiger zu werden. Flinn ließ die Flammen sinken, konzentrierte seine Magie nur noch auf das schwirrende Muster von Feuer und Wasser.

»Du hast es geschafft«, flüsterte ich. »Du hast das Element in eine Kiste gedrängt.« Vorsichtig streckte ich meine Hand so weit aus, wie die blaue Mauer es zuließ, und Flinn tat es mir innerhalb der roten Magie gleich. Wieder waren unsere Handflächen nur wenige Zentimeter voneinander entfernt und trafen dennoch nicht aufeinander. Aber wir waren verbunden, ich spürte es. In unseren Herzen erreichten wir einander.

»Du warst es«, brachte Flinn mühsam hervor. »Du bist mein Ausgleich, Nava.« Er atmete schwer, aber die Flammen waren erloschen. Verbranntes Gras umgab ihn, Ascheflocken sanken neben ihm zu Boden.

»Danke«, flüsterte er kaum hörbar, doch ich wusste, wovon er sprach und wie er fühlte.

»Wir sind das Gegenteil des anderen, aber wir überleben nur im Ausgleich«, sagte ich deutlich lauter als zuvor. Ich hoffte, die Menge hinter uns würde es hören. Jayden wiederholte meine Worte an das Volk gewandt, doch die Menschen blieben still vor Unsicherheit und beäugten weiter den Turm. Noch immer stand der Major dort, geschockt vom feurigen Spektakel und vom Wandel seiner Herrschaft.

Wind zog plötzlich auf und ich verschränkte fröstelnd die Arme. Er hüllte uns ein und der Boden unter unseren Füßen begann zu beben. Furcht lähmte die restlichen Menschen, die noch vor der Burg standen und uns mit einer Mischung aus Fassungslosigkeit und Faszination betrachteten. Sie sind hier, dachte ich. Taramea würde wissen, was zu tun war. Die Elemente waren endlich bei uns.

In der Ferne knirschte Gestein und wir blickten erschrocken zum Turm des Majors, der zu beben und zu bröckeln begann.

Zuerst materialisierte sich Lya neben Flinn. Das Wolkenmädchen trug ein weißes Kleid und die blonden Locken lagen wie auch beim letzten Mal federleicht über den Schultern. Ein freches Grinsen zierte ihr Gesicht und weiße Magiepunkte schwebten um sie herum. Ellice dagegen erschien auf meiner Seite und ihre Magie trug wie sie selbst die Farbe der Erde. Obwohl ihre Haut faltig und sie bereits alt war, hatten ihre Augen einen jungen Glanz, mit dem sie mich freundlich begrüßte.

»Ihr seid hier.« Tränen drängten in meine Augen. »Ihr seid endlich hier!« Von den überwältigenden Ereignissen gepackt umarmte ich Ellice stürmisch und sie empfing mich mit ihrer tröstlichen, mütterlichen Art. Es tat gut, wie sie mir über den Rücken strich und dies war der Moment, in dem sich unzählige Tränen in meiner Seele lösten. »Wir sind die Elemente, Nava. Wir sind immer vereint.«

Wellen schlugen wütend über die Klippen und auch gegen mein Inneres. Immer wieder hatte ich die Tränenmeere in meinem Herzen gespürt, hatte die Verbindung zu ihnen gehalten und sie gleichzeitig weit in den Hintergrund gedrängt, um ihnen nicht zu viel Raum zu geben. So hatten sie nie über mich gesiegt oder mich unter dieser Traurigkeit begraben. Doch nun gab es keine Grenze mehr. Auch in mir schien diese Mauer zu bröckeln, zu beben und letztendlich einzureißen. Die Menschen stießen dröhnende Laute aus und blickten zum Himmel empor.

Lya hatte die Wolken beiseite geschoben, sodass wir durch die Welten sehen konnten. Alle Tränenmeere hatten sich vereint, es gab keine Unterschiede zwischen Trauer, Wut und Verzweiflung mehr. Sie waren zu einem gewaltigen Meer geworden, das unter dieser Anspannung sichtlich kämpfte. Und dazwischen stand Taramea in ihrem prächtigen blauen

Kleid und ihrer zarten silbernen Krone. Sie schien nicht nass zu werden, doch das wunderte mich nicht. Es war ihr Element und es würde ihr nichts anhaben. Unser Element, dachte ich, als meine blauen Magiepunkte allmählich zu ihr aufstiegen. Sie kletterten gemeinsam mit Flinns roten Magiepunkten den Turm hinauf. Wie ein Strom aus Magie, der sich seinen Weg zu den Tränen bahnte. Auch die Lichtpunkte von Lya und Ellice webten sich zaghaft in dieses Muster mit ein. Wie ein gewaltiger Schwarm flimmerten die unterschiedlichen Farben unter dem Tränenmeer. Die Magie umgab es wie ein Netz, das aber nichts auszurichten hatte. Etwas schien zu fehlen und ich sah mich fragend nach den anderen um. Dabei erkannte ich, dass sich Flinn ein Stück von uns entfernt hatte und einen dunklen Pfeil in seinen Bogen spannte. Flammen loderten erneut in seinem Blick und an den Stellen auf, an denen seine Füße den Boden berührten. Anspannung zuckte in seinem Kiefer wie auch in seinem Arm. Dennoch hielt er einige Momente inne, bevor er den Flastresia-Pfeil mit einer gewaltigen Wucht in den Himmel schickte. Auf dem Weg dorthin entzündete sich die schimmernde Spitze zu mintgrünem Ewigen Feuer, das kurz darauf auf die dünne Schicht zwischen den Welten traf und beide miteinander zu verbinden schien. Flutartiger Regen schoss auf den Turm herab und mit der gebündelten Magie aller Elemente zerbrach er und stürzte ins Meer, das die Mauern und Menschen im Inneren wie ein gieriges Tier verschlang. Für einen Moment galt mein Augenmerk Madame Patrice, die kreischend gegen die magische Flut ankämpfte. Ebenso wie die anderen, die sich für hochgeboren und wichtiger hielten als die restliche Bevölkerung. Doch all ihre Versuche waren zwecklos und ich verspürte Madame Patrice gegenüber kein Bedauern. Auch wenn die Erkenntnis mir einen kurzen Stich versetzte, dass unser Kampf nicht nur Tyler, sondern auch seiner Mutter das Leben gekostet hatte, so würde ich diesen Tag niemals bereuen.

Letzte Rufe waren zu hören, bevor sie im Rauschen des Meeres untergingen und all die Millionen Tränen auf die Erde zurückkehrten. Dorthin, wo sie einst vergossen worden waren.

Lange blickte ich den Wellen nach, versank in den Gefühlen dieses Elements, konnte spüren, wie die Herrscher in den Tränen ihrer eigenen Stadt ertranken. Auch das Schuppenkleid der Flastresia hatte den Major nicht vor dieser Traurigkeit retten können. Die Unterdrückung, die er jahrelang geschürt hatte, hatte ihn letztendlich von innen heraus erstickt, und kein Wächter hätte ihn davor bewahren können. Dennoch war es kaum zu begreifen, nicht einmal annähernd zu glauben, dass er mitsamt dem Hohen Rat nun für immer fort sein würde.

Das Volk wartete schweigend. Regen fiel auf uns herab, doch keiner schien sich daran zu stören. Lya erhielt einen Wind aufrecht, der die Tropfen in einem kleinen Umkreis von Flinn fernhielt. Als Taramea erschien, bemerkte ich sie nicht an ihrer menschlichen Anwesenheit, sondern an dem Gefühl, das sie mir innerlich abnahm. Da war ein Teilen in diesem Schmerz – etwas, das die gesamte Verzweiflung abzumildern schien. Als würden wir beide das gesamte Meer entzwei teilen, um das Licht dahinter zu erblicken.

»Nava«, hauchte sie. »Du hast uns vereint, du hast alle Elemente zusammengeführt.« Ein Lächeln lag auf ihrem traurigen Gesicht. Doch da war keine Magie, die sie umgab, kein Glitzern wie bei unserer ersten Begegnung. Da war einfach nur Taramea, die einzige Person, die dasselbe fühlen konnte wie ich. Die meine Bestimmung kannte, weil sie einst die ihre gewesen war.

»Es ist so vieles passiert, es ist …« Ich war kaum in der Lage, einen sinnvollen Satz zu bilden. Der Schock saß zu tief in meinem Herzen.

»Ich weiß«, flüsterte Taramea. »Ich weiß. Alles ist gut.«

Doch nichts war gut. Ich wollte Taramea sagen, dass ich mit eigenen Augen gesehen hatte, wie die Regierung von Marenna soeben in den Fluten der Trauer ertrunken war. Ich wollte ihr sagen, dass ich nicht wusste, wo Nate inzwischen war. Dass ich nur beten konnte, es würde ihm gut gehen. Ich wollte sie fragen, wie um alles in der Welt nun alles weitergehen sollte. Bitte, flehte ich in Gedanken Taramea an, denn noch immer zitterte ich am gesamten Körper. Wir hatten einen Krieg angefangen und ich wusste noch nicht, wie ich ihn in Frieden verwandeln sollte. Wir hatten keinen blassen Schimmer, wie wir die gigantische Flut oder das hungrige Feuer, das wir in die Welt entlassen hatten, stoppen sollten. Ich zuckte zusammen und erkannte, dass sich diese gebündelte, starke Energie auf alle Elemente übertragen ließ.

Als ich aufsah, musterte ich diesen Anblick erneut. Erde und Luft – Feuer und Wasser. Die vier Elemente standen sich gegenüber, das Tränenmeer war durch einen magischen Pfeil der Bestimmung aufgebrochen und regnete nun als heiliges Zeichen auf uns herab. Mein Blick folgte den Tropfen an die Stelle, an der der Burgturm fortgerissen wurde. Er hatte einen gewaltigen Kellerraum entblößt, der wie ein Loch an dieser verwundbaren Stelle prangte. Unzählige Menschen standen darin gereiht. Die Unzurechenbaren, wurde es mir schlagartig bewusst und fassungslos trat ich näher.

Hinter mir ertönten Schritte und zuerst glaubte ich, es wäre Jayden, der mir folgte. Doch als ich seine unverwechselbare Stimme vernahm, wirbelte ich herum und mein Puls jagte hektisch durch die Adern.

»Liebe, Freude und Hoffnung«, sagte Nate neben mir.

Ich starrte ihn sprachlos an. Ich erinnerte mich an diese Worte, denn es waren genau die Gefühle, die wir Taramea im Tausch seiner Seele hatten bringen sollen.

»Was sagst du da?« Ich sah in seine strahlend blauen Augen. Erst langsam setzten sich die Puzzlestücke in mir zusammen, ergaben allmählich ein gesamtes Bild.

»Und Mut«, hörte ich Jayden selbstsicher hinter mir sagen. Er trat an die Reste des Burgturms heran. Erst als er ganz nah bei den Elementen stand, breitete sich auch die Magie der Aeringos wie ein Sternenhimmel über uns aus. Zuerst tanzten die Lichtpunkte in wirren Mustern umher, bevor sie die verschiedenen Farben der Elemente zusammenführten. Wie ein Netz legte sich die verwobene Magie über den Hohlraum. Ein hörbar lautes Aufatmen zog durch die angespannte Stille und ich konnte kaum glauben, was sich vor uns abspielte.

Die Seelenlosen bewegten sich, betrachteten verwundert und dennoch ohne Furcht die unterschiedlichen Magiefarben, die nun gemeinsam mit den Tränen auf sie herabregneten. Ihre Tränen, dachte ich. Und zeitgleich erhielten sie noch so viel mehr.

»Die Wärme des Feuers«, flüsterte ich. »Ihre Tränen der Traurigkeit.«

»Die Sicherheit der Erde.« Ellice trat nach vorn.

Lya gesellte sich ebenfalls zu uns.

»Der Wind der Veränderung«, ergänzte sie mit einem leicht selbst-gefälligen Grinsen.

Wir starrten ungläubig auf die Unzurechenbaren herab, bevor Nate anfing, ihnen aus dem ehemaligen Keller herauszuhelfen. Die anderen Elemente unterstützten Nate – nur Jayden, Taramea und ich blickten uns ratlos an. Verbundenheit. Plötzlich waren wir alle ein Teil des Ganzen. Wir waren der Rahmen dieser Welt, deren Gegensätze sie in ihre Schranken wies. Mein Augenmerk galt wieder Jayden. Es beruhigte mich auf eine altvertraute Weise, dass seine grüne Iris noch immer von einem magentafarbenen Funkeln durchzogen waren. Die Magie der Aeringos, die ihn auch weit um ihn herum umgab. Dieser Schein, der …

»Verbundenheit!« Meine Augen weiteten sich. »Jayden, das ist es. Das ist ihre Magie. Deine Magie!« Atemlos fasste ich mir an den Kopf, begriff zum ersten Mal, was die magischen Wesen der Wüste Jayden damals wirklich angetan hatten. Sie hatten in ihm womöglich einen Auserwählten getroffen. Jemanden, der eine Magie beherrschen sollte, die kein Element war.

»Sie verbinden Himmel und Erde, die Nacht mit ihrem hellen Licht«, sprach Taramea langsam, als hätte sie meinen Gedankengang verstanden.

»Sie blicken den Menschen tief in ihre Seele, um ihnen dort nicht den Verstand, sondern die Trauer zu entziehen. Damit sie am Himmel einen Platz zum Verblassen finden kann«, erinnerte ich mich an Tiejas Worte, deren Beschreibung ich unfassbar schön fand.

»Die Aeringos sind überhaupt keine Bedrohung«, stellte Jayden fest. Wir sahen einander lange an. »Sie sind die Verbindung, ohne die das Universum nicht bestehen kann. Ohne die kein Gleichgewicht in der Welt und zwischen den Elementen herrschen kann.«

Als ich Jayden beobachtete, erblickte ich plötzlich so viel mehr als nur den Mann, dem mein Herz gehörte. Ich sah in ihm den Schlüssel einer neuen Welt, der es möglich machte, dass wir alle unseren wahren Platz in dieser Geschichte finden würden.

Vorgefertigten Pfaden zu folgen,
erschafft keine neuen Geschichten.
~ Nate ~

KAPITEL 26

Nachdem Marenna in sich zusammengebrochen war, erhob sich die Stadt vollkommen neu.

Die Unzurechenbaren nahmen wieder an ihren bisherigen Leben teil und kehrten in ihre dankbaren Familien zurück. Dennoch waren die Bürger noch lange Zeit aufgebracht wegen des Wandels, sie sehnten sich nach der Sicherheit ihrer Traditionen. Traditionen, über die Nate mich in einem Gespräch eines Besseren belehrte. Er erzählte mir von dem Brief unseres Vaters, den er vor seiner Abreise hinterlassen hatte, um uns vor unserer Zukunft zu warnen. Um uns die Möglichkeit zu geben, einen neuen Weg einzuschlagen.

»Es gibt keine Ehre, die uns übertragen wird, Nava. Aber vielleicht ist es auch einfach falsch, sich den Ruf der Vergangenheit anzueignen und davon in der heutigen Zeit alles abhängig zu machen.« Er hielt das Papier in den Händen, während er sprach. Ob Madame Patrice davon gewusst hatte und ich ihr als Zukünftige für ihren Sohn deshalb so ein Dorn im Auge gewesen war? Dieser Gedanke hallte noch lange in mir nach, denn er würde ihr Attentat auf unsere Eltern erklären.

»Unzählige Arbeiterfamilien sind ohne Ehrenhaus und ratlos, wie sie von nun an leben sollen. Viele Menschen hatten vor der Burg Fragen gestellt, wie von nun an alles werden würde«, holte Tiejas Stimme mich aus meinen Gedanken.

»Es sollte keine Ehrenhäuser mehr geben«, schlug Nate vor.

»Und keine Zwangsheirat mit der Volljährigkeit«, pflichtete ich ihm sofort bei.

»Wir werden abstimmen, wie eine neue Regierung aussehen könnte. Zum Beispiel könnten wir Vertreter wählen. Für die Arbeiter, die Männer, die Frauen …«

»Und was ist mit den Kindern?«, fragte Mia. Das Mädchen schmiegte sich in einer halben Umarmung an mich. In dem Chaos hatte ich noch nicht die Möglichkeit gehabt, sie in einer ruhigen Minute wieder in die Arme zu schließen.

»Mia hat recht. Wir brauchen auch jemanden, der die Rechte und Wünsche der Kinder vertritt.« Ich warf ihr ein liebevolles Lächeln zu.

An einem Nachmittag wurde der Großteil der Menschen vor der Burg zusammengerufen und die weiteren Abläufe diskutiert und verkündet. Sie wählten Nate als den Vertreter der Männer und Tieja als Ansprechpartnerin für die unzähligen Frauen, die diese neue Ordnung kaum fassen konnten. Gemeinsam mit Kacie, dem Kualarababy, eroberte Mia die Kinderherzen im Sturm und wurde ebenfalls als Vertreterin gewählt.

Hoch oben auf der Burg flatterte nun eine Fahne, die mit Flastresia-Schuppen bestickt worden war und das Zeichen des Lebens symbolisierte. Ein Blatt, das in einer feinen Spirale endete. Dahinter kreuzten sich zwei brennende Pfeile, die alle vier Elemente voneinander trennten. Dieses Zeichen erinnerte die Menschen daran, dass Veränderung nicht Blutvergießen und Krieg heißen musste, sondern nur das Gleichgewicht letztendlich für wahre Gerechtigkeit sorgte.

In der Burg wurde bald darauf eine Schule errichtet, die von jedem Kind, egal von welcher Ehre geboren, besucht werden durfte. Im Nebengebäude hielten die Vertreter des Volkes ihre Besprechungen und stimmten über neue Vorschläge der Bürger ab. Es gab nicht mehr diesen einen Herrscher, der die Macht über alles hatte. Stattdessen wurde jeder mit seiner Meinung angehört und auch die stillen Stimmen wurden durch einen der Vertreter nach außen getragen.

Mia hatte Kacie zu einem zahmen Kualara aufgezogen, die ihr auf Schritt und Tritt folgte. Sie beschützte das Mädchen, auch wenn sie nie die volle Größe eines Kualaras erreicht hatte. Dennoch besaß sie dieselbe aufopferungsvolle Stärke ihrer Eltern. Man fürchtete die magischen Wesen nicht länger, weder die Aeringos, die Kualaras oder gar die Neoricas. Nachdem die Menschen die gesamte Magie am Burgturm erlebt hatten, war sie ein akzeptierter und besonderer Bestandteil dieser Welt geworden. Manchmal erschien es uns selbst noch befremdlich, dass die Menschen nicht mehr in Angst und Schrecken lebten, sondern sich stattdessen allmählich der Frieden unter ihnen ausbreitete.

Während alle ihren neuen Aufgaben nachgingen, half ich den Menschen vor Ort, wann immer sie Hilfe benötigten. Viele Bewohner suchten anfangs noch Unterkünfte und wir unterstützten sie dabei, für jeden einen geeigneten Platz in Marenna zu finden. Dabei wurde auch beschlossen, die Tore der Einzigen Stadt nicht mehr zu verschließen. Jeder war frei.

Es gab jemanden, der diese Freiheit mehr ersehnte als andere. Anfangs verbrachte Flinn seine Zeit noch damit, den Kindern am Nachmittag das Bogenschießen beizubringen, die große Freude daran hatten. Doch er wäre nicht der unberechenbare, stürmische Feuerkönig, wenn er für die restliche Zeit dieser eintönigen Arbeit nachgehen würde. Niemand anderes außer er selbst sollte über seine weitere Aufgabe bestimmen. Ihn trieb es hinaus zu den Abenteuern, die bereits nach ihm riefen.

Gemeinsam mit Mik begann er den geheimen Platz der Salia zu einem größeren Dorf auszubauen, um mehreren Menschen ein Zuhause zu bieten. Außerdem war es Flinn gelungen, aus Silberglas und Flastresia-Schuppen hitzebeständige Zelte zu entwickeln, sodass auch die Große Weite nicht länger ein Hindernis darstellte. Er war zu einem angesehenen Feuerboten geworden, der zwischen den beiden Städten für regelmäßigen Austausch sorgte. Als er einmal von einer seiner Reisen nach Marenna zurückkehrte, überbrachte er wunderbare Nachrichten: An den Küsten von Mar hatte er blaue Neoricas gesehen und ein Jungtier soll ebenfalls unter ihnen gewesen sein. In Erinnerung an die gigantischen Wesen war mir warm ums Herz geworden, als könnte ich spüren, dass auch sie vom Fluch befreit worden waren. Noch nie zuvor waren die magischen Tiere hier gesichtet worden, sodass ich ganz sicher war, dass ihnen von nun an die Freiheit gehörte. Ebenso wie Flinn. Vielleicht würde ihm die Insel eines Tages zu klein werden und die Abenteuer ausgehen, doch ich hatte keinen Zweifel daran, dass außerhalb von Mar noch weitere Ländereien lagen. Wir konnten schließlich unmöglich die Einzigen sein und nun, da wir den Fluch mithilfe meiner Magie überwinden konnten, empfing uns die Welt zum ersten Mal mit offenen Armen.

Während unserer Flucht hatte ich mich lange Zeit für Nate und sein Schicksal verantwortlich gefühlt. Deshalb war es anfangs etwas ungewohnt, ihn so selbstständig und erwachsen zu sehen. So lebendig. Nach der Rebellion war er noch lange mit seiner schwerwiegenden Entscheidung über das Fortbestehen unseres Ehrenhauses beschäftigt gewesen. Ich wollte ihn bei dieser Sache unterstützen, ihm seinen Rang als Ehrenträger jedoch nicht nehmen. Auch wenn mit dem Wandel die Gleichberechtigung einherging, so war dieser Brief das Erbe unseres Vaters – das er seinem Sohn vermacht hatte.

Nate ließ das Bild der Lilienfrau und das Wappen des Ehrenhauses versteigern und gab sich öffentlich zu dieser Geschichte bekannt. Der Erlös wurde unter den Festlandbewohnern aufgeteilt, damit auch sie in Marenna ihr eigenständiges Leben aufbauen konnten. Mein Bruder war der Meinung, dass mit der Rebellion die Zeit für die Wahrheit gekommen war und es machte mich unfassbar stolz. Das Haus, in dem wir auf-gewachsen waren, wurde umgebaut und zu unserem neuen, alten Zuhause. Es war schön, die

Vertrautheit darin zu spüren und dennoch etwas Neues damit zu beginnen.

Während Flinn seine Zeit auf Reisen verbrachte, besuchte uns Aranda dagegen regelmäßig. Gemeinsam mit den anderen Menschen vom Festland war sie in einem der großen Nebengebäude der Burg untergekommen. Es gab einige Anwesen in der Stadt, die nun leer standen, aber noch renoviert oder eingerichtet werden mussten. Doch die Zeit würde kommen, in der alle in Marenna in einem wahren Zuhause leben konnten.

Aranda war mir eine sehr gute Freundin geworden und schon bald darauf hatte sie auch Nate kennengelernt. Als sie einander näherkamen, geschah es anfangs so still und leise, dass ich es kaum mitbekam. Doch ich bemerkte es letztendlich an Nates leuchtenden Augen, an der Lebensfreude, die er regelrecht versprühte. So glücklich hatte ich meinen Bruder schon viel zu lange nicht mehr gesehen.

Er und Aranda hatten sich verliebt und waren inzwischen ein wundervolles Paar. Es heilte viele meiner Wunden, Nate derart fröhlich mit ihr zu sehen. Ich spürte eine Vergebung in meinem Herzen, die mich schleichend über den bitteren Verlust unserer Eltern hinwegsehen ließ. Nun, da sich die Fragen um ihren Tod geklärt hatten und dieser vergolten worden war, war es nicht weniger tragisch, jedoch ein wenig erträglicher. Auch unser Schicksal hatte wie bei Flinn und Jayden Opfer und Leben gefordert, bevor etwas

Neues und Größeres entstehen konnte. Damit versuchten wir den Schmerz zu ertragen und diesen Wandel dennoch als Geschenk zu sehen. Es war für uns alle ein Neuanfang und dafür waren wir mehr als dankbar.

Warmer Wind ließ die bunten Stoffe an den Fensteröffnungen der Burg flattern und ein Geräusch schwebte in der Luft, das in der Vergangenheit viel zu selten zu hören gewesen war. Das ausgelassene Lachen von Kindern in den lichtdurchfluteten Räumen der Burg. Sie hatten Unterricht und lernten von nun an wichtige Dinge des Lebens, damit sie später ihre eigenen Entscheidungen treffen konnten.

Jayden arbeitete schon bald an der neu errichteten Schule als Lehrer. Dieses Leuchten in den Kinderaugen, wenn er von seinen Erlebnissen berichtete und sein Wissen über die Pflanzen und Tiere dieser Welt mit ihnen teilte. Er hatte darin ganz eindeutig seine wahre Berufung gefunden und die Kinder liebten ihn für seine herzliche und geduldige Art. Auch Ilena, die Schneiderin, lehrte den Kindern das Nähen und besonders die Mädchen liebten diese Arbeit sehr.

Die Gleichberechtigung war das Schönste an dem neuen Marenna, wie ich fand. Frauen waren nicht mehr nur Zukünftige, die man sich nahm oder wie Ware zur Volljährigkeit verkaufte. Die Ehrenhäuser waren nicht weiter von Bedeutung, da jeder, ganz gleich aus welcher Schicht, dasselbe Recht auf Bildung und Meinung erhielt. Dieser Frieden war etwas, das man im alten Marenna vergeblich gesucht hatte.

Manchmal plagten mich noch die Gedanken an die Leben, die dafür verloren gegangen waren. An Tylers Verrat und Eitelkeit, die ganz nach seiner Mutter gekommen war und die ich an Mia in keiner Sekunde spüren konnte. Aber auch bei Madame Patrice, dem Hohen Rat und auch dem Major fiel es mir anfangs schwer zu akzeptieren, dass sie unter der Macht der Tränenmeere, in ihrer eigenen Ungerechtigkeit erstickt waren. Wir hatten Leben genommen, über etwas entschieden, das uns vielleicht nicht zustand. Denn irgendwo klebte ihr Blut an unseren Händen und an manchen Tagen suchte es mich nahezu heim. Dann aber erblickte ich Marenna in seiner neuen Magie und erkannte, dass der Preis es wert gewesen war. Ich sah es an den spielenden Kindern vor der Burg, an den vielen glücklichen Hochzeiten und daran, dass es keine Unterschicht mehr gab. Es erinnerte mich an Flinns Worte und manchmal vermisste ich den ungestümen Jungen ohne Krone. Manche Leben müssen beendet werden, damit viele andere leben können.

Und genau das entsprach der Wahrheit.

Einmal im Jahr öffnete sich der Himmel zwischen den Welten und in Marenna wurde ein großes Fest zu Ehren der Elemente gefeiert. Es war der Tag, an dem die Magie der Aeringos alle Elemente vereint und die Tränenmeere die Burg geflutet hatte. Es erinnerte die Menschen immer wieder daran, dass die Magie sie alle gerettet und in ein besseres Leben geführt hatte.

Taramea trug ein wunderschönes Kleid und eine zarte silberne Krone aus Ranken im schwarzen Haar, als sie sich vor der Burg materialisierte. Es war früher Morgen und die Menschen hatten sich hier noch nicht versammelt. Ein Lächeln lag auf ihren Lippen und sie trat näher an mich heran. Mia stand neben mir, ihre Augen waren wie auch im Jahr zuvor von Faszination geweitet. Bereits in den letzten Tagen war ihre Aufregung enorm gewesen. Heute war es wieder so weit und das Mädchen stand der wahrhaftigen Tränenkönigin gegenüber, die für Mia ein Vorbild geworden war.

Kurz darauf materialisierten sich auch Lya und Ellice, die uns freundlich begrüßten. Es war immer wieder unbeschreiblich schön und beeindruckend, die drei Königinnen der Elemente einmal im Jahr wiederzusehen. Auch wenn Taramea nur noch einen winzigen Bruchteil der Tränenmagie besaß, so würde sie für mich immer die wahre Tränenkönigin bleiben.

Mia stellte sich den Königinnen dieses Jahr zum ersten Mal persönlich vor und ihre Hände zitterten leicht. Sie hatte in der Zwischenzeit so viel von mir gelernt und war den Elementen gegenüber besonders ehrfürchtig.

Dass Flinn in der Nähe war, musste ich nicht mit eigenen Augen erblicken. Ich spürte ein warmes Brennen in meinem Herzen, ein Feuer, das die Kälte der Tränen vertrieb. Der König, der mich schon fasziniert hatte, bevor ich von seiner Magie und unserer Verbindung erfahren hatte, trat durch das Tor vor dem Burggrundstück und ein schiefes Lächeln lag auf seinen Lippen. In seinen von Flammen umgebenen Händen trug er etwas Schimmerndes.

Als er näher kam, japste Mia nach Luft und wich ein wenig zurück. Ja, ich konnte sie verstehen. Wir waren das Wasser, das sich mit dem Feuer nicht vereinen ließ. Unsere Magie bildete sofort eine Barriere zwischen uns, die verhinderte, dass ich Flinn zur Begrüßung überschwänglich umarmen konnte. Auch wenn ich genau dies gerne getan hätte.

»Ich habe euch etwas mitgebracht«, flüsterte seine raue Stimme verheißungsvoll. Für einen Moment schloss er die Augen und die Flammen aus seinen Händen schlugen höher, wurden mächtiger. Stolz flutete mein Herz wie eine Welle, als ich erkannte, wie gut Flinn die Magie inzwischen beherrschte. Dann ertönte ein Krächzen und ich glaubte, einen Flügelschlag zu vernehmen. Türkisfarbene Flammen mischten sich unter Flinns Magie und ich traute meinen Augen kaum. Ein winziger Flastresia erhob sich aus der Asche in seinen Händen und blickte uns neugierig entgegen.

»Sie sind bereit, ins Feuer zu gehen, wenn es notwendig ist. Aber sie sind ebenso in der Lage, aus den verbrannten Überresten wieder hervorzutreten, wenn es an der Zeit ist.«

Die Traurigkeit ist mehr
als nur endlose Dunkelheit.
Sie ist die Chance,
endlich etwas zu verändern.
~ Taramea ~

EPILOG

Taramea ging mit leisen Schritten auf dem Silberglas zwischen den Welten umher und ließ ihren Blick über die kleinen Seen schweifen. Sie summte eine leise, traurige Melodie, die sie immer wieder an den verheilten Schmerz, den Verlust ihres Sohnes erinnerte.

Mithilfe von Navas Rebellion hatten sich die Wogen der Meere geglättet, tausende Tränen waren zurückgekehrt. Seelensplitter hatten die Seelenlosen wieder vervollständigt. Eine angenehme Ruhe hatte sich zwischen die Welten gelegt, auch wenn dieser Tag ein ganz bedeutender war.

Gerade erhob sich das Meer der Wut mit einer vor Gischt schäumenden Welle, als Ellice mit Nava und Mia erschien. Die Tränenkönigin fühlte in der Anwesenheit ihrer Nachfolgerin eine Vervollständigung in ihrem Herzen – etwas atmete erleichtert auf. Sie spürte Stolz, sich in dieser so jungen Frau nicht getäuscht zu haben. Sie hatte das Feuer und die Verbundenheit der Aeringos überhaupt erst entdeckt und letztendlich alle zusammengeführt. Taramea lächelte. Diese Tränen-rebellin hatte die Welt vor dem Untergang gerettet. Denn vielleicht wäre der Himmel eines Tages unter der Last der Meere eingebrochen.

»Taramea!«, rief Mia erfreut. Ihre Augen leuchteten vor Lebensenergie. Sie war voller Emotionen, sodass Taramea Navas Vorschlag sehr gut nachvollziehen konnte. Das blonde Mädchen war fasziniert von der grenzenlosen Magie dieser Welt und würde eines Tages sicherlich eine ehrfürchtige Nachfolgerin werden. Navas Leben auf der Erde war vergänglich, denn nur einzig und allein die Elemente selbst waren ewig.

Taramea betrachtete, wie Mia ein letztes Mal durch die Reihen zwischen den Tränenmeeren ging, bevor sie nach Marenna zurückkehren musste. Dieser Tag würde sicherlich für immer als der Tag in ihrer

Erinnerung verankert bleiben, an dem Nava sie zu Taramea und den Tränenmeeren mitgenommen hatte. Zum ersten Mal hatte sie die Magie der Traurigkeit in ihrem gesamten Ausmaß gesehen.

»Und von nun an muss niemand mehr traurig sein, Nava?«, fragte Mia mich. Ich mochte noch immer ihre kindliche Art, die Welt zu sehen, auch wenn sie bereits schon sehr viel reifer geworden war.

»Doch. Es wird nach wie vor Trauer geben, denn die Menschen werden trotzdem eines Tages sterben oder an Liebeskummer leiden. Aber sie wird nicht mehr überwiegen und den Menschen ihre Seele rauben. In dieser neuen Welt werden sie die Freiheit der Liebe erfahren und ebenso die Hoffnung auf Veränderungen.«

Mia nickte hastig, als wollte sie jeden noch so kleinen Hinweis aufnehmen und für immer in ihrem Gedächtnis abspeichern. Sie war eine grandiose Schülerin und kannte keine Furcht vor der Größe ihrer neuen Herausforderung.

»Uns bleibt noch Zeit, bis du alle Magie kontrollieren und verstehen kannst. Es ist wie eine Freundschaft, die sich über die Jahre immer fester bindet. Deine Bestimmung wird nicht immer nur Licht oder Dunkelheit sein. Es wird an dir liegen, die beiden so zu verbinden, dass sie in Harmonie leben können.«

Nachwort & Danksagung

Tausende Wörter, hunderte Seiten, einige Schreibblockaden, viele Überarbeitungen und zwei Jahre später endet Navas magische Reise mit dem heutigen Tag. Es ist nicht nur mein drittes Buchbaby, das nun in die Welt entlassen wird, sondern auch meine erste abgeschlossene Reihe und die schwere Erkenntnis dahinter, den Protagonisten und Marenna nun Lebewohl zu sagen. Die Tränenkönigin war nie eine vorgesehene Buchidee, aber scheinbar kann man das einfach nicht planen. Durch einen schrecklichen Todesfall in der Familie entstand Taramea ganz ungefragt in meinen Gedanken und entwickelte sich immer weiter, bis ich von dieser magischen Welt letztendlich nicht mehr loslassen konnte. Die finale Fortsetzung „Die Tränenrebellin" ist außerdem auch die erste Neuerscheinung im eigenen Verlag - davon hätte ich wirklich niemals zu träumen gewagt! Doch nun darf das Ende dieser persönlichen Herzensgeschichte unter dem Namen Bookapi und unserem eigenen Verlagslogo in die Welt hinaus und wird hoffentlich vielen traurigen Herzen Trost spenden. Denn irgendwo, weit über unserer Welt, unseren Gedanken und allem, was wir uns vorstellen können, wacht irgendwo Taramea über all unsere Trauer und unsere Tränen, die sich eines Tages in Licht verwandeln werden.

Dieses Mal gilt mein erster und auch wichtigster Dank meiner Mutter, der ich meine Liebe zu Büchern überhaupt erst verdanke. Denn ohne das Lesen, wäre ich womöglich niemals zum Schreiben gekommen. Danke, für unsere fast endlosen Gespräche über all die Geschichten und deine unbezahlbare Hilfe, mir aus verzwickten Buchsituationen (die im Plot so niemals vorgesehen waren!) immer wieder herauszuhelfen. Während meiner großen Schreibblockade bei der Tränenrebellin haben deine Einfälle alles wieder ins Rollen gebracht und dafür kann ich dir gar nicht genug danken!

Ein unendliches Danke geht selbstverständlich auch an meine bessere Hälfte Peter. Dafür, dass du mir immer den Rücken frei hältst und mich so sehr mit meinen Büchern unterstützt. Danke, dass du meinen Lebenstraum, eines Tages Autorin zu sein, in etwas sehr viel Größeres verwandelt hast: Ein eigener Verlag! Danke, dass du dieses wundervolle Projekt ins Leben gerufen hast und diesen Schritt mit mir gemeinsam gehst. Ich kann einfach nicht in Worte fassen, wie dankbar ich bin, dich an meiner Seite zu haben!

Auch meiner Lektorin Jacky vom Lektorat Silbenglanz gilt ein ganz großes Dankeschön! Die Zusammenarbeit mit dir hat nicht nur Spaß gemacht, sondern auch wirklich noch das Beste aus dem Finale der Tränen-

Reihe herausgeholt! Ich bin wirklich unglaublich dankbar, dass du dich der Geschichte so kurzfristig und ausführlich angenommen hast!

Ich danke Marie Grasshoff für ein weiteres, ganz bezauberndes Cover, das die Geschichte und auch Nava einfach perfekt widerspiegelt! Danke auch an Sam von Saje Design für die wundervolle Kapitelzierde mit den magischen Wesen!

Ein riesiges Danke gilt auch meiner besten Freundin Nalie! Für deine ewig langen Sprachnachrichten und deine Begeisterung, ständig neue Buchgoodies zu basteln, obwohl die Arbeit mit dem Sekundenkleber immer wieder eine neue Herausforderung ist…

Auch all meinen Lesern da draußen und ganz besonders meinen lieben Bloggermädels möchte ich natürlich für diese großartige Unterstützung danken! Bianca, Christina, Janina, Jenny („Nubsi"), Susann und Christin: Ihr seid der beste Blogger-Chaoten-Mädelshaufen, den man sich nur wünschen kann! Tausend Dank, dass ich euch durch das Schreiben und meine Bücher kennenlernen durfte - ihr seid einfach wunderbar!